D1832713

दिलीप पाण्डेय

आपने पूर्वी उत्तर प्रदेश के छोटे से कस्बे जमानिया से अपनी स्नातक (अंग्रेजी एवं अर्थशास्त्र) की पढ़ाई पूरी की। इसके बाद आपका रुझान कम्प्यूटर की पढ़ाई की तरफ हुआ जिसे आगे बढ़ाते हुए आपने राजीव गांधी प्रौद्योगिकी विश्वविद्यालय से 2005 में एमसीए किया।

अन्ना हजारे की अगुवाई में चल रहे जन लोकपाल आन्दोलन के साथ जुड़े रहे। अपने सामाजिक-राजनीतिक संघर्ष के अनुभवों को आपने चंचल शर्मा के साथ मिलकर 'दहलीज़ पर दिल' उपन्यास में दर्ज भी किया है। इसके अलावा आपका और चंचल शर्मा का संयुक्त रूप से लिखा गया एक और उपन्यास 'खुलती गिरहें' राजकमल से प्रकाशित है।

आप 'आम आदमी पार्टी' के राष्ट्रीय प्रवक्ता हैं और दिल्ली सरकार के साहित्य कला परिषद् के सदस्य के रूप में साहित्य, कला, संस्कृति एवं भाषा के संवर्द्धन में अपना योगदान दे रहे हैं।

चंचल शर्मा

आप दिल्ली में ही पलीं-बढ़ीं। आपने स्नातक की पढ़ाई दिल्ली विश्वविद्यालय से की। स्कूल से ही लेखन में अपनी रुचि के कारण 12वीं के बाद जर्नलिज्म में डिप्लोमा किया। एमए (इतिहास), एमए (समाज सेवा) की पढ़ाई के साथ-साथ लेखन। सामजिक-राजनीतिक आन्दोलन को लक्षित लगभग 8 महीने तक सोशल मीडिया पर आधिकारिक तौर पर लेखन। अन्ना आन्दोलन के अपने अनुभवों को दिलीप पाण्डेय के साथ मिलकर अपनी पहली पुस्तक 'दहलीज़ पर दिल' में लिखा। आप अपनी वेबसाइट www.ardhviraam.com पर स्वतंत्र लेखन भी करती रही हैं।

कॉल सेंटर

दिलीप पाण्डेय
चंचल शर्मा

राजकमल पेपरबैक्स

राजकमल पेपरबैक्स में
पहला संस्करण : 2018

राजकमल पेपरबैक्स : उत्कृष्ट साहित्य के जनसुलभ संस्करण

राजकमल प्रकाशन प्रा. लि.
1-बी, नेताजी सुभाष मार्ग, दरियागंज
नई दिल्ली-110 002
द्वारा प्रकाशित

शाखाएँ : अशोक राजपथ, साइंस कॉलेज के सामने, पटना-800 006
पहली मंजिल, दरबारी बिल्डिंग, महात्मा गांधी मार्ग, इलाहाबाद-211 001
36 ए, शेक्सपियर सरणी, कोलकाता-700 017

वेबसाइट : www.rajkamalprakashan.com
ई-मेल : info@rajkamalprakashan.com

मुद्रक : यश प्रिंटोग्राफिक्स
नोएडा-201302 (उत्तर प्रदेश)

मूल्य : ₹150

CALL CENTRE
Stories by Dilip Pandey and Chanchal Sharma

ISBN : 978-93-87462-62-5

इस धरा, इस समाज का

स्वयं को ऋणी मानते हुए

हमारी यह किताब मनुजता को समर्पित है...

आभार

परिवार, मित्र सभी का आभारी होते हुए हम निज जीवन में अलग-अलग समयों पर हमें स्पर्श करने वाले उन सभी किरदारों का भी आभार व्यक्त करते हैं, जिनके निज अनुभवों ने हमें छुआ और उस स्पर्श से एक कहानी पैदा हुई।

लोक और स्त्री-विमर्श पर सशक्त हस्ताक्षर मैत्रेयी पुष्पा जी का हम हृदय से आभार व्यक्त करते हैं। उनकी टिप्पणियों और मार्गदर्शन ने इस पुस्तक के लिखे जाने में महत्त्वपूर्ण भूमिका निभाई।

हम राजकमल प्रकाशन के श्री अशोक महेश्वरी और श्री सत्यानन्द निरुपम का भी आभार व्यक्त करते हैं, जिनका इस पुस्तक के सम्पादन और प्रकाशन में विशेष और स्नेहपूर्ण योगदान रहा।

क्रम

कॉल सेंटर

सिर की छत

बद्री, लालो, रामा, गोपाली, जगदीश में से कोई नहीं बचा, सिवाय रामा के। वो उसी घर में बन्द रहता जिसे बद्री ने लालो के लिए बना छोड़ा था। कलावती की आँखों के सामने क्या से क्या हो गया था, और एक भी बात को होने से वो रोक नहीं पाई। वो पिता के उस एक फैसले को रोक लेती तो क्या कुछ बदल जाता? चूल्हे में आग बुझाती-बुझाती वो अतीत की आग में जलने लगी।

गाँव में एक बात का चलन था कि अगर दो बहनों की शादी एक ही घर में हो जाए, तो दोनों में से एक ही सुखी रहती है और दूसरी को अक्सर अभावों और दुःखों का सामना करना पड़ता है। ये बात किस हद तक ठीक थी, ये तो कहने वाले ही जानें लेकिन माता-पिता की सहूलियत इसी में होती कि एक लड़की के लिए ससुराल ढूँढ़ें और दूसरी के लिए उसी ससुराल में लड़का। ऐसी स्थिति में इस डर और शंका की सम्भावना भी कम ही होती कि न जाने लोग कैसे होंगे। पहली बेटी की शादी के बाद ही सास और ससुराल दोनों का कच्चा चिट्ठा खुल जाता, और फिर इधर-उधर से पूछताछ की आवश्यकता खत्म हो जाती। बड़ी बेटी को सुख मिलता हो तो छोटी बेटी के लिए पिता की चिन्ताओं का अन्त समझो और अगर बड़ी बेटी दुःख ढोती दिखे तो नए घर की तलाश में पिता की चप्पलें घिसनी शुरू हो जातीं।

रमाशंकर राजस्थान के करौली जिले के बावली गाँव में रहा करते। पेशे से किसान थे, मगर जन्म के ब्राह्मण। आस-पास के गाँवों में बहुत पूछ थी। आदर और सम्मान के साथ नाम लिया जाता। उन्हें नीची जात के लोग गुरु नाम से सम्बोधित करते। किसानी के साथ-साथ भागवत, रामायण और नामकरण जैसी विधाओं में निपुण थे। एक ही चक्कर में कभी 100, 200 और 500 कमा लाते थे। किसानी में आमदनी बहुत ही कम थी। खेत बँटाई पर दे दें तो पैसा कम मिलता, अकेले करें तो मजदूरों की कमी, और मजदूर करें तो दिहाड़ी के इन्तजाम का रार। फिर भी किसान सब जाने दे लेकिन खेत कैसे जाने दे। मजदूर न हों तो रमाशंकर ने बीवी-बच्चों को खेत पर जोत दिया। मन के भले आदमी थे, तो

जोर जबरदस्ती से नहीं, प्रेम पुचकार से पत्नी को मनाया। रमाशंकर की पत्नी बिमला घरजोड़ू महिला थी। पति की कमाई में से एक हिस्सा भविष्य निधि के तौर पर सँभाल कर रखती। कभी किसी सामान की फरमाइश नहीं। कभी बहुत होता तो रमाशंकर खुद ही दिवाली के दिन लहँगा-चोली खरीद लाते, और पत्नी के सामने रखते तो वो शरमा कर कहती, 'बेटियों की उम्र है सजने-सँवरने की, मेरी नहीं।'

रमाशंकर की दो बेटियाँ थीं और दोनों शादी लायक। दो साल उम्र का फर्क था लेकिन लाज-लक्षण में दोनों पूरब-पश्चिम। बड़ी बेटी कलावती और छोटी लालो। कलावती ब्याह लायक थी और लालो भी पीछे-पीछे बस तैयार थी। कलावती घर के कामकाज से लेकर खेतों के काम और ढोर-जानवरों की देखरेख में भी अव्वल थी, लालो भी रूप-रंग में थी तो कलावती जैसी ही, लेकिन थोड़ी सुस्त और हठी थी। कलावती के लिए रमाशंकर रिश्ता तो ढूँढ़ रहे थे, लेकिन चिन्तित नहीं थे लेकिन लालो के लिए चिन्ता उन्हें दिन-रात निचोड़े डालती।

रमाशंकर जहाँ जाते लड़कों को देखते-परखते रहते। हरीसिंह पुरा गाँव के भवानी मिश्र के घर जब भागवत का पाठ करके लौट रहे थे, तो बड़े बेटे सुर्जन पर नजर पड़ी। कद-काठी में 6 फुट, गोरा रंग, बलिष्ठ बनावट और मृदुभाषी। रमाशंकर को भागवत की दक्षिणा देकर सुर्जन ने ज्यूँ ही नमस्कार किया, मन किया मानो अभी यहीं द्वार से ब्याह कर ले जाते, लेकिन बातचीत किए बिना, गृह-गोत्र-नक्षत्र मिलाए बिना बात आगे बढ़ नहीं सकती थी। ऐसा लड़का सामने था और अब तक रमाशंकर जी की नजर से कैसे बच गया, समझ नहीं आ रहा था। रमाशंकर ने सुर्जन के हाथ ही भवानी मिश्र को बुलवा भेजा, कहलवा दिया कि जरूरी बात करनी है। भवानी मिश्र से रमाशंकर का सम्बन्ध बीसों साल पुराना था। दोनों के पिता घनिष्ठ मित्र थे, एक गाँव में रहते। किसानी करते, लेकिन जब बच्चे बड़े हुए तो अलग-अलग गाँव में बस गए। कोई और होता तो रमाशंकर हिचकते, लेकिन भवानी मिश्र के घर-बार-परिवार से अच्छी तरह जान-पहचान थी और भवानी मिश्र कलावती को बचपन से जानते थे और उसके गुणों से रीझे भी हुए थे। भवानी मिश्र की पत्नी बेला की भी रमाशंकर की पत्नी बिमला से अच्छी जमती थी, और दोनों भागवत, रामायण पाठ सुनने अक्सर संग जातीं।

भवानी मिश्र दौड़े-दौड़े गाँव के बाहर चाय की टपरी पर आए, रमाशंकर को देखकर हाथ जोड़ लिए।

क्या हुआ पंडित जी, दान-दक्षिणा में कोई चूक हुई क्या?' सुर्जन ने कहा, 'आपने बुलवाया है?' भवानी मिश्र ने हाथ जोड़े ही रखे।

रमाशंकर तो पहले ही सुर्जन पर मोह गए थे, उस पर भवानी मिश्र जी का यूँ सहज भाव देखकर वो अब हवा में थे। दौड़कर भवानी मिश्र के हाथ थाम लिये

और बोले—'गलती तो मुझसे हुई जो हीरे की चमक को पहचान नहीं पाया। सुर्जन के लिए मेरी बेटी कलावती का रिश्ता स्वीकार कर लीजिए, मुझ गरीब पर बड़ी कृपा होगी।'

भवानी मिश्र इस अनुमोदन के लिए बिल्कुल तैयार नहीं थे, पहले-पहल तो चौंक गए लेकिन फिर आगे बढ़कर रमाशंकर को गले लगा दिया, 'क्या कहते हो रमाशंकर, सुर्जन आज से तुम्हारा हुआ। कला जैसी बेटी देने की बात कर रहे हो हमारे तो भाग्य खुल गए। तुम्हारी भाभी ने तो कितनी बार कहा कि बात करूँ, लेकिन मैं ही लजा गया। लड़के का हाथ लेकर आता, तो कहीं तुम कोई स्वार्थ न सोच बैठो।'

रमाशंकर मुश्किल से अपने आँसू रोक पाए। दौड़ते-भागते घर की तरफ दौड़े, लेकिन लगता जैसे जितना आगे चल रहे थे, उतावलेपन में उतना पीछे रह जा रहे थे। दरवाजे पर ही पत्नी बिमला खड़ी मिल गई। उत्साह में उनसे लिपटने को हुए, तो वो घबराकर पीछे हट गई।

'कलावती का रिश्ता पक्का कर दिया, सुर्जन के लिए भवानी मिश्र से बात कर ली, और उसने तुरन्त हाँ भी कर दी'—रामशंकर हाँफते-हाँफते बोल रहे थे। कलावती रसोई से पानी का गिलास लेकर दौड़ती आई, पिता को गिलास देते हुए नजरें ऊपर नहीं उठाई, चेहरे का रंग बता रहा था कि बात उसके कान में पड़ गई थी।

रमाशंकर ने बेटी की शर्म को उसकी हाँ मानकर भवानी मिश्र को रिश्ते की बात पक्की बता दी, तारीख तय करने का जिम्मा रमाशंकर ने लिया। डोला करणी ग्यारस की शादी पक्की हुई। रमाशंकर ने शादी का सामान जुटा कर रखा। डोला करणी के दिन बारात रमाशंकर के घर पहुँची। द्वार रुकाई पर बिमला ने सुर्जन की नाक पकड़ी, तो बेचारे ने शर्म के मारे नीची कर ली। गाँव-भर की औरतों में बात फैली, कि कलावती का दूल्हा गाय है गाय। रमाशंकर के बेटे की कसर पूरी हो गई। बेटी विदा कर रहे हैं और बेटा ला रहे हैं। भवानी मिश्र ने खुद बारात की देख-रेख का जिम्मा ले रखा था। वर पक्ष के कोई चोंचले उन्होंने नहीं दिखाए, बल्कि जमा तैयारी की बढ़-चढ़ कर तारीफ की। रमाशंकर हाथ जोड़े इधर से उधर फिरते, तो सुर्जन पर नजर पड़ते ही गर्वित हो चौड़े जो जाते।

रमाशंकर सुर्जन के पास पहुँचे, तो बगल में बैठे सुकुमार पर नजर पड़ी। रमाशंकर को देखकर सुर्जन ने फौरन उनके पैर छू लिये। लेकिन रमाशंकर की निगाह अभी भी पास बैठे लड़के पर थी, जिसका चेहरा कुछ-कुछ जाना पहचाना था, लेकिन सही-सही समझ नहीं आ रहा था। सुर्जन ने इशारे से लड़के को रमाशंकर के पैर छूने को कहा—'काका, ये बद्री है, छोटा भाई। इन्दौर में शास्त्री है, शादी के लिए आया है यहाँ।'

बद्री ने भी रमाशंकर के पैर छू आशीर्वाद लिया, तो रमाशंकर तो गद्गद हो गए। आँखों में खुशी की लहर दौड़ गई और दिल झूम उठा। रमाशंकर फिर भागे, वही उत्साह, उतावलेपन में भवानी मिश्र को कोने-कोने ढूँढ़ने लगे। बरसाने के पास भवानी मिश्र पंडित से बातों में लगे थे, वहीं जाकर उनके पैर पकड़ लिए। भवानी मिश्र एक बार फिर हक्के-बक्के रह गए। न कोई माँग, न नखरे, न कोई दवाब, इसके बाद भी आखिर क्या नौबत आ गई कि लड़की के पिता भरे मंडप के नीचे लड़के के पिता के पैरों में गिरे पड़े हैं।

'उठो-उठो, क्या करते हो रमा, अब क्या बात हुई? पैरों में क्यों गिरते हो? मुँह से कहो क्या हुआ?'—भवानी मिश्र रमाशंकर को उठाने की कोशिश करते रहे। 'लालो को बद्री के संग ब्याह दो। मैंने बद्री को देखा नहीं था, नहीं तो मैं तुमसे ये बात तभी कर लेता'—रमाशंकर गिड़गिड़ाने लगे।

भवानी मिश्र हैरान रह गए। एक बेटे की बारात जनमासे में बैठी है, मंडप के नीचे हवन की आग जलने लगी है, तब कैसे छोटे बेटे का ब्याह करने की हामी कर दें। जल्दबाजी के काम खराब होते हैं, और उन्होंने जब सुरजन के ब्याह को लेकर पत्नी से बात की थी, तब वो फौरन मान गई थी, लेकिन लालो का स्वभाव बेला को कतई पसन्द नहीं था। उसका मुँहफट होना उन्हें अखरता था। भवानी मिश्र ने इधर-उधर नजर दौड़ाई, तो पत्नी को एक कोने से खुद की ओर घूरता पाया। वो आँखों से फुफकार रही थीं। भवानी मिश्र मौके की नजाकत को समझते हुए रमाशंकर को एक कोने में ले गए।

'देखो रमाशंकर एक शादी की तैयारी में दो शादी होना लगभग नामुमकिन है। बद्री से बात किए बिना कैसे करें। सुर्जन हमारे पास ही गाँव में रहा है, लेकिन बद्री बाहर शहर में पढ़ता है, शास्त्री की पढ़ाई कर रहा है, ऐसे कैसे उसे अचानक से शादी कुंड में होम कर दें। बालक है अभी बद्री, सँभाल नहीं पाएगा इतनी बड़ी जिम्मेदारी'—भवानी मिश्र बोले।

रमाशंकर ने मामला हाथ से जाते देख सिर से पगड़ी उतारी और भवानी मिश्र के पैरों में रख कर पैर पकड़ लिए। सारे बारातियों घरातियों की नजरें इस अजीब घटना पर आ टिकीं। भवानी मिश्र खासे इज्जतदार प्रसिद्ध आदमी थे। पूरी जिन्दगी में कभी किसी दूसरे के एक रुपए का लालच नहीं किया। कोई मोह-माया नहीं थी। भले आदमी थे, परिवार के लिए कमाते और चैन से रहते। रमाशंकर को इस तरह पगड़ी उतारकर पैरों में गिरे देख पूरा घर-गाँव सन्न था। जनमासे में से खिसकते-खिसकते नाते-रिश्तेदार अब दोनों समधियों के नजदीक आ गए। भवानी मिश्र जी शर्मिन्दगी के मारे जमीन में धँसे जा रहे थे। रमाशंकर को तो सुध ही नहीं थी, उन्हें बस लालो के लिए बद्री का हाथ चाहिए था। एक-एक करके सुर्जन, बद्री, बेला और बिमला सब आ गए। अब जाकर मामला थोड़ा साफ

हुआ, तो रिश्तेदार रमाशंकर की बात में हाँ-हाँ करने लगे। कोई कहता एक घर में दोनों बेटी आ जाएँगी, कोई कहता एक खर्च में दोनों बेटी निपट जाएँगी, कोई कहता एक बार में दोनों बहू आ जाएँगी, दोनों परिवार एक बार में जिम्मेदारी से निपट जाएँगे। देखा-भाला परिवार है। भवानी मिश्र पर ऐसा दबाव बन आया कि जिसके रिश्ते के लिए मान-मनौती चल रही थी, उनसे ही एक बार पूछना जरूरी नहीं समझा।

रमाशंकर को पैरों से उठाया और गले लगा लिया, जलते दिल की जलन कोई समझ नहीं पाया। बद्री-लालो मंडप के नीचे बैठे थे। सुर्जन कलावती की आँखों में अरमान थे और बद्री-लालो के दिल में कई अनबुझे सवाल...। उस दिन मंडप में कई अरमान जले। बारात विदा हो गई। रमाशंकर के कन्धों से एक बार में ही पूरा भार उतर गया। लेकिन पत्नी के दुःख की सीमा नहीं थी। एक बेटी की दूरी के लिए खुद को तैयार किया था और विदा हो गई दोनों। कलेजा रो-रो कर मुँह को आ रहा था। लालो तो डोली में बेहोश हो गई। बद्री चुप था। लेकिन सुर्जन-कलावती सपनों के रथ पर विदा हुए।

एक घर में दोनों बहनों ने सब काम बाँट लिए। एक रोटी बनाती दूजी सब्जी, कोई भैंस का दूध निकालती तो कोई छाछ करती, एक चारा डालती दूसरी पानी पिलाती। सुर्जन कलावती को रानी की तरह रखता। उसके कहने से पहले आगे से आगे साड़ी, गहने, मिठाई साज-शृंगार का सामान। बेला का भी कलावती पर विशेष प्रेम रहता। आस-पड़ोस की औरतें आतीं, तो बेला कलावती के गुण-रूप-सौन्दर्य का बखान करने लगती। लेकिन लालो का नाम कभी बेला के मुँह पर नहीं आता। लालो के सामने सब साफ था। पिता ने उसे किसी के गले डाल दिया था। न बद्री को उससे विशेष लगाव हो पाया था और न ही बेला को। भवानी मिश्र दोनों बहुओं पर एक बराबर स्नेह रखते। लेकिन सास की तरफ से लालो को कभी-कभी तिरस्कार का सामना करना पड़ता। बिमला को खबर थी कि दोनों बेटियों में से एक को वह सब नहीं मिला जिसकी वो हकदार थी। एक घर में एक लड़की ही निभती है, वो कहती तो रमाशंकर टाल-मटोल कर जाते।

कलावती को लालो जान से ज्यादा प्यारी थी। सास के प्रेम की कमी को कलावती पूरा करने की पुरजोर कोशिश करती। लालो को खाने-पीने का शौक बचपन से था। रमाशंकर ने छोटी बेटी होने के नाते उसे लाड़ में पाला था। कलावती के लिए बेटी से बढ़कर थी बहन। लालो को जो-जो पसन्द था, कलावती उसे बना कर खिलाती, नए कपड़े जो सुर्जन उसके लिए खरीदता, कलावती उस में से लालो को भी दे देती, साज-शृंगार का सामान वो लालो को दे देती और फिर माँग कर खुद लगाती। कभी-कभी बद्री को देखकर दुःख भी होता, वो कोशिश करता कि पिछली बातों को भुलाकर लालो को मन से अपना ले।

शादी के दो साल बाद कलावती ने लड़के को जन्म दिया। भवानी मिश्र के लिए मानो स्वर्ग का रास्ता खुल गया। पोते का मुँह देखकर भवानी और बेला दोनों सब भूल गए। घर में रौनक आ गई। अब बद्री पर भी परिवार बढ़ाने का भार आया। कुछ दिनों से जब पोते का मुँह देखकर बेला के स्वभाव में लालो के लिए नरमी आई थी तो बद्री भी उसे देखकर थोड़ा रीझने लगा। लालो का चेहरा गोल था। आँखें छोटी-छोटी थीं, लेकिन काली एकदम। होंठों का रंग भी गहरा था, लेकिन बनावट फूल की पंखुड़ी जैसी। बद्री ने लालो को गृहस्थी का सुख देने के लिए अपना लिया। कलावती के एक साल बाद लालो ने बेटी को जन्म दिया। बेटी का नाम 'गोपाली' रखा। बद्री बेटी के लिए जान छिड़कता था। लालो के लिए उसके दिल में अब प्यार भी था और सम्मान भी। सबकी कड़वाहट झेल कर भी जैसे उसने बद्री की सेवा की थी, वह कोई न करता। भवानी को भी पोती जान से ज्यादा प्यारी थी, लेकिन बेला का मन लालो के लिए फिर सख्त हो गया। गाहे बगाहे वो कहती मिलती—'वंश तो कला ने ही चलाया है, बेटी तो किसी और का वंश चलाएगी'।

लालो सब सुनती, समझती और घुटती। लेकिन लालो के लिए कलावती ढाल बनी हुई थी। 'बेटी तो दो घर का वंश चलाती है'—सास की बात पर बीच में धीरे से बोल जाती। एक जवाब पर बेला पूरे दिन कलावती से मुँह फुलाकर रखती।

घर में रोटियाँ बनाने का जिम्मा कलावती पर था, सब्जी लालो बनाती। लेकिन रोटियाँ चुपड़ने का काम बेला ने किसी को नहीं दिया। घर का घी, दूध-मलाई, दही, मक्खन बेला के हाथों से ही गुजरते। लालो का बड़ा दिल करता घी की भीगी रोटी खाए, भर गिलास दूध पिए, छाछ छाके, गाढ़ा-गाढ़ा दही खाए, लेकिन लालो के नाम पर बेला का हाथ तंग हो जाता। साल-दर-साल बीत रहे थे, लेकिन बेला के मन में लालो की जगह तंग होती गई।

फसल काटने का वक्त था। कलावती घर का काम देखती और लालो खेत पर जाती। बाद में कलावती का बेटा दीनू लालो के लिए खाना लेकर खेतों पर जाता। दोपहर के एक बजे लालो कड़ी धूप में खेत में काम में लगी थी। बद्री खाना खाने घर गया था। दीनू लालो के लिए रोटी लेकर आता दिख गया। लालो ने कुएँ से पानी भरकर लोटा अपने पास रख लिया। दीनू खेत पर पहुँचा तो लालो ने झट से खाना हाथ से ले लिया। कपड़ा खोला तो रोटी हाथ में लेते ही पूरा हाथ चिकना हो गया। लालो की खुशी का ठिकाना नहीं रहा।

'आज तो जीजी ने रोटी चुपड़ कर भेजी है। घी में निचोड़ दी, देख'—लालो ने रोटी हाथ में लेकर दीनू को दिखाई।

मौसी से दीनू का विशेष लगाव था। दादी का बर्ताव मौसी के साथ कैसा था ये किसी से छिपा नहीं था। लेकिन मौसी की इस खुशी ने दीनू का मन खुश कर

दिया। लालो ने रोटी का पहला टुकड़ा दीनू को खिलाया तो सब हँसी छू हो गई— 'ये घी से नहीं चुपड़ी। डालडा है। पूरे मुँह में चिपक गया।'

दीनू ने रोटी का टुकड़ा थूक दिया। लालो का मुँह उतर गया। खाना सामने और पेट भूखा। जीजी अगर जानती कि दीनू रोटी खाएगा तो शायद कभी ये न करती। लेकिन रोटी तो बस लालो के लिए भेजी थी, इसलिए डालडा में निचोड़ कर भेज दी। लालो ने दीनू के हाथ रोटी वापिस भेज दी और पानी पी कर काम पर लग गई। इसका जिक्र लालो ने तो किसी से नहीं किया लेकिन दीनू ने कलावती को बात जरूर बता दी।

रात को लालो घर आई तो चौखट पर घुसते ही बेहोश हो गई। बद्री दौड़ता हुआ आया तो उसे गिरने से बचाया। कलावती भी चौके से भागती हुई आई और लालो को सँभाल लिया। सुर्जन गाँव की दाई को बुला लाया। दाई ने लालो की नब्ज देखी तो लालो के माँ बनने की बात सबको बता दी।

बद्री खुशी से फूला न समाया। कलावती ने लालो को गले से लगा लिया। बेला ने भी सवा ग्यारह रुपए उसार कर पोते की मनौती माँग ली। बद्री लालो की देखरेख करने लगा। उसका जो खाने को जी चाहता वो लाता, अच्छी-अच्छी किताबें लाता, कहानियाँ पढ़कर सुनाता। बेला भी थोड़ा नरमाई से अब लालो से पेश आने लगी। वक्त-बेवक्त की रोकटोक उसने छोड़ दी। खाने-पीने के नाम पर लालो के सामने अब पूरा भंडार खुला था।

लालो ने नौ महीने से पहले ही दो जुड़वाँ सतमासे बेटों को जन्म दिया। नाम रखा रामा और जगदीश। बेला के लिए तो मानो स्वर्ग धरती पर आ गया। एक पोते की आस थी और दो का मुँह एक संग देखने को मिल गया। दो महीने बेला और कलावती ने जी जान लगा दी, लेकिन बच्चे बेसुध से दिखते। बेला ने देसी घी के लड्डू बाँधे और लालो को घी में ऊपर से नीचे तक भर दिया। बिना पानी का दूध भर-भरके लालो को पिलाया जाता ताकि बच्चों में जान आए, लेकिन बच्चे फिर भी बेसुध से रहते। गाँव में बात फैली, तो वैद्य घर आ गए बच्चे देखने। वैद्य ने बच्चों की जाँच की और घर में खुशियों के नाम पर मातम छा गया। दु:ख का पहाड़ टूटा था लेकिन एक बार नहीं दो-दो बार।

एक बेटे के दोनों पैरों में पोलियो आया था और एक का मानसिक विकास उस हिसाब से नहीं हुआ था, जैसे होना चाहिए था। कुल मिलाकर एक में शारीरिक विकलांगता थी और दूसरे में मानसिक। बद्री की आँख से आँसू गिर नहीं पाए। लालो का चेहरा देखकर वह सख्त हो गया था। औलाद भले उसकी आधी-अधूरी हुई थी, लेकिन उसके अन्दर का पितृ भाव पूरा था। वो उसकी सन्तानें थीं। हर हाल में उसकी जिम्मेदारी। कलावती ने दौड़ कर लालो को सीने से लगा लिया। अबकी बेला ने भी लालो का दु:ख समझा, माँ के दिल पर क्या बीत रही थी वह समझ रही

थी। सब मन-ही-मन रो रहे थे, लेकिन एक दूसरे से छिपकर। लालो के चेहरे पर जो रिक्तता थी, वो कलेजा जलाने वाली थी। जिन औलादों के भरोसे वो अपना मान सम्मान पाने की आखिरी आस लगाए बैठी थी, वे औलाद दें खुद इस दुनिया में अपने सम्मान के लिए कैसे लड़ेंगी।

घर-परिवार ने धीरे-धीरे सब सँभालने का प्रयास किया। भवानी मिश्र जहाँ जाते बीमारी का इलाज पूछते। झाड़-फूँक का भी इलाज कराया लेकिन असर न के बराबर था। बद्री दोनों बेटों को कन्धों पर बिठाकर खेतों तक लेकर जाता। कुएँ पर जाता, नहलाता, मालिश करता। रामा ने पैर ले लिए, लेकिन जगदीश ने घर के बगल का ओटला पकड़ लिया। पोलियो की विकलांगता जगदीश के सिर से पैर तक आई। न हाथ काम करते, न जुबान, न पैर। लालो हाथ से खाना खिलाती, जगदीश उलटी कर देता, साफ करती, फिर खिलाती।

लालो ने पूरी ताकत लगा दी, कि जगदीश में थोड़ा सुधार आ जाए, लेकिन एक बाल का फर्क नहीं हुआ। जगदीश रामा आठ साल के हो गए। रामा की हालत भी जगदीश से बेहतर नहीं थी। वो दिन को सोता, रात-भर जागता, न हँसने का होश, न रोने की सुध, कपड़े पहनने का तरीका नहीं। एक के ऊपर एक पैंट पहनता, रात को ढाई बजे नहा लेता, कभी एक अन्न का दाना नहीं, तो कभी सात आठ रोटी खा लेता। एक गोपाली में ही लालो सहारा देखती। वो सब सुनती-समझती, लालो को तंग नहीं करती। रसोई के काम में यूँ तो कलावती लगी रहती लेकिन साथ-साथ गोपाली भी लालो का हाथ बँटाती।

गोपाली तेरह साल की हो गई। बद्री ने रिश्ता पक्का कर दिया। लालो भी सोचती एक औलाद का तो भविष्य बन जाए, बाकी दोनों बेटों के लिए भगवान ने क्या सोचा है, वो वही जाने। बद्री चूली गाँव में जाकर गोपाली का रिश्ता करके आ गया। लड़का गोपाली से दो साल बड़ा था और खेतों में काम करता। नाम शिवजी था। आठवीं तक स्कूल गया, लेकिन पिता के बीमार होने के बाद खेतों में हल चलाने लगा। लड़के वालों ने दहेज की कोई माँग नहीं की, लेकिन फिर भी बद्री और सुर्जन ने जितना हो सके गोपाली को कपड़े और गहने दिए। सुर्जन ने भी कन्यादान में रसोई का पूरा सामान भरवा दिया। विदाई हो गई और गोपाली ससुराल चली गई।

लालो का इकलौता सहारा अब उसके साथ नहीं था। बद्री का स्वभाव लेकिन उसके लिए नरम था। उसके मन में अब लालो के लिए वह प्रेम था, जो एक जीवनसाथी के लिए सबसे बड़ा सहारा होता है। दु:ख-तकलीफों से जूझते हुए लालो का स्वभाव बहुत सख्त और रूखा हो गया था। जगदीश की देख-रेख में उसका पूरा धीरज चुक जाता। बद्री की पूरी जमा-पूँजी जगदीश के इलाज में जा रही थी। आर्थिक तंगी से जूझते हुए वो कभी-कभी लालो पर बुरी तरह बरस

पड़ता। गोपाली का ब्याह रही-सही पूँजी के अलावा कर्ज भी चढ़ा गया था। सुर्जन बद्री को बहुत प्यार करता। उसने जो दो कमरे बनवाए थे, वो अक्सर कहता कि एक बद्री के लिए है लेकिन बद्री जानता था कि वक्त का कोई भरोसा नहीं है। कल को औलादें एक दूसरे के संग कैसे रहेंगी। और औलादें छोड़ भी दें तो लालो के लिए वो एक छत बनवाना चाहता था जहाँ उसे कम-से-कम दो पल का सुख मिल जाए।

बरसात के दिन में छप्पर के नीचे एक दिन बद्री खाट पर बैठा लालो को देख रहा था। वो जगदीश को रोटी खिला रही थी, जिसे जगदीश बार-बार उसी के हाथ में उगल देता। लालो फिर भी उसे पुचकारती, और रोटी का दूसरा टुकड़ा खिला देती।

'मैं मरने से पहले तेरे लिए एक कमरा बनवाना चाहता हूँ'—बद्री बोला।

मरने की बात सुनकर लालो का दिल धक् रह गया। वो थाली बगल में रखकर बद्री के पास उठकर आ गई—'इस जीवन में जीते जी हम दोनों इतनी बार मर लिए हैं, तुम मरने की बात करते हो? लोग माँ-बाप के मरने से अनाथ होते हैं, लेकिन मेरे लिए तो तुमसे बड़ा आसरा, सहारा कोई दूसरा नहीं है—तुम ऐसी बातें क्यों करते हो?'

बद्री ने कुछ सोचकर घर वाली बात नहीं कही थी—'पता नहीं क्यों बीते कुछ दिनों से लगता है कि तेरे लिए छत का इन्तजाम करना है जल्द से जल्द।' लालो कुछ कहती इससे पहले ही जगदीश ने थाली जमीन पर गिरा दी। लालो ने भागकर जगदीश को सँभाला। बद्री फिर कुछ सोचकर ख्यालों में खो गया। उसका जी कुछ बेचैन था। अगली सुबह लालो और कलावती पानी लाने कुएँ पर गईं, और बेला आँगन में जगदीश के पास खाट पर बैठी थी। रामा सुर्जन के साथ खेतों पर गया था। बद्री दूर से ऊँटगाड़ी पर आता दिखाई दिया, पिता को देखकर जगदीश ताली बजाने लगा, लेकिन दोनों हाथ एक दूसरे से दूर ही पड़ते। ऊँटगाड़ी में ईंटें, सरिये, सीमेंट लदे थे, बेला सामान देखकर चौंकी—'क्या ले आया ये सब? किसका सामान है? किसका घर बन रहा है?'

बद्री ऊँटगाड़ी से नीचे उतर गया। गाड़ीवान को उसने बाड़े के पीछे सारा सामान रखने का इशारा किया। बेला अब भी अपने जवाब का इन्तजार कर रही थी। बद्री खाट पर आ बैठा और जगदीश के सिर पर हाथ फेरने लगा। बेला ने फिर अपना सवाल दोहराया—'किसका सामान है? कौन घर बना रहा है?'

'अपना ही सामान है। मैं लाया हूँ। यूँ तो अपना घर है ये। भाई का भी घर है, लेकिन लालो के लिए एक कमरे की छत डालना चाह रहा हूँ। बुरे वक्त के लिए कुछ न हो, छत तो हो उसके पास'—बद्री बोलकर फिर जगदीश के सर को सहलाने लगा।

बेला का मुँह बन गया। लालो के लिए भले उसके मन में थोड़ी दया आ गई थी, लेकिन लगाव अब भी नहीं था। एक बात का ही उसे सन्तोष था कि बद्री का मन उसमें नहीं पड़ा था। लेकिन आज लगा मानो उसका ये भरम झूठ था। जो बद्री एक वक्त लालो की तरफ देखता भी नहीं था, अब माँ के बिना बताए बिना पूछे उसके लिए कमरा बनवा रहा था।

'महल बनवा दे रानी सा के लिए, घर छोटा पड़ गया है?'—बेला ने लड़ाई का मोर्चा खोला, लेकिन बद्री ने चुप्पी बनाए रखी। पलट कर कोई जवाब नहीं दिया। कुछ-कुछ बातें सुनीं और आशय समझ गई। घंटे-भर बाद ही मजदूर औजार लेकर आ गए। लालो और कलावती भी खेत से लौट आईं। लालो ने देखा कि बद्री बाड़े में बैठा मजदूरों को हिदायत देने में लगा था। लालो सीधा बाड़े में गई। बद्री की नजर उस पर पड़ी तो उसके चेहरे पर मुस्कान आ गई। लेकिन लालो का मन अब भी चिन्ता में था। जिस तरह इस कमरे का काम शुरू हुआ था, वह साधारण नहीं था। वह चाह कर भी बद्री की ओर मुस्कुरा न सकी।

बद्री घर की नींव खुदवाने में लगा था। दिन से रात हो जाती लेकिन वो काम न रुकने देता। एक दिन की दोपहर मजदूरों के इन्तजार में बद्री पीपल के नीचे बैठा था कि गाँव का आदमी गुजरते हुए बताकर गया कि गोपाली बीमार है। उसके ससुराल से सन्देश आया था। उसके शरीर पर कुछ ऐसा रोग फूटा है कि जिससे मवाद बहती है। पैरों से शुरू होकर रोग पूरे शरीर में फैल गया है, और सब वैद्य-हकीम लाइलाज बता रहे हैं। हालत इतनी बिगड़ गई है कि कितने दिन और है कहा नहीं जा सकता। सन्देश सुनकर बद्री दौड़ा-दौड़ा गोपाली के ससुराल चल दिया। उसे सुध न रही कि घर होते हुए लालो को ये बात बता दे। सुर्जन और कलावती गोरिल पूजा पर देवता के यहाँ गए थे। दीनू और रामा भी साथ गए थे।

बद्री गाँव से निकला तो दिन था, लेकिन रात होते-होते भी वापिस लौटकर नहीं आया तो लालो चिन्ता में पड़ गई। घर पर बेला के सिवा कोई नहीं था, जो कमरा बनने की बात से ही मुँह सुजाए बैठी थी। लालो ने जगदीश को गिरने के डर से खाट के नीचे बिठा दिया। कमरे का दरवाजा बन्द करके वो घर से निकली और पीपल की तरफ गई, जहाँ बद्री अक्सर बैठा करता। चारों तरफ घुप्प अँधेरा था, घरों के बाहर न आदमी न आदमी की जात। लालो पीपल के करीब पहुँची तो दूर से कलावती आती दिखी। साथ में दीनू और रामा थे, लेकिन सुर्जन नहीं था। कलावती पर नजर पड़ते ही लालो के दिल में चैन आया लेकिन सुर्जन को साथ न देखकर उसे खटका-सा भी हुआ।

लालो को देखकर कलावती उससे लिपट गई और रो-रोकर अधमरी-सी हो गई। लालो अब भी समझ नहीं पा रही थी कि आखिर क्या हुआ है? सुबह गोरिल

पूजने गए कलावती और सुर्जन अलग कहाँ हुए और कहीं सुर्जन को तो कुछ नहीं हो गया। विचार मात्र से ही उसका कलेजा दो फाड़ हो गया।

जीजाजी को क्या हो गया? कहाँ रह गए? रोती क्यों है?—लालो ने पूछा, लेकिन जवाब देने से पहले ही रामा रोता-रोता माँ से लिपट गया—'गोपाली जीजी मर गई।' बात की तरह रात भी नहीं गुजरी, वहीं ठहर गई। बद्री और लालो के नसीब का अँधेरा उनके जीवन में उतर आया था।

लालो को दो दिन तक होश नहीं आया। बीच-बीच में आँखें खुलतीं और बन्द हो जातीं। बद्री आने-जाने वालों के पास बैठता और एक ही बात को बार-बार दोहराता। गोपाली के पति की कोई खोज-खबर नहीं थी। गोपाली के अन्तिम संस्कार वाले दिन से ही वो जो निकला तो लौटा नहीं। लालो जिन्दा लाश बनी रह गई। कमरे का काम पूरा होने को था, बरसात के दिनों के गुजर जाने के इन्तजार में बद्री ने सामान कोठरी में रखवा दिया।

दसवें जन्मदिन पहुँचते-पहुँचते जगदीश की हालत बिगड़ने लगी थी। उसने खाना-पीना लगभग छोड़ दिया। अब वो बिस्तर पर लेटा रहता, कई-कई दिन तक आँखें बन्द रखता। लालो उसके पास आती और घंटों बैठी रहती। रामा मानो उम्र के साथ और छोटा हो रहा था। लालो बद्री बच्चों की तरफ तरसी-सी निगाहों से देखते और समझ ही न पाते की आखिर किस देवता, पीर, चौखट पर जाकर सिर झुकाएँ कि मन्नत पूरी हो जाए।

एक दोपहर को रामा चिल्लाया—'जगदीश के मुँह पर मक्खी बैठ रही है।'

'उड़ा दे बेटा'—लालो ने काम करते-करते आवाज दी।

रामा फिर चिल्लाया—'नहीं उड़ती, और आ गई'—अबकी लालो खुद चलकर देखने आई, तो जगदीश पर मक्खियों का जाल बना हुआ था। वो दौड़ी-दौड़ी उसके पास आई, तो जगदीश में कोई हरकत ही नहीं थी। उसने चेहरा छुआ तो एकदम ठंडा, साँसों के नाम पर कोई हरकत नहीं।

लालो दहाड़ मारकर जमीन पर गिर पड़ी। गोपाली की बरसी भी नहीं आई और जगदीश ने भी उसकी गोद सूनी कर दी। गाँव-भर में मातम पसर गया। किसी को समझ नहीं आता था, कि क्या कहकर अभागे माँ-बाप को दिलासा दें, क्या कहकर चुप कराएँ।

लालो औरत थी, कह-सुनकर रोकर अपना दु:ख दिखा लेती, लेकिन असली विपदा बद्री पर थी। अपाहिज बच्चे के होने से वो टूटा नहीं था। एक पिता का मन जानता था कि तीनों बच्चे उसके लिए क्या थे लेकिन ऐसी दीन-हीन अवस्था की उसने कभी कल्पना तक नहीं की थी। जगदीश को इसी तरह वो जीवन भर पाल सकता था, जैसे अब तक पाला था। गोपाली को तो उसके नसीब से इतना अच्छा घर-परिवार मिला था। शायद माँ-बाप के ही नसीब की छाया गोपाली और जगदीश

को निगल गई। एक बार गोपाली की सुध ली होती, तो शायद उसे बचा लेता, लेकिन वो ऐसे आश्वस्त हो गया था जैसे शादी के बाद उसके सब कर्तव्य अधिकार खत्म हो गए।

लालो एकदम खामोश थी। अब न कुछ कहती थी, न सुनती थी। घर के कामकाज में लगी रहती और जगदीश के बिस्तर के नजदीक बैठी बस रस्ते की ओर देखा करती। दिन बीतते-बीतते दु:ख कम तो न हुआ लेकिन दु:ख भीतर बैठ-सा गया और घर में थोड़ी-सी हँसी-चहल देखने को मिली। दीनू और रामा स्कूल से घर आते ही पोलिश की डिबिया से तराजू बनाकर साहूकार और किसान का खेल खेला करते। बेला भी पोतों के संग कुछ न कुछ खेल खेलती। कभी दुकानदार बनती, कभी ग्राहक और कभी बूढ़ा साहूकार बनती। लालो से अब उसका व्यवहार मधुर था, लेकिन लालो को अब इसकी सुध नहीं थी।

बरसात का महीना था। चारों तरफ हरियाली हो गई। खेतों में फसल एकदम हरी थी। गाँव के बच्चे पानी में नाव बनाकर तैराते। नीम के पेड़ों पर बड़े-बड़े झूले डाल कर लड़कियाँ-औरतें घंटों झूलतीं और सावन के गीत गातीं। उमस-भरी गर्मी से बरसात ने जो राहत दी, उसमें मोर खूब झूम-झूम कर नाचा करते।

बद्री का कमरा बन कर तैयार हो गया। यूँ तो विपत्तियों के कारण लगभग हर काम में देरी हुई थी, लेकिन बरसात की वजह से आखिरी में जल्दी-जल्दी काम पूरा कर दिया। कलावती और लालो घर की रँगाई-पुताई में लगी थीं। दोनों ने माँ से चूने के सुन्दर-सुन्दर फूल बनाने सीखे थे। कलावती के हाथों में सरस्वती का वास था। उसके फूल ऐसे बनते थे मानो कोई मशीन से छपाई कर रहा हो। लालो बेल-पत्तियाँ बहुत ही मनमोहक ढंग से बनाती। यूँ तो कुछ नया भोगने को अब जीवन में कोई रस नहीं रह गया था लेकिन फिर भी बद्री ने जी-जान लगाकर ये कमरा तैयार कराया था, बेमन ही सही उसके मन के लिए लालो उसे खूब सजाना चाहती थी। क्या पता इस कमरे की साज-सजावट बद्री को कुछ पल का सुख दे सके। बच्चों के जाने के बाद से उसने दु:ख का दुशाला ओढ़ लिया था।

दोपहर बद्री खेत से आया, दीनू रामा आँगन में नाव तैरा रहे थे। वो छप्पर के नीचे ही लेट गया—

'दीनू, दीनू एक गिलास पानी ला'—बद्री ने दीनू को आवाज लगाई।

दीनू दौड़ता हुआ रसोई में गया, तब तक बद्री ने एक और आवाज लगाई—दीनू भागता हुआ छप्पर में आया।

'आ रहा था काका, पानी ले आया।' दीनू ने देखा कि बद्री सीने पर हाथ रख लम्बी लम्बी साँसें भर रहा है। उसके माथे पर पसीने की बूँदें हैं और मुँह से लार गिर रही है। देखते ही दीनू घबरा गया—'काका क्या हुआ ? मैं पानी ले आया' —कहते-कहते दीनू रोने लगा।

'पानी नहीं चाहिए, मुझे नीचे उतार दो खाट से'—बद्री ने लम्बी साँस खींचकर कहा, लेकिन उसे एक-एक शब्द बोलने में बहुत ताकत जुटानी पड़ी।

दीनू भागता हुआ नए कमरे की तरफ भागा, लालो और कलावती के हाथ से बर्तन छूटे, सब रंग रोगन फूल पत्तियाँ तलवों तले मटियामेट हो गईं। लालो धक्के खाती छप्पर में आ गिरी। बद्री जैसे बस एक बार उसी की शक्ल देखने को रुका हुआ था। उसने एक गहरी साँस ली, और फिर साँस वापिस बाहर न आई। बद्री ने दुनिया छोड़ दी थी। सब दुखों से मुक्ति पा ली थी। जान तो उसकी दोनों बच्चों के साथ चली गई थी, बस साँस तब तक अटकी पड़ी थी, जब तक वो कमरा न बन गया। लालो के लिए ये जीवन का अन्त था। सिर पर छत देकर बद्री के नाम पर उसका आधार चला गया था। बच्चों की मौत के बाद वो इस जीवन को बद्री और रामा के लिए ही जी रही थी, बद्री के जाने के बाद अब किसी सम्बन्ध का कोई मोल नहीं था। कलावती लालो को सीने से बच्चे की तरह चिपकाए हुई थी। रामा बद्री को देखता रहा दूर से खड़ा, लेकिन पास नहीं आया। मौत उसके लिए दूर की बात थी, जिसे जिन्दगी का ही अर्थ समझ नहीं आता था।

सुर्जन ने सब रस्में निभाईं, लेकिन कलेजा खाली हो गया था। बेटे जैसे छोटे भाई की मौत ने उसे तोड़ दिया। बेला अब बस भगवान का नाम लेती रहती—मुझ बूढ़ी को उठा ले अब, कितने दुःख दिखाएगा—जवान पोते-पोती, जान से प्यारा बेटा बूढ़ी आँखों के सामने दुनिया छोड़ गए और बेला अब भी जिन्दा थी। उसे लगता जैसे यमराज से कोई भूल हुई हो। जाना उसे था, लेकिन चले कोई और गए। सब दुःख के सहारे ही जी रहे थे, लेकिन लालो उसी कमरे में जाकर कैद हो गई, जिसकी छत बद्री ने अपने हाथों से डाली थी।

खाना-पीना सब त्याग दिया था। सोने-जागने की कोई सुध नहीं थी। जिन्दा-मुर्दा एक बराबर। सिराहने रामा बैठा रहता, और माँ के सिर पर हाथ फेरता रहता। कलावती, बेला, दीनू सब उसे हँसाने बुलवाने की कोशिश करते लेकिन लालो के लिए अब जीवन बेमानी था। बद्री के संग उसकी आत्मा चली गई, शरीर उस घर में रहने की खानापूर्ति कर रहा था, जिसके कोने-कोने में बद्री का प्रेम भरा था। लालो की आँखों के सामने अनायास ही अपनी शादी का दिन जीवन्त हो उठता। बद्री दूल्हे के संग आया था। कितना उजला चेहरा, मोहक हँसी, प्यारे नैन-नक्श और नपा-तुला व्यवहार। पिता के हठ के आगे कोई हठ किए बिना चुपचाप मंडप में बैठ गया था। जीवन-भर माँ की नाराजगी उस भूल के लिए झेलता रहा, जो उसने की ही नहीं थी। शादी के मंडप से उठता तो बुरा बेटा बनता, फिर भी जीवन-भर माँ के सामने अपराधी-सा बना रहा। लालो के साथ कभी पूरा सख्त और निर्मोही न हुआ था। उसके दुःख को दूर करने के लिए कितने जतन करता। इस कमरे को बनवाने की कितनी जल्दी थी उसे। इसी के लिए वो कुछ और समय जिन्दा रहा,

वरना बच्चों के साथ उसकी जीवन जीने की इच्छा तो मर ही चुकी थी। उस दिन दीनू की बजाय वो लालो को आवाज देता तो वो एक बार उसे रुकने के लिए कहती। क्यूँ न दी होगी आवाज? क्या मैं नहीं आती? एक बार तो बुलाया होता, न जाने आखिरी समय में कितना जी दुखा होगा। सोचते-सोचते लालो ने आँखें बन्द कर लीं। कानों में बद्री की आवाज पड़ी। लालो को ऐसा लगा जैसे बद्री बुलाता हो। शायद बद्री ने उसकी आवाज सुन ली हो। वो खाट से उठ बैठी—आती हूँ, आती हूँ, रुको, मैं आती हूँ। खाट से उतरकर लालो दरवाजा पार न कर सकी। उसकी देह मुर्दा-सी दरवाजे पर गिरी पड़ी थी।

रेलवे स्टेशन

माँ पूरे दो महीने बाद घर लौट रही थी। मैं ऐसे भी कह सकता था, कि माँ पूरे दो महीने बाद एक घर से दूसरे घर लौट रही थी। बहन को बेटा हुआ था और उसकी देख-रेख के लिए माँ उसी के यहाँ रुकी थी। तो मेरी तरह बहन के यहाँ भी घर ही था। लेकिन मैं ऐसा कहने की मनस्थिति में नहीं था। मेरा मानना है कि जहाँ जिस घर में एक माँ होती है, वहाँ घर होता है। बहन के घर में एक माँ थी, यानी मेरे बहनोई की माताजी। तो वो भी घर था। अब इस वाली माँ के यहाँ आने से ये भी घर बन जाने वाला था।

बहन का फोन आया था, उसने उस डिब्बे का नम्बर बता दिया, जिससे माँ सफर कर रही थी। अब आगे की जिम्मेदारी मेरी थी कि मैं माँ को सही-सलामत डिब्बे से उतारकर घर तक ले आऊँ। मैं इसके लिए अपने आप को सुबह से तैयार करने में लगा था। सुनने में भले हास्यास्पद लगे लेकिन मेरे लिए ये बड़ा काम होता है।

मैं माँ को लेने स्टेशन पहुँचा और गाड़ी में ही उनका इन्तजार करने लगा। एक मित्र प्लेटफार्म पर माँ को लेने गया था। मैं लगातार फोन पर उसके सम्पर्क में बना हुआ था, क्योंकि कोहरे के कारण कभी घंटा, दो घंटा, ट्रेन देरी से आने की घोषणा स्टेशन के माइक से हो रही थी। जनवरी का महीना था और कोहरा साँस से पहले शरीर में आ-जा रहा था। रात का समय और उस पर सर्दियाँ वेटिंग रूम में पैर रखने को जगह मिलना मुमकिन नहीं था। ऐसे में गाड़ी में बैठे रहना एकमात्र उपाय था। मैं ऐसा स्वार्थवश नहीं कर रहा था, लेकिन रेलवे स्टेशन पर फैली गन्दगी और जानलेवा बू को सहन कर पाना मेरे बूते की बात नहीं थी।

स्टेशन पर ट्रेन आती-जाती रहती है। और ट्रेन में बैठने से पहले होने वाली कुम्भ नहाने जैसी सामान की धरा-पटक से मैं खासा परेशान हो जाता, सो मैंने यही सोचकर निश्चय किया कि माँ से मिलने में पाँच मिनट की और देरी सही।

यात्राओं को लेकर मैं बड़ा ही डरपोक किस्म का व्यक्ति हूँ। मुझे यात्रा करने के नाम से ही दौरे पड़ने को होते। कहीं जाने के दो दिन पहले से मैं अजीबोगरीब बर्ताव करने लगता। भावावेश में मैं कभी बहुत बोलता तो कभी बिल्कुल चुप हो

जाता। जब तक यात्रा का दिन आ नहीं जाता, मैं स्टेशन पहुँचकर ट्रेन में सवार न हो जाता, वो बेचैनी, अनमना-सा भाव बराबर बने रहता। हरेक यात्रा के बाद मैं अगले एक साल यात्रा न करने का प्रण करता, लेकिन कार्य अनुबन्ध महीने दो महीने में फिर रेल अथवा हवाई जहाज पर ला पटकते। बीते कई दौरे तो मैंने चौपहिया वाहनों में किए। अठारह-बीस घंटों के सफर में उकड़ूँ से बैठे-बैठे घुटने की कटोरियाँ कड़क हो जातीं, लेकिन फिर भी ये साधन मुझे भाने लगा था।

मैं मुस्तैदी से स्टेशन पर खड़ा हो गया और दो महीने बाद बहन के यहाँ से लौट रही अपनी माँ को देखने के लिए बेचैन हो उठा, मैं उन्हें देखते ही गले लगा लेना चाहता था। उनसे फौरन गाड़ी में बैठने को कहूँगा, बाहर बहुत ठंड है। मैं खुद स्टेशन पर अन्दर तक क्यों नहीं गया, ये बात मैं घर जाकर माँ को समझाऊँगा, उम्मीद क्या पक्का भरोसा है कि वो समझ जाएगी।

थोड़ी देर में दोस्त का फोन आया कि ट्रेन पहुँच चुकी थी और वो माँ को डिब्बे से नीचे उतार पाने में सक्षम रहा था। दोस्त स्टेशन के दरवाजे से निकलता हुआ दिखाई पड़ा तो मैं माँ को ढूँढ़ने लगा। वो साड़ी पकड़कर जल्दी-जल्दी चली आ रही थी।

मैं थोड़ा आगे जाकर माँ से लिपट गया। थोड़ी शर्म आ रही थी कि स्टेशन के बाहर ही मैं क्यों रुक गया, लेकिन जैसे ही गाड़ी में बैठने को हुआ मेरा पूरा ध्यान दुनिया की हरेक बात से हटकर उस डरे-सहमे बच्चे पर जा टिका जो मेरी माँ के बगल में खड़ा था।

अक्सर अखबार चैनल पर ऐसी खबरें देखकर लगता कि जिसके साथ ऐसा होता है उन पर क्या बीतती होगी। कैसे वो लोग उन परिस्थितियों में खुद को सँभालते होंगे, क्या उनका दिमाग काम करना बन्द कर देता होगा या दिमाग और तेजी से चलने लगता है। लेकिन शायद सच है कि जब तक किसी हालात में खुद न आओ, उसका अनुमान ही लगाया जा सकता है। मैं आज उन हालात में खुद था और भगवान का शुक्रिया अदा कर रहा था कि उसने मुझे ही इस हालात में लाकर कितना अच्छा किया।

बच्चे के चेहरे पर शून्य भाव था। मैंने अपने दोस्त की तरफ देखा, तो वो ये कहकर हैरान हो गया कि मुझे लगा चाची इसे अपने साथ लायी है। ये कहाँ से आ गया फिर?

हमें परेशान देखकर बच्चा अब डर गया। उसकी आँखों में आँसू भर गए। मेरा दिल धक-सा रह गया। ये समझने में बस कुछ ही पल लगे कि वो बच्चा अपने माता-पिता से बिछड़ गया और मेरी माँ के पीछे-पीछे अकस्मात ही चला आया। मैंने उसे पास बुलाया, पुचकारा और उसे धीरज रखने को बोला। बच्चा प्यार करते ही तेज रोने लगा। उसके अन्दर का डर धीरे-धीरे बढ़ने लगा।

मैंने बच्चे को शान्त कराया और उससे कहा कि उसे माँ-बाप से मिलाने की पूरी जिम्मेदारी मेरी है। मैंने उससे उसके पिता का नाम पूछा और सौभाग्यवश उसे पिता का फोन नम्बर याद था। तकनीक कितनी सहायक होती है, मैंने तुरन्त महसूस कर लिया।

बच्चे ने फौरन नम्बर पढ़ दिया। मैंने बिना देरी किए नम्बर मिलाया, घंटी पर घंटी बजती रही लेकिन कोई जवाब नहीं आया।

इस प्रयास को असफल देखकर बच्चा अब अपना धीरज खोने लगा, इतने में आस-पास कुछ भीड़ इकट्ठी होने लगी। भीड़ में अधिकतर लोग जो मदद के लिए आगे आ रहे थे, संदिग्ध से प्रतीत हुए। स्टेशन के बाहर किस तरह बच्चों को बहला-फुसलाकर मदद देने की आड़ में उठाया जाता है, मैं इस सच से बखूबी वाकिफ था। मैंने दो टूक सबको अपना काम करने की हिदायत दी और बच्चे का हाथ पकड़े स्टेशन की तरफ चल दिया। इस बीच मैं बार-बार नम्बर मिलाता रहा। स्टेशन पर बच्चे को लेकर मैं इधर-उधर घूमने लगा ताकि बच्चा अन्दाजा लगा सके कि वो कहाँ से आया था। थोड़ी ही देर में प्लेटफार्म के अन्त में दूर एक औरत बदहवास-सी इधर-उधर घूम रही थी।

इधर मैं भी कम बदहवास नहीं था। बच्चे और उसके माता-पिता की दशा के बारे में सोचकर ही मेरा मन बैठा जा रहा था। उस औरत को देखकर बच्चे में वो हरकत हुई, जिसे देखकर मेरे लिए ये अन्दाजा लगा पाना मुश्किल नहीं था, कि अनहोनी टल गई थी। बच्चे से मैंने पूछा क्या वो उसकी माँ है—तो वो दौड़ कर उसके पास जाने को हुआ, लेकिन मैं उसे उनके हाथों में दिए बिना उसका हाथ नहीं छोड़ना चाहता था। मैं तेजी से वहाँ पहुँचा, और इतने में माँ ने भी बच्चे को देख लिया। मैं फिल्में देखकर रोने वाला इन्सान ये सब आँखों के सामने देख रहा था और इस परिस्थिति का एक किरदार भी था। दूर से बच्चे का बाप दौड़ा आया, पिछले कुछ मिनटों में उस पर जो बीती एक बाप होने के नाते मुझसे बेहतर कौन समझ सकता है। लेकिन बच्चे के गाल पर उसके झन्नाटेदार थप्पड़ ने मुझे हिला दिया। एक माँ का डर रोकर निकला और एक पिता का डर बच्चे को थप्पड़ मार कर। लेकिन बच्चा अभी-अभी जिस खतरे से बच कर आया था उसका गवाह बनकर मेरा खुद पर काबू न रहा और मैं चीख पड़ा।

'समझ सकता हूँ आप पिता हैं। आप पर क्या बीती होगी ये भी अन्दाजा है, लेकिन ये आपकी जिम्मेदारी है कि बच्चे का हाथ न छोड़ें, न कि एक सात साल के बच्चे की चिन्ता है कि वो आपकी उँगली पकड़े रखे।' बच्चे को माँ-बाप के हवाले करके मैं स्टेशन से बाहर की ओर निकला और गाड़ी की तरफ बढ़ने लगा। एक बहुत बड़ी दुर्घटना टल चुकी थी, जाने-अनजाने उसका श्रेय मुझे जाता था। मैं सारी रात सो नहीं सका, ये सोचकर कि मैं गाड़ी में बैठ गया होता और पीछे मुड़कर न देखा होता तो एक परिवार बर्बाद हो जाता।

प्रेमपत्र

असफल प्रेम कहानियाँ नहीं होतीं, प्रेमी होते हैं, प्रेमिकाएँ होती हैं, समाज होता है। वे मान्यताएँ होती हैं, जिनके वशीभूत होकर दो प्रेमी दिल में गहरे दबे प्रेम को तिलांजलि दे देते हैं। उस प्रेम की वेदना इतनी गहरी होती है कि जीवन भर गुजरने के बाद भी टीस कम नहीं होती। कुछेक प्रेमी इस टीस को और रिश्तों की आड़ में कम कर लेते हैं, लेकिन कुछेक वहीं ठहर जाते हैं। उनके लिए दिन–रात महीने–साल सब थम जाते हैं। जीवन की आपा–धापी में दु:ख बाँटने वाले नहीं मिलते, कोई दिलासा देने वाला नहीं होता, तब एक प्रे पत्र किस तरह दो प्रेमियों के असफल प्रेम को समाज की क्रूर नजरों से बचाकर सहेजता है।

विनी बिस्तर में किस तरह बेजान पड़ी थी। कितने दिनों से उसने न दाँत माँजे, न मुँह धोया और न ही बाल बनाए होंगे। कपड़े शरीर से इतने मैले हो चुके थे, कि बदबू मार रहे थे। उसने आँखें खोलीं, और सिराहने की तरफ देखा तो चाय के सूखे हुए धब्बे नजर आए। कमरे में कई कप चाय रखी गई होगी, और उठा ली गई होंगी। मेज पर इस्त्री किए कपड़े ज्यूँ के त्यूँ रखे थे। खिड़की खुली हुई थी, जिसमे ठंडी हवा आ रही थी लेकिन विनी को अब भी उमस का एहसास होता था। कितने दिनों से पेट में एक दाना अन्न नहीं गया था। उलटी का मन लगातार बना हुआ था। पेट में तेज पीड़ा हुई, तो आँखों के आगे अंकुश का चेहरा साफ–साफ आकर खड़ा हो गया। अंकुश! वही मुस्कुराता चेहरा, दमकता हुआ माथा, बराबर करीने से सजी उसकी मुस्कान। कितना गर्वित महसूस करती थी विनी। दूल्हा बनकर अंकुश घर आएगा, तो पूरा मोहल्ला गली में जमा होकर उसकी पसन्द की दाद देगा। कई तो मन में जल–भुन जाएँगे। माँ तो बताशे बाँटेंगी शहर–भर में। वो अक्सर कहा करती थी, कि विनी के लिए राजकुमार ढूँढ़ कर लाएँगी, और देखो विनी ने खुद ही राजकुमार ढूँढ़ लिया। लेकिन वो राजकुमार कहीं खो गया। अंकुश ने प्रेम में दगा नहीं दिया, लेकिन वो कायर बन कर घर, समाज और दुनिया के आगे झुक गया। विनी से कुछ कहे बिना, कुछ सुने बिना ही चला गया।

आज कुछ सुनाना चाह रही हूँ तुम्हें, कुछ कहना चाहती हूँ। तुम सामने होते तो कह नहीं पाती, तुम्हारी आँखों में तरस देखना मंजूर नहीं है। विनी बिस्तर से उठी। जमीन पर पैर टेकते ही लगा जैसे सब घूम रहा है, कोई जोर का भूकम्प हो और उसने धरती को आसमान और आसमान को धरती कर दिया हो। वो पलंग का सहारा लेती हुई, दीवार पर मुश्किल से हाथ टेक पाई। दीवार के सहारे चलती हुई मेज के करीब पहुँची, और कुर्सी पर बैठ गई। लैटरपैड अभी खुला रखा था। ये लैटरपैड अंकुश का लाया हुआ था। विनी ने लिखना शुरू किया...।

आखिरी पत्र! असफल प्रेमपत्र। पहली बार लिख रही हूँ। पहली बार इस खत में आखिरी खैरियत लिख रही हूँ। आखिरी बार इस पहले खत में तुम्हें अपना लिख रही हूँ। इस खत को तुम्हारा साथ नसीब होगा, लेकिन मुझसे ज्यादा ये बदनसीब होगा, जो तुम्हारे हाथ में तब होगा, जब किसी और का हाथ भी साथ होगा। बड़ा मुश्किल है ये मान पाना कि मुझसे करीब भी और कोई हो सकता है तुम्हारे और ये भी कि मैं सबसे दूर हो गई हूँ तुमसे।

बिना तंज, शिकायत और गुस्सा समझे। मुझे तुमसे शिकायतें नहीं हैं, ऐसा कहना मेरे लिए मुनासिब नहीं है। पिछले कई दिनों से रोते-रोते दिन हुए और रात हुई हैं। बिना नींद आए भी कई-कई दिनों तक मुर्दे की तरह पड़े रहने की कला सीख ली है। अब तो कोई पास आकर खड़ा रहे तब भी जान नहीं सकता कि मैं नींद में हूँ या जाग रही हूँ। तुम्हारे संग इतनी खुशियाँ बाँटीं, लेकिन आज दु:ख बाँटने के लिए पास नहीं हो। इन्सान अपने दु:ख में अकेला ही है, कई इन्सान तो इस दुनिया में भी अकेले ही हैं। और मेरे जैसे अपने दुखों के संग इस दुनिया में अकेले हैं। बाहर के घरों से लोगों की हँसी के ठहाके आते हैं, तो हँसने का बड़ा मन करता है। पर वजह ढूँढ़ते-ढूँढ़ते मन बदल जाता है। तुम्हारे जाने से सब बदल गया है। मैं भी बदल गई हूँ। घर में माँ कहती है, कि मुझे किसी की नजर लग गई है। उन्हें क्या पता मुझ पर से किसी की नजर उतर गई है या किसी की नजर से उनकी बेटी उतर गई है।

इस वक्त तुम शायद अपनी पत्नी के पगफेरे के लिए उसे लेकर अपने ससुराल जा रहे होगे। तुमने कोई जीप किराए पर ली होगी, या शायद कोई चचेरा, ममेरा भाई गाड़ी चलाकर तुम्हें वहाँ तक ले जाए। तुम खुद आगे की सीट पर बैठने के लिए कभी राजी नहीं होगे, क्योंकि तुम्हारी पत्नी पीछे की सीट पर अकेली रह जाएगी। तुम्हारे शिष्टाचार पर मेरा भरोसा अभी भी पूर्णत: कायम है। भरोसा तो तुम पर भी है, जितना वादा किया था तुमने साथ देने का, उससे तो दूर तक ही साथ आ गए। तुम्हारे संग के सफर में तुम कभी किसी महिला को गाड़ी का दरवाजा खुद खोलने नहीं देते, ये बातें मुझसे बेहतर कौन समझेगा।

बीच-बीच में तुम हाथ पकड़ लेते हो, ये तुम्हारी आदत है। तुम्हें याद होगा मैं तुम्हारे हाथों में अपना हाथ इस तरह रखती थी जैसे कि कोई पक्षी अपने घोंसले में

आ छिपा हो। नैनीताल की उस शाम लॉन में बैठे-बैठे जब मैंने अपना हाथ तुम्हारे हाथ में रखा, मैंने उस सर्द मौसम में पसीने का अहसास किया था। वहाँ का मौसम तो इतना ठंडा था कि कमरों में पंखे तक नहीं थे। वो शायद असहजता थी, जो हम दोनों के बीच अनजाने रास्तों से आ बसी थी। एक बात बताओ, क्या वो आखिरी पल तुमने पूरे मन से जिए थे? क्या कुछ ऐसा था जो मैं जानती नहीं थी, और तुम जानते थे? तुम्हारे हाथों की नमी से भी मैं क्यों ये बात नहीं समझ पाई कि रिश्तों, मुलाकातों की यादें धुल रही हैं। इतने महीनों पहले ही प्यार करना छोड़ चुके थे, और मुझे आभास भी नहीं हुआ। तब नहीं सोचा था कि एक दिन खत में लपेटे साथ बिताए पलों की किश्तें भेज रही होंगी। इस दिन के लिए मुझे बहुत पहले से तैयार कर रहे थे, मैं समझ की कच्ची थी, तभी समझ नहीं पाई। मैं तो आज भी नहीं समझ पा रही हूँ, कि तुम पर से मेरा अधिकार अब मिट चुका है। कोई तुम्हारे नाम का सिन्दूर माँग में भरे इतरा रही है, गले में लटके मंगलसूत्र को ठसक से घुमा रही है, पैरों की महावर पर सफेद चाँदी की पायल दिखाकर तुम्हें रिझाने में व्यस्त है। देखो जो एक रात में तुम्हें अपना कर गई, उसे मैं खुद पर विजेता मान रही हूँ। मैं चार साल तक मेहँदी-सी टूटकर, पिसकर, रचकर भी हथेली से सरसों की तरह फिसल गई। और अब तुम्हारे हाथों में कोई और हाथ है।

तुम्हें ये बताते हुए शर्म तो महसूस हो रही है मुझे, लेकिन फिर भी कभी कुछ छिपा कहाँ सकी इसलिए बता रही हूँ कि ऐसा लिखते हुए अभी-अभी मैंने उँगली में पेन की नोक जोर से चुभा दी, जिससे खून की एक लाल बूँद पन्ने पर गिर गई है। तुम जरा भी मत सोचना कि मैं खुद को चोट पहुँचाकर तुम्हें खून में सना खत लिख भेज रही हूँ। तुम एक बहुत ही मंगल मौके पर गए हो, ये अपशगुन होगा। मैं भूली नहीं हूँ, कि कोई खुद को चोट पहुँचाकर तुम्हें रिझा नहीं सकता। एक बार कोशिश की तो थी मैंने। कहाँ सफल हुई। तुमसे बदले में कड़ी सजा मिली थी।

बाहर अँधेरा घिर आया है। वैसे ये शाम होने का इशारा नहीं है। आजकल दिल्ली में सूरज उगते डूबते हर वक्त अँधेरा ही अँधेरा है। लोगों की आँखों में जलन है, साँस लेने में दिक्कत है और आँसू निकल रहे हैं। वही सब होता है, जो मुझे हो गया है। दिल्ली का दिल भी खो गया है। ये सब छोड़ो। क्या वक्त हुआ होगा? मैंने अपने कमरे के सभी कैलेंडर, घड़ियाँ हटा दी हैं। वक्त रुक न सका, तुम्हें मैं रोक नहीं पाई, लेकिन फिर भी अभी दिल बहुत नाजुक दौर में है। तो घड़ी देखना छोड़ दिया है मैंने।

एक चीज नहीं रोक पाई मैं। कैलेंडर हटाने पर भी तुम्हारी शादी का दिन आज याद रह गया। तुम्हारी माँ ने कहा था एक दिन मुझे जोरों से सुनाकर कि—'देव उठनी का पहला मुहूर्त तय कर आई हूँ मुन्ना के लिए।' कहते हुए उनके चेहरे पर एक जीत का भाव था। किससे जीत गई थी वो, ये वही जाने, मैं तो उनसे हारी नहीं

थी। मैं उनसे किसी मुकाबले में थी ही नहीं। वो न जाने किस जीत-हार में मुझे खींच ले गई थीं। सोचती हूँ, तुम्हारा दिल जीत लेना इतना आसान क्यों था, अगर तुम्हारी माँ, बहन, बुआ सबके दिलों पर इतने भारी ताले लटके थे। माँ क्यों नहीं मानी? क्या बेटा जिससे प्रेम करे, उसके संग बेटे को बाँटने में माँ का मन आशंकाओं से भर जाता है? मैं माँ को भी तो कितना प्यार करती थी, उनके कड़वे बोल भी मैं हँसी में टाल जाया करती थी। तुमने कहा था ना जिससे हम प्यार करते हैं, उससे प्यार करने वाले हर शख्स से खुद-ब-खुद प्यार हो जाता है। झूठ कहते थे तुम। माँ ने कभी मुझसे प्यार नहीं किया। प्यार न करतीं न सही, नफरत भी न करतीं तो अच्छा था।

तुम्हारी माँ ने जब शादी की तारीख का जिक्र किया, तब इन्दु दीदी बेल पत्र तोड़ने के बहाने बगीचे के पास आई, और इन्दु बार-बार कमरे की तरफ देख रही थी। मैंने उन्हें देख लिया, पर वो मुझे देख नहीं पाई। अच्छा ही है, देख लेती तो ढाँढस बाँधती, दु:ख जतातीं। दया किसी की नहीं चाहिए। तुम्हारी भी नहीं। तुम्हें खोने का दु:ख, दिलासाओं से कम नहीं होगा।

क्या वक्त हुआ होगा? तुम क्या करते होगे?

खिड़की खोलकर बैठे तुम रास्ते में पड़ने वाले खेतों को निहार रहे हो? बीच-बीच में क्या तुम अपनी साड़ी में लिपटी गठरी बनी बैठी दुल्हन को भी निहारते होगे? वो तुम्हें वैसे ही देख रही होगी जैसे मैं देखती हूँ? माफ करना, जैसे देखा करती थी।

हम सफर में जब होते थे तुम जिस तरफ बैठे होते मैं उसी तरफ देखा करती थी। शायद मैंने अपनी बगल से गुजरते शहर को, रास्तों को, सड़कों और लोगों को कभी देखा ही नहीं। इसलिए ये शहर मुझसे अनजान है, ये रास्ते मुझसे अनजान हैं, ये सड़कें मैं पहचानती नहीं, यहाँ के लोगों को मैं जानती ही नहीं। बड़ी मुश्किल हो गई है। अब मैं रास्ते में खो गई हूँ। मुझे समझ ही नहीं आता कि मेरा रास्ता कौन सा है। मेरे रास्ते की पहचान तो ये थी कि जिस तरफ तुम बैठोगे वहीं से मंजिल निकलेगी। तुम किस तरफ बैठे हो? मैं किस मोड़ से मुड़ूँ? किस दिशा में जाऊँ? कौन से चौराहे पर उतर जाऊँ, मुश्किल ये है कि मैं भूल गई कहाँ से निकली थी?

रसोई में से अदरक के कूटने की आवाज सुन पा रही हूँ मैं। मतलब शाम की चाय का वक्त हो चला है। आज का दिन बहुत लम्बा बीता है। मैंने पूरे कमरे को बिखेर दिया था कल, ताकि इसे समेटते हुए पूरा दिन निकल जाए और मुझे कुछ याद न रहे। पर कुछ नहीं गुजर रहा। सब रुक-सा गया है। यादों में तुम्हारे झूठ साबित हो चुके। तुम्हें याद है स्पंज के बने गिलास में से चाय स्टील के कप में उँडेलकर तुम वो गिलास मेरे गिलास पर चढ़ा देते थे। मैं गिलास ऐसे पकड़ती थी

कि बीच से मुड़ जाया करता। चाय मुझ पर गिरे उससे पहले तुम दूसरा गिलास नीचे कर देते। अब मुझे उस आग से खुद को बचाना है। खुद ही बचना है। अभी रास्ते में किसी नुक्कड़ पर गाड़ी रोकते हुए तुम चाय के गिलास लोगे तो, गिलास खाली होने पर क्या उसी तरह दूसरे गिलास पर लगा दोगे?

ये बात सोचते-सोचते कि ये प्रेमपत्र मैं कैसे तुम तक पहुँचाऊँ, एक और दूसरी बात ने मेरा मन चिन्ता से भर दिया है। तुम्हें याद होगा तुम्हारे जन्मदिन पर मैंने कुछ खत लिखकर तुम्हें भेजे थे। उन खतों को तुमने एक एक दिन पढ़ा और तीस दिन तक उन्हें घर के एक-एक कोने में छिपा दिया था। ये बात तुमने ही मुझे बताई थी। मुझे खुद पर गुमान हो आया था, कि प्रेम की निशानियों को इतना सँभाल कर रखने वाला शख्स प्रेम को कितना सहेजकर रखेगा। सहेजना चाहते तब भी कहाँ छिपाते मेरी यादों को। पति-पत्नी में तो सब साझा होता है। कुछ भी गोपनीय नहीं। जो गोपनीय हो, वो छल और छलावा। तुम खुद को लौटा ले गए मेरे पास से, लेकिन मुझे मेरे पास लौटा कर नहीं गए, उन खतों को लौटाना कैसे भूल गए? क्या फिर से छल करने जा रहे हो?

गुलेल

अँधेरा होते-होते जब सूरज के ढलते ही लोग घरों में लौटते, पलाश घर से निकल जाता। रात का शहंशाह बनने की कवायद पिछले सात महीने से चली आ रही थी। पर वो पिटा हुआ प्यादा होने से रत्ती-भर भी कुछ ज्यादा नहीं था। बिना एक अक्षर पढ़े-लिखे स्कूल में किताबों के हवाई जहाज बनाने पलाश को इस शहर में साल भर गुजारा करना ही था, तब जाकर वो रकम जुड़ पाती, जिसे हथेली पर जमाकर वो गुलेल का हाथ माँगने गाँव वापिस जाता। अगर अपने मुँहफटपन पर लगाम रखकर उसने गुलेल के पिता से वो चुनौती न ली होती, तो आज अजनबी शहर में इस तरह भटकना न पड़ता। गाँव में कुछ भी करके दो वक्त की रोटी खिलाने लायक कमा ही लेता। गुलेल के प्यार से सब मुमकिन था, पर अब पछताने से क्या होता। सच यही था कि वो शहर में दर-दर भटक रहा था।

आते-आते गुलेल से मिल भी नहीं पाया था। दूर छत पर एक बार उसकी हलकी-सी झलक दिखी थी बस। वो आधा मुँह दुपट्टे में छिपाए रो रही थी शायद। उसके बाप से कह दिया था कि इन्तजार करे, लेकिन उससे कहना भूल गया था। क्या फर्क पड़ता है, जो बात पूरे मोहल्ले को पता थी, वो गुलेल को भी पता होगी।

कैलेंडर पर नजर डाली तो 210 दिन गुजर गए थे, जिसमे आखिरी बार 200 दिन पहले गुलेल की आवाज सुनी थी।

कितना रोती होगी, याद में—सोचकर उसने पलकें पोंछ लीं।

आठ बजते ही वो सीढ़ियों पर से उछलता हुआ बिल्डिंग से नीचे उतर आया। गली में बैठे कुत्ते ने अब उस पर भौंकना बन्द कर दिया था। पहले-पहल उसने पलाश की पतलून पकड़कर पूरे मैदान में दौड़ाया था। एक तो उसका हुलिया उस पर उसका रात-बेरात आना-जाना, गली के सभी कुत्ते उसके खिलाफ हो गए थे। पर फिर पलाश की नेकदिली ने उनका दिल जीत लिया और अजनबी शहर में उसे चार यार मिल गए। वो हाथ हिलाता हुआ सड़क के किनारे-किनारे चलने लगा। बिल्डिंग से दो किलोमीटर दूर आकर बस स्टॉप पर बैठ गया। ये पिछले सात महीनों में 23वाँ ठिकाना था।

पलाश ने सिगरेट का छल्ला बनाया और आसमान की तरफ मुँह कर दिया, धुआँ उड़ता-उड़ता वापिस नाक में आ गिरा। जोर की खाँसी उठी, तो थूक के छींटे उड़ गए, उसने मुँह पर हाथ नहीं रखा और फव्वारे को हवा में छोड़ दिया। बगल से एक और खाँसी सुनाई दी। धुएँ ने एक और नाक के रुँए जलाए, उसने पलट कर देखा तो दो और आँखें तरेर कर देख रही थीं। वह शख्स मन में कुछ बड़बड़ाया और उठकर दूर जाकर बेंच पर जा बैठा। पलाश को बहुत मजा आया। आज दिल जलाने का कोटा पूरा हो गया था, एक हफ्ते से कोई भी उसे देखकर चिढ़ा नहीं, किसी के मुँह से गाली और बद्दुआ नहीं सुनी, किसी ने लानत नहीं फेंकी थी, तो पेट में एक गोला बन बैठा था। आज गाली और हाय ने पेट में बने गोले को हल्का आकार दिया, पलाश ने चैन की साँस ली।

चाय का स्वाद अब बढ़िया ढंग से आया। पर हाथ में कुछ चुभा तो देखा कि चाय का कप किनारे से चटक गया, और चाय बूँद-बूँद रिसने लगी। इतने हलके प्लास्टिक के कप को कोसकर उसने मन में सोच लिया, कि आज के बाद वो कभी भी बाहर चाय नहीं पिएगा। जब भी होगा, किसी अच्छे से ढाबे में बैठकर ही चाय लेगा, भले दुगुने पैसे खर्च हों। महँगी जगह पर बैठकर खाने-पीने से आदमी का रुतबा बढ़ता है। गुलेल के बाप को रुतबा देखकर ही यकीन आएगा कि वो उसका दामाद बनने लायक है।

पूरे पैंतालीस मिनट हो गए, लेकिन दौड़ती-भागती सड़क पर एक भी गाड़ी आकर नहीं रुकी। हॉर्न के शोर कानों के परखचे उड़ाने लगे। पलाश ने कानों के दोनों तरफ मफलर को कसकर लपेट लिया, तो कान की नरम-सी हड्डी में चीस-सी हुई। उसने गर्दन के पास उँगली फिराकर मफलर की पकड़ को ढीला कर दिया। पूरी बेंच खाली हो गई थी। सड़क पर ट्रैफिक बढ़ा। गाड़ी धीरे-धीरे खिसकने लगी। दूर तक सड़क खुलने का कोई संकेत नजर नहीं आता था। ये काफिला कम-से-कम एक घंटे के लिए जाम हो गया था और पलाश को घंटे-भर तक अपना हुनर आजमाने का मौका मिल गया। उसने बस स्टॉप से नीचे उतरकर मोबाइल का टॉर्च जला लिया और गाड़ियों की बगल से गुजरकर एक-एक करके देखना शुरू किया। एक गाड़ी पर मोबाइल की लाइट डालते ही बड़ी घनी मूँछों वाले आदमी ने शीशे उतार दिए, आदमी मन में कुछ बुदबुदाया तो पलाश ने शक्ल देखते ही दो भारी भरकम गलियाँ देकर टॉर्च बन्द कर दिया। गाड़ी में बैठे आदमी ने खिड़की में से झपट्टा मारते हुए पलाश का मफलर पकड़ा कि तभी पीछे वाली गाड़ी ने हॉर्न बजा दिया,

पलाश ठीक-ठाक आगे बढ़ गया, तब पीछे मुड़कर उसने बस होंठ गोल गोल घुमाकर एक झन्नाटेदार गाली घनी मूँछों वाले आदमी को दी, जिससे गाड़ी का मालिक तिलमिला कर रह गया। पलाश अगली गाड़ी के शीशे पर रौशनी करके शीशा खुलने का इन्तजार करने लगा, तो आदमी ने शीशा नहीं खोला। पीछे की सीट

पर दो बच्चे बैठे थे, और आगे रात में काला चश्मा लगाए एक सजी-धजी औरत जो हर एंगल से आदमी की पत्नी लग रही थी। पलाश ने शीशे पर ठोंक मारी तो भी किसी ने कोई जवाब नहीं दिया, न ही गाड़ी के भीतर कोई हिला।

पलाश ने ड्राइवर की साइड आकर काँच पर चेहरा टिकाकर देखा तो उसने फौरन पहचान लिया, कि यही आदमी महीने-भर पहले उसे गाजीपुर रेड लाइट पर मिला था, और तब उसने खुद ही शीशा उतार कर पलाश को रोका था। उसे गुस्सा आया तो उसने मुँह से च्विंगम निकाली और फ्रंट मिरर पर चिपकाकर रेस लगा दी। भागते भागते पीछे मुड़कर देखा, गालियों की आवाज सुनी, लेकिन आदमी नीचे नहीं उतरा।

अगर उतरता तो इसकी उतार देता—पलाश ने मन में सोचा।

आज उसे ज्यादा ही गुस्सा आ रहा था। धूल में पैर पटकता वो आगे बढ़ने लगा और फुटपाथ के किनारे-किनारे चलते हुए अगली रेड लाइट पर पहुँच गया। रात के 11:30 हो गए थे। आज भी वो इसी तरह भटकता रहा तो गुलेल को कोई ले उड़ेगा।

अपने प्यार के लिए उसे लड़ना होगा। सब कुछ दाँव पर लगाना होगा—उसने सोचा और रोड के किनारे गाड़ियों की कतार के बगल-बगल चलने लगा। हाथ में मोबाइल की लाइट जलाए वो शीशों पर रौशनी डालता और आदमी का चेहरा देखता। आदमी ही सही थे, औरतों से वो दूर था। गुलेल के सिवा किसी की तरफ नजर उठाकर देखेगा भी नहीं, मन में सोच कर वो घर से निकलता था।

एक गाड़ी का शीशा धीरे-धीरे नीचे उतर रहा था। पलाश दौड़कर ड्राइवर सीट के नजदीक आ गया। उसने फौरन कमीज का ऊपर वाला बटन खोलकर गर्दन पर हाथ घुमाया और एक हाथ कमर पर रख लिया। मोबाइल की टॉर्च बन्द करके जेब में रख ली। गाड़ी का शीशा आधा ही खुला, आदमी ने हाथ बाहर करके पलाश का चेहरा छुआ और जोर से नाखून गड़ा कर होंठ के पास खून का थक्का जमा दिया। पैसे के बदले प्यार इसी हिसाब का मिलता था। खून से सना हुआ। आदमी का हाथ मजबूत था, पलाश ने चूँ तक नहीं की। गाड़ी वाले आदमी ने दोबारा हाथ बाहर निकाला तो सौ का कड़क नोट पलाश की तरफ बढ़ा दिया। उसने नोट लपक लिया। लाइट हरी हो गई। गाड़ी धीमी-धीमी रफ्तार से आगे जाती जा रही थी और पलाश फिर दौड़कर गाड़ी के कंडक्टर साइड आ गया। गाड़ी अभी भी रुकी हुई थी। अन्दर बैठे लोगों ने आधा शीशा उतार लिया था। सौ का नोट देने वाले आदमी के बगल में औरत बैठी थी, जिसने पलाश को देखकर सड़क पर थूक दिया था।

पलाश ने जेब से मोबाइल निकालकर टॉर्च जलाई। गाड़ी के शीशे पर रौशनी डाली, तो आधा चेहरा दिखा। हँसता हुआ। जाना पहचाना।

'गुलेल उस दिन छत पर रोती नहीं थी'—पलाश रात-भर यही सोचता रहा।

गौरा

पिताजी का रिटायरमेंट समारोह मानो पूरा लोको शेड सपरिवार अपने चहेते स्टाफ को विदाई देने पहुँच गया। सभी ऐसे मिल रहे थे जैसे उनके पुराने रिश्तेदार हों। उनकी नजदीकी मित्रमंडली से तो हम पहले भी मिलते रहते थे, लेकिन आज उनके दोस्तों के दोस्त, उनके दोस्त और उनके सब परिवार वालों से मिलना हुआ। कई लोगों को मैं बचपन से जानती-पहचानती थी, लेकिन फिर भी उनमें से कई के चेहरे इतने बदल चुके थे कि याददाश्त पर जोर डाल कर भी पहचाने नहीं जा रहे थे। आदमियों के बस बाल सफेद हुए थे, लेकिन औरतें मानो अपनी उम्र से कुछ ज्यादा ही बूढ़ी हो जाती हैं।

बड़ा अजीब सा माहौल था। वैसे तो सब मिठाइयाँ, पकवान खा रहे थे, लेकिन अन्दर से सोचकर दुखी थी कि कल से अब शर्मा जी नहीं आएँगे और ऐसा सोचने वालों के चेहरों पर भावनाओं की पंचमेल खिचड़ी साफ नजर आ रही थी। बातचीत का ढर्रा भी लगभग एक जैसा था।

'वापिस कब आ रहे हो?'

'कैसे निकालोगे दिन?'

'बच्चों के संग वक्त बिताओगे?'

'कोई दुकान खोलोगे क्या?'

सवालों का सिलसिला बिना किसी रोक-टोक चलता रहा और पिताजी उनके जवाबों में खोए रहे। मैं उनके चेहरे को पढ़ने की कोशिश करती रही। उनका चेहरा तो खुशी से चमक रहा था, लेकिन उस खुशी के पीछे काम की जगह और जवानी के दोस्तों के छूट जाने का मलाल भी था। सरकारी नौकरी से सेवानिवृत्ति बिल्कुल बेटी की विदाई जैसी होती होगी। जिन्दगी एक छत के नीचे गुजारने के बाद अपने ही घर से अलग होने सी फीलिंग।

पर इन सबसे मुझे कोई मतलब नहीं था। बीच-बीच में कुछ लोगों के सवालों के जवाब देकर मैं इस उम्मीद में चुप हो जाती, कि अब कोई नहीं पूछेगा, मैं क्या कर रही हूँ, कब शादी कर रही हूँ। पहली बार मुझे अपनी उम्र छिपाने का दिल कर

रहा था। मन में आया कि कह दूँ अभी तो पढ़ रही हूँ, शादी का सवाल ही नहीं। लेकिन शादी नहीं करनी कहने पर जो सवालों की बौछार हो जाती, वो अपने अन्दर सवाल पूछने वाले के प्रति चिढ़ पैदा कर रही थी। बहरहाल, परिवार में पूजनीय पिताजी की अपनी जगह थी, लेकिन अपने घर के बाहर के लोगों में भी उनका ये सम्मान देखकर हम मन–ही–मन बहुत खुश थे। पिताजी के चेहरे पर भावनाओं का तानाबाना स्पष्ट था। उनका गला भर रहा था, जिसे साफ करने को वो बीच–बीच में उठ कर चले जाते।

इन सभी संयोग–वियोग के चित्रों के बीच, उस रोज मेरा बचपन भी चौखट पर खड़ा झाँक रहा था। बचपन की सबसे कीमती और अहम याद बचपन के दोस्त ही होते हैं। साथ गुजारे अच्छे–बुरे दिन सब भले से लगते हैं। पन्द्रह साल बाद अचानक मेरा बचपन भी मुझे देख रहा था। हैरान–सा, सकुचाया हुआ कि अचानक गौरा को देखकर मैं दंग रह गई। गौरा के चमकते चेहरे पर पसरी वही मासूम मुस्कराहट। हम दोनों की नजरें टकराईं और अचानक उसकी हँसी गायब हो गई। उसके चेहरे पर आया भाव उदासी का तो नहीं था, पर ये वही गौरा थी जिसका बचपन तंगहाली और बदहाल परवरिश का शिकार होकर रह गया था।

एक जैसे नाम के अलावा सबकुछ अलग था हमारे और गौरा के बीच। मेरा रंग श्वेत, उसका श्याम। मेरे नैन–नक्श तीखे और उठे हुए थे, लेकिन उसके हृष्ट–पुष्ट और धच्च से पड़े हुए। ये फर्क सिर्फ सूरत का नहीं था। हमारे दोनों के परिवार भी बिल्कुल अलग थे। उन दोनों परिवारों के बीच के सुख–दु:ख, उत्सव, उमंग के कारण सब अलग से थे। उस बेमेल (हाँ, बचपन में हमें गौरा का घर बेमेल–सा लगता था) से घर में सब एक दूसरे से अलग दिखते थे। दोनों घरों के किसी भी सदस्य में कोई मेल नहीं, कोई समानता नहीं थी। साफ–साफ कहूँ तो तरी से अलग तैरती कच्ची और अधपकी सब्जी से लोग।

गौरा घर में सबसे छोटी इकलौती बेटी थी, और बड़े भाई प्रभात, फिर परवेश थे। दोनों दिन भर शहर में आवारागर्दी करते फिरते। घर में खाने कमाने को यूँ तो 3 मर्द थे लेकिन गौरा के दादाजी (पिता जी) के अलावा सब जूती चटकाने में रह गए। लेकिन फिर भी दोनों बेटे माँ की आँखों के तारे थे। गौरा की माँ दोनों बेटों के पीछे लार टपकाती घूमती रहती। मेरी हमउम्र, मेरे बचपन को जिसने धप्प से मेरे सामने लाकर खड़ा कर दिया, उसका बचपन भी मेरे बचपन से बिल्कुल अलग था। पर गुजरा समानान्तर था, इसलिए सब याद आ रहा था। गौरा पढ़ना चाहती थी। मैं स्कूल जाने के लिए उसके घर के सामने से गुजरती, तो वो मेमने–सा मुँह लटकाए मुझे देखती रहती।

कई बार मन करता कि उसे ले भागूँ, लेकिन पैरों की फलाँग का कद ख्यालों के आसमान से सच के खजूर पर ला पटकता। गौरा के घर के सामने से गुजरते हुए,

उसके चेहरे पर रिक्तता और दुःख के मिश्रित भाव देखकर लगता कि जैसे कलेजा फट जाएगा। मछली-सी तड़पती उसकी देह मेरे मन में छाले कर देती।

मेरे लिए जैसे ये एक मानसिक तनाव बनकर रह गया था। उठते-बैठे सोते जागते मेरे दिलो-दिमाग में ये बात घूमती रहती कि गौरा के मन को कितना दुःख जकड़े बैठा है। उसके घर में भाई-बहन के बीच का फर्क तो था ही, लेकिन उसके साथ जबरन बन्दी बनाने जैसा व्यवहार मेरी सबसे बड़ी मानसिक प्रताड़ना थी।

उस एक रोज गौरा पीछे के आँगन में बैठकर रो रही थी। घर के पिछले हिस्से में उसका रोना मेरे घर तक सुनाई दे रहा था।

मैं दौड़कर घर से निकली, गली में पैर फिसला जो फौरन उठ खड़ा हुआ, और मैंने जाकर गौरा को गले से लगा लिया।

क्या हुआ तुझे ? क्यों रो रही है ?—गौरा की आँखों में आँखें डालकर पूछते हुए मैं संग में रो दी।

गौरा ने पीठ दिखाई, उसकी गर्दन से पीठ तक बेसरम की लकड़ी की छाप पड़ी थी, जैसे किसी ने जोर से खाल उधेड़ने को ही मारी हो।

गौरा की मुट्ठी में कागज मुचड़े पड़े थे, जिसे दिखाकर वो और जोर-जोर से सुबकने लगी। उसके हाथ का कागज मेरी ही किताब का फटा पन्ना था। वही पन्ना जो किताब में न देखकर मैं बहुत परेशान हुई और गाय के बछड़ों तक के मुँह को खोल-खोलकर ढूँढ़ती रही थी। वो पन्ना गौरा ले गई थी। पढ़ने के अपने शौक को एक बार पूरा करने के लिए। और उस शौक की ये कीमत चुकानी पड़ी है उसे।

मैं तेरे घर में क्यों नहीं पैदा हुई ? मैं भी पढ़ती-लिखती खेलती-कूदती। एक पन्ना हाथ में देखकर देख कैसे मारा है मुझे दादाजी ने ?—कहते-कहते गौरा लिपट गई।

ये कैसे होता है कि गौरा के आँसू जो दर्द से उपजे थे, उन पर मेरे आँसुओं ने मरहम-सा काम किया। हम दोनों सहज होने की कोशिश कर रहे थे कि तभी ऐसा लगा जैसे किसी ने आवाज दी। संवेदनाओं के शोरगुल के बीच एक अन्य आवाज ने दोनों सहेलियों के दुःख की टीस को थोड़ी देर के लिए बीच में शान्त कर दिया।

दादाजी बुला रहे थे। गौरा फौरन हवा हो गई। और अगले दो दिन कहीं नहीं दिखी। मैं उसके घर जाती और दरवाजे से लौट आती। जीजी (गौरा की माँ) से गौरा झूठ बोलकर अपनी जान बचा पाई थी उस दिन कि मैंने वो किताब उसे दी, गलती से एक फटा पन्ना उसके पास रह गया था। एक एक करके पूरे पन्द्रह दिन निकल गए और गौरा की और मेरी दोस्ती एक ऐसे सवाल के घेरे में खड़ी रही, जब तक अगले दिन सुबह मेरी आँख गौरा की चीखों से नहीं खुली।

चीखें ऐसी थी जैसे किसी कसाई ने किसी जानवर की गर्दन पर छुरा रखा हो। चीखें बढ़ती जा रही थीं। मैंने माँ को बाहर की तरफ दौड़ते देखा, मेरी ताई जी ने

भैंसों के थनों के बीच में ही बाल्टी छोड़ दी, और आधी बँधी आधी खुली साड़ी में घिसटती माँ के पीछे भागी।

मेरी जान थूक के संग हलक में अटक गई। गिरती-उठती मैं भी जाकर माँ के पीछे छिप गई। दोनों आँखों से सामने जो हो सकता है उसे देखने की हिम्मत नहीं हुई तो एक आँख को माँ के पल्ले में छिपा लिया। गौरा का गौना हो रहा था। आठ साल की उम्र में।

पर इसका ब्याह कब हुआ माँ?—मैं आँसू पोंछती हुई माँ की ओर जवाब की उम्मीद में देख रही थी।

माँ क्या कहती, चुप रही।

गौरा की जीजी उसे घसीटती हुई लिए जा रही थी। दादाजी पीछे-पीछे थोड़ा अनाज, बर्तन भांडे, और एक बकरी लिए चल रहे थे। गौरा चारों खाने चित होकर गिर पड़ी। कीचड़ में गिरते-गिरते रह गई। उसके रोने की परवाह किये बिना गौरा को घसीटकर जीजी ने बैलगाड़ी में डाल दिया और उसे कसाई के बकरे की तरह दादाजी जैसी घनी मूँछों वाले एक आदमी ने पैरों के बीच में दबा लिया।

माँ, ताई की फुसफुसाहट सुनी—पति है गौरा का।

मैं देखती रही कि गौरा बेसुध-सी बैलगाड़ी में पड़ी थी और बैलगाड़ी धीरे-धीरे करती गली के कोने पर पहुँचकर ओझल हो गई। मेरी आवाज गुम हो गई। बेबस बचपन को ले जाते हुए मैंने जवानी को तो पहले भी देखा था, लेकिन वैसी ही निर्लज्ज भूमिका में बेरहम बुढ़ापा पहली बार देखा।

कोई कहता गौरा के दादाजी ने खेत अपने नाम करा लिए, कोई कहता गौरा का पति बड़ा सरकारी अफसर है, प्रभात को नौकरी लगवा देगा कोई कहता 5000 रुपए दिए दादाजी को वगैरह, वगैरह।

कई कहानियों के संग गौरा भी मेरे लिए एक कहानी बन गई थी, जब तक कि आज मैंने उसे अपने सामने खड़ा नहीं देखा। उसके पास दो बच्चे खड़े थे। दोनों के चेहरे वैसे ही बचपन की गौरा की तरह कुम्हलाए हुए थे। लेकिन गौरा अब मुस्कुरा रही थी। उसके चेहरे पर मांस चढ़ गया था। गाल उभर आए थे। मैं उसे घूम-घूमकर देख रही थी जैसे कि बचपन में कपड़ों पर लगा कीचड़ देख रही हूँ। लेकिन अब वो साफ था। साथ ही गुप्त परिस्थिति में बेची गई गौरा अब उसी खरीदार की पत्नी थी, वही मोटी घनी मूँछों वाला आदमी, जो बाहर कुर्सी लगाकर बैठा था, वो भी एक महीने पहले ही नौकरी से फारिग हुआ था, मेरे पिता की तरह, उन्हीं का हमउम्र।

बे-औलाद

घर में कोने-कोने से हँसी-ठिठोली की आवाज सुनाई देती थी। जीते-जागते रिश्तों की धुरी बने इस तीन कमरों के मकान को सिर्फ मकान कह देने का मतलब होता उसमें सम-विषम परिस्थितियों से जूझते हुए निकले पाँच साल को हथेली पर रख राई की तरह गिरा देना। एक दम्पति ने जिस घोंसले को एक-एक करके जुटाए तिनकों से खड़ा किया था, वो अब घर लगने लगा था। हवाओं का सामना तो ये कर गया था, अब किसी तेज तूफान के सामने भी यूँ ही टिक पाता, इसका फैसला तो तभी हुआ जब वाकई एक तेज हवा पूरे जोश से इस घर से आ टकराई। घर तो तब भी खड़ा रहा, बस घर में रहने वालों के पैरों तले ऐसी चिकनी फिसलन भरी मिट्टी आ जमी, जिसने पूरी तस्वीर को गहरे भूरे रंग की शक्ल दे दी।

हर घर की तरह इस घर का भी अपना इतिहास था, आलोक से निधि के पति आलोक, और परी के पिता आलोक बनने तक का सफर इसी छत के नीचे तय किया था।

कई उतार-चढ़ाव आए, कई बार मुसीबतें चौखट तक आईं और दबे पाँव लौट गईं, कई बार मुसीबत चौखट लाँघ कर अन्दर भी घुस आई, और कुछ दिन साथ रही, फिर कभी सबक देकर तो कभी अनुभव देकर चलती बनी। इन सब परिस्थितियों में जो एक बात कभी नहीं बदली वो थी आलोक का धैर्य और हालात को बदलकर फिर जीने लायक बनाने की इच्छाशक्ति।

पर ये धैर्य जन्मजात या परिवार की विरासत से नहीं, बल्कि जीवन में बहुत कुछ पाने-खोने के समीकरणों से होकर गुजरने के बाद मिला था।

'सुनो, उस वाले घर में नहीं जाते हैं, ठीक है? इधर की तरफ खेलना'—निधि ने परी को समझाया।

परी ने निधि की तरफ चेहरा किया और मुँह बनाकर बोली—

'क्यूँ? वहाँ क्यों नहीं जाना? वहाँ भूत रहता है?'—परी जोर से चिल्लाई।

निधि ने जूतों के फीते बाँधते हुए, उँगली होंठों पर रखी—

'बकवास बन्द करो परी, जितना कह रही हूँ उतना समझो, वरना पापा,' निधि ने बात अधूरे में ही छोड़ दी।

'बस बस, आप सब हमेशा पापा की धमकी क्यों देते हो? और एक वही हैं जिनसे मैं डरती नहीं हूँ'—परी ने इतना कहा, और कहकर खेलने भाग गई।

निधि दाँत पीसती रह गई, और वहीं सोफे पर जमकर बैठ गई।

परी, आलोक और निधि की चार साल की बेटी थी। आलोक, जो कि आईटी कम्पनी में जॉब करता था। अच्छी-खासी तनख्वाह हर महीने बैंक में आती थी। स्वभाव से आलोक जिस तरह का इन्सान था, लगता मानो इस दुनिया में उसका कोई दुश्मन नहीं हो सकता था। इतना मृदुभाषी, और सरल। लेकिन जब गुस्सा आता, तो एक पल को उसका पारा, सभी हदें पार कर जाता और वह चीख पड़ता।

गृहस्थी की गाड़ी ठीक-ठाक चल रही थी। कोई बहुत ज्यादा उत्साह और उमंग नहीं थी, लेकिन फिर भी कोई कलह-कलेश गम्भीर अवस्था तक भी नहीं पहुँचा था। आम जोड़ों की तरह समाज, बच्ची, वर पक्ष, वधू पक्ष के लागलपेट के संग एक आदर्श विवाह की परिभाषा पूर्ण हो जाती थी।

पाँच साल पहले निधि और आलोक का परम्परागत ढंग से विवाह हुआ था। निधि अच्छी लड़की थी, ऐसा आलोक की माँ ने कहा था, जैसा कि हर अरेंज मैरिज में कहा जाता है। घरवालों ने पसन्द किया तो, आलोक ने भी हाँ कर दी, और कुछ ही महीनों में शादी हो गई। यूँ भी अरेंज मैरिज में हाँ या ना की गुंजाइश से ज्यादा होता भी नहीं कुछ। राय पूछते वक्त माँ-बाप पूरी परवरिश का कर्ज ले जाकर बैठ जाते हैं। ज्यादा से ज्यादा शक्ल देख सकता है इन्सान।

निधि वर्किंग नहीं थी, और ना ही भविष्य में कैरियर के नाम पर कुछ करने का उसका कोई सपना था। बस यही सपना था कि आलोक अच्छा कमाए और जिन्दगी यूँ ही सुकून से कटती रहे। आलोक अच्छा-खासा कमाता था तो एक महीने में ही परिवार आगे बढ़ाने के बारे में फैसला ले लिया और एक साल के भीतर दोनों को एक बेटी हो गई।

एक दिन आलोक ऑफिस से आ रहा था तो घर के पड़ोस में ट्रक में से सामान उतर रहा था। सामान की तादाद काफी ज्यादा थी, उसे लगा शायद कोई और फैमिली आई है रहने, जिनका घर है, आलोक चुपचाप अन्दर आ गया।

'निधि, निधि'—आलोक ने आवाज दी

निधि, परी के संग पीछे बरामदे में बैठी थी। आलोक उसे ढूँढ़ता वहाँ जा पहुँचा।

आलोक के घर में आगे कमरा पड़ता था, और बीच में एक बरामदा, फिर कमरा, और फिर पीछे एक छोटा-सा आँगन था, जहाँ परी अपने कलर, ब्रश, फैला कर बैठी

रहती थी। उसके रंग की डिब्बियाँ, उसके नन्हे-मुन्ने ख्यालों को कोई रूप आकार देन की कोशिश करती, लेकिन पन्ने पर जितने रंग बिखरे होते उससे ज्यादा रंग कपड़ों पर और उसके हाथ-पैरों पर लगा होता।

'ओह मेला शोना, ये कौन सी ह्यूमन पेंटिंग बनाई है बेबी ने?'—आलोक ने परी को गोद में उठा लिया

परी ने हाथों का सारा रंग आलोक के चेहरे पर पोंछ दिया—'पापा पेंटिंग बनाई है।'

परी की बात सुनकर आलोक हँस दिया, तभी अचानक उसका ध्यान में पड़ोस में आए लोगों पर गया—

'अच्छा निधि, साइड वाले घर में कोई रहने आया है?'

'हाँ, सामान तो देखा था मैंने, पर कोई दिखा नहीं, घर की लाइट जल रही थी, पता नहीं कैसे लोग हों'—निधि ने कहा।

'अरे कैसे लोग मतलब क्या, पड़ोस है, इतनी अच्छी जगह है, आतंकवादी तो होंगे नहीं, बातचीत करना, पता चल जाएगा कौन आया है?'

'मुझे क्या पड़ी है, कोई आए, कोई जाए, तुम भी ज्यादा ध्यान मत दो, मुँह-हाथ धो लो, मैं चाय ले आती हूँ।'

आलोक शान्त स्वभाव का आदमी था। ना ही उसे बहुत जल्दी गुस्सा आता था, और ना ही उसका गुस्सा बहुत ज्यादा देर टिक पाता था, वो अपनी पसन्द-नापसन्द के साथ सहजता से तालमेल बिठा लेता था। वो सबसे सलीके से पेश आता, और बदले में बस इतनी सी ही उम्मीद करता। उसे निधि का इस तरह बात-बात पर किसी पर तंज कसना जरा रास नहीं आता था, लेकिन उसे ज्यादा कुछ कहने का फायदा भी नहीं था।

आलोक खाने की मेज पर बैठा था, रात के नौ बजे थे। निधि एक-एक करके खाने के बर्तन टेबल पर रख रही थी, परी ने तेज आवाज में टीवी चला रखा था। इसी शोरशराबे के बीच, दीवार के उस तरफ से खट-खट की तेज-तेज आवाज आने लगी। ये आवाज कभी एक दीवार से आती तो कभी दूसरी दीवार से।

आलोक का ध्यान बार-बार लैपटॉप से भटकता, और वो आवाज सुनने लगता, निधि आवाज से परेशान होकर बोली—क्या बेवकूफ लोग हैं, इतनी रात को कोई ऐसे शोर करता है, ये भी नहीं सोचते पड़ोस में कोई रहता है।

आलोक चुप रहा, उसने लैपटॉप बन्द कर दिया और खाना खाने लगा।

रात को निधि और आलोक छत पर बैठे थे, दोनों के हाथ में चाय का प्याला था, 'आप कितना प्यार करते हो मुझसे?'—निधि ने पूछा।

'तौला नहीं'—आलोक ने कहा और चाय का घूँट लेकर खामोश हो गया।

'फिर भी, बता तो सकते हो?'—निधि।

'क्या सवाल है, नफरत करता तो शादी नहीं करता, जानती हो न?'—'हाँ और प्यार नहीं करते तो परी नहीं होती'—कहकर निधि ने आलोक का हाथ पकड़ लिया।

आलोक को इस दर्जे के प्रेम और इजहार से चिढ़ थी, अधिकार का इस तरह प्रचार करना खुद के भीतर की असुरक्षा और आशंकाओं का नतीजा होता है। निधि अक्सर इस तरह के इजहार से आलोक को थोड़ा असहज कर देती थी। उसका इतना कहना था, तभी बगल वाली छत से कुछ गिरने की आवाज आई और धीरे-धीरे अँधेरे में एक परछाई, अचानक गायब हो गई।

आलोक एकदम से झेंप गया, उसने हाथ निधि के हाथ से छुड़ाया, और दूर खड़ा कुछ सोचने लगा, उसे लगा जैसे कोई छिपकर उसे देख रहा था, और वो नजरें अब भी उसके शरीर पर ही छूट गई हों।

आलोक नीचे चला गया। रात के तीन बज गए लेकिन उसकी आँखों में नींद का नामोनिशाँ नहीं था, वो जमीन पर जाकर लेट गया। कुछ पल में उसकी पलकें भारी हुईं और वो गहरी नींद में चला गया।

सुबह-सुबह आलोक आँख खुलते ही बाथरूम में घुस गया। आलोक फोन पर क्लाइंट से बात करने लगा, तभी बाथरूम में हल्का-हल्का गाना चलने की आवाज आने लगी आलोक ने फोन रख दिया, उसने नजरें घुमाई तो देखा कि पिछली खिड़की से बगल वाले घर में से हल्का-हल्का कुछ सुनाई दे रहा था, उसने और गौर किया तो ऐसा लगा जैसे कोई रिकॉर्ड नहीं बज रहा था, बल्कि कोई खुद गुनगुना रहा था।

न जाने वह किन ख्यालों में डूबकर किस याद में गोता लगाने लगा कि तभी बाथरूम का दरवाजा बजा और निधि की आवाज सुनकर, आलोक ने अपने भीतर के शोर को फ्लश की आवाज से दबा दिया।

निधि का बोलना बदस्तूर जारी था। वो जल्दी-जल्दी टेबल पर प्लेट लगाने लगी। आलोक को टेबल के पास आते देख बोल पड़ी—

'ये बगल में कोई पागल आया है क्या?'—निधि ब्रेड पर जैम लगाते हुए बोली।

आलोक जूते के फीते बाँध रहा था, क्या निधि की झल्लाहट को अनसुना करते हुआ बोला—'क्यूँ, पत्थर फेंक रहा है कोई तुम्हारे घर पर?'

'बस करो। रात को दीवारों पर खट-पट करते हैं, छत पर अँधेरे में रहते हैं, जोर-जोर से गाने गाकर शोर मचाते हैं।'

आलोक हँस दिया, 'निधि, कोई नए घर में रहने आएगा तो उसे सजाता ही है। कोई अपने अन्दर की भावनाओं को आवाज देता है, तो उसे संगीत कहते हैं, शोर नहीं'—आलोक कहते हुए नाश्ते की मेज से उठा और ऑफिस चला गया।

निधि छत पर कपड़े सुखाकर आने लगी तभी फोन पर किसी के बात करने की आवाज उसे सुनाई दी। निधि ने अपने कान थोड़े और चुस्त किए, तो लगा जैसे कोई रो रहा है। उसके हाथ से कपड़े छूट गए, और वो सीधे नीचे को भागी, तभी उसने उसी शख्स का कोई ठहाका सुना।

जब कभी भी आलोक निधि के साथ छत पर होता, तो उसे लगता जैसे कोई बगल की छत से उसे देख रहा होता है। कभी एक परछाई दिखती, और कभी वो गायब हो जाती। रोज बाथरूम में एक ही गाने के गुनगुनाने की आवाज आती। ऑफिस जाते वक्त आलोक जब दरवाजा खोलता, तो बगल से एक दरवाजे की कुंडी खिसकने की आहट उसके कानों में पड़ती, पर वो उसे अपना वहम समझ कर नजरंदाज कर देता।

वहम ही होगा वरना कोई क्यों उस पर इस तरह नजर रखेगा।

पड़ोस के घर में किसी को रहते लगभग हफ्ता बीत गया था। लेकिन अब तक निधि ने किसी को वहाँ घूमते नहीं देखा, आलोक दो दिन के लिए ऑफिस के काम से बाहर गया, इसी बीच, एक दिन दो घर छोड़ कर रहने वाले निधि की सहेली विशाखा उसके घर आई।

डोरबेल बजी और निधि ने दरवाजा खोला तो वो खुशी से उछल पड़ी। विशाखा लगभग एक महीने से अपने ससुराल इलाहाबाद गई हुई थी। निधि को पूरी कॉलोनी की खबर उससे ही मिलती थी, लेकिन पिछले महीने-भर से खबरों का ये सिलसिला कुछ थमा-सा हुआ था। आज विशाखा को देखते ही निधि की खुशी इस बात को लेकर ज्यादा थी कि इस राज की गुत्थी अब जरूर खुल जाएगी कि आखिर पड़ोस में उसकी नजरों से छिपा क्या चल रहा है।

'अरे, विशाखा? तुम, आओ अन्दर आओ'—उसे दरवाजे पर देखते ही निधि खुशी से बोली।

'आज कैसे आना हुआ, कितने टाइम से नहीं आई हो, मुझे लगा पता नहीं क्या बात हुई'—निधि जल्दी-जल्दी सोफे पर फैला सामान हटाने लगी।

निधि सामान इधर-उधर डाले रखती, आलोक को सब सामान अपनी जगह पर पसन्द था, लेकिन पसन्द का सब मिल जाए, हो जाए ऐसा जरूरी नहीं, और ये पता था उसे।

'बात क्या होनी है, बस यूँ ही जरा बिजी थी'—विशाखा ने सोफे पर जमते हुए कहा।

'और बता, क्या लेगी?'—निधि पूछती है।

'लेना वेना छोड़, ये बता ये तेरे पड़ोस में क्या चल रहा है?'—विशाखा ने धीरे से फुसफुसा कर कहा।

'क्या मतलब? क्या चल रहा है'—निधि की आवाज जरा थर्रा-सी गई।

'अरे कोई आया है ना? बगल वाले घर में?'—विशाखा खुफिया हाव-भाव बना कर बैठी।

'अरे हाँ, पूछ ही मत, पता नहीं किस ग्रह का इन्सान है, दिखाई नहीं देता बस सुनाई देता है, कभी आहट, कभी गाना, कभी रोना, कभी हँसना, कभी खट-पट' —निधि ने मुँह-सा बना लिया।

'पता नहीं अब सही है या गलत, लेकिन कोई कह रहा था, एक लड़की रहती है, बड़ी मॉडर्न सी है, देखने में ठीक-ठाक, हमारी उम्र की है, पर न पति है साथ, न बच्चा?'—विशाखा मुँह पर मायूसी के भाव लाकर बोली।

'अच्छा, फिर ऐसी फॅमिली वाली सोसाइटी में क्यों है, कहीं पीजी वगैरह में रहे'—निधि ने अपने घर का बचाव करने के लहजे से कहा।

'अरे खाते-पीते घर की है, ऐश में जिन्दगी बिताएगी, पर तुम सोचो इस उम्र में किसी की शादी नहीं हुइ, पता नहीं कुछ तो बात होगी, मैंने तो रंजन का रास्ता बदलवा दिया है, न छत पर जाने देती हूँ, मॉडर्न के नाम पर बेशर्मी ओढ़ती हैं ये लड़कियाँ'—विशाखा ने पूरे दावे से कहा, और हाथ निधि के हाथ पर रख कर बोली।

'मैं तो तेरी हिम्मत की दाद देती हूँ जो तू परी को जाने देती है'

निधि एकदम से चौंक गई। मानो काटो तो खून नहीं। जिसकी परछाईं न पड़ने दे वो अपने घर पर वहाँ अपनी परछाई को जाने दे, कैसे भला?

'परी? परी को जाने देती हूँ? क्या कह रही हो?'—निधि अपनी जगह से उठ खड़ी हुई।

'अरे हाँ, परी रोज खेलते वक्त उसके घर में घुसती है। मैंने देखा है, तुम्हें नहीं पता?'—विशाखा ने आखिरी पत्ता खोला।

निधि का दिमाग चकरा गया, वो दौड़कर बाहर गई और देखा कि परी बाहर नहीं खेल रही थी, अब उसका दिमाग मानो फटने को हो गया। उसने आस-पास सब जगह ढूँढ़ लिया, पर परी दिखी नहीं, तभी विशाखा ने बगल वाले घर की तरफ इशारा किया।

निधि को परी के सेंडल बगल वाले घर के दरवाजे के पास खुले पड़े दिखे। उसके पैरों में जैसे जान ही नहीं रही। उसे जैसे किसी साजिश की भनक लग गई हो।

निधि का हाथ डोर बेल पर गया और वो उसे लगातार बजाने लगी।

थोड़ी देर में दरवाजा खुला तो परी निकली, निधि ने कसकर परी का हाथ पकड़ा और और तेजी से एक थप्पड़ मारने को हुई, वैसे ही किसी ने उसका हाथ पकड़ लिया।

निधि ने पलट कर देखा तो उसके शरीर में करंट-सा दौड़ गया।

उसी की उम्र की एक लड़की, वही विशाखा की भाषा में मॉडर्न लिबास में, चेहरे पर अजीब-सा भाव लिये उसका हाथ पकड़े खड़ी थी। निधि को जैसे जहर चढ़ गया, परी उसकी बेटी थी, और वो उसे परी पर हाथ उठाने से रोक रही थी। निधि को ये अपने अधिकार-क्षेत्र में सेंधमारी-सी प्रतीत हुई। उसने जोरों से लड़की का हाथ झटक दिया।

अगले दस मिनट निधि ने जो बोला, वो सबने सुना, और मानो एक तेजी से तूफ़ान आकर सब उड़ा गया हो।

निधि दनदनाती हुई परी को घर ले आई, उसने आलोक को कई बार फोन मिलाया तो फोन बन्द जा रहा था। रात के 10:30 बज गए, निधि बाहर घूम रही थी, लगातार, आस-पास के घर से कोई गुनगुनाने की आवाज, कोई आहट नहीं आ रही थी, निधि को जैसे ये अपनी जीत का एहसास करा रहा था।

गाड़ी का हॉर्न बजा, वैसे ही निधि ने दौड़कर दरवाजा खोला।

आलोक अन्दर आया, उसने निधि की तरफ मुस्कुराकर देखा—

'कैसे हो? सब बढ़िया?'—निधि ने एक झूठी-सी मुस्कराहट फेंकी।

'परी? परी कहाँ है निधि?'—आलोक ने पूछा।

'कमरे में है, तुम फ्रेश हो, मैं खाना बनाती हूँ'—निधि आलोक का बैग लेकर भीतर चली गई।

आलोक कमरे में गया। परी पलंग के कोने में चुपचाप लेटी थी। आलोक ने जाकर उसे गोद में लिया और माथे पर प्यार किया, और दिन आलोक को देखते ही परी कूदकर उसकी गोद में चढ़ जाती, लेकिन आज उसने कुछ नहीं कहा।

'क्या हुआ शोना? इतना चुप? मम्मा ने डाँटा?'—आलोक ने परी के बालों में हाथ फिराकर कहा।

परी की आँखों से आँसू टपकने लगे।

आलोक की जान निकल गई, उसने उसे, सीने से लगा लिया—'क्या हुआ मेरा बच्चा, रो क्यों रही हो? क्या हुआ है पापा को बताओ?'

'पापा, नेबर में जो आंटी रहती हैं न, वो बहुत प्यारी पेंटिंग्स बनाती हैं, मैं जब खेलती हूँ बाहर, तो एक दिन वो गार्डन में कलर कर रही थीं, मैं अन्दर चली गई, तो आंटी ने मुझे कलरिंग सिखाई, फिर डेली आंटी जब कलरिंग करती थीं ना, तो मैं चली जाती थी।'

'पर पापा, आज न, आज मम्मा ने आंटी को बहुत डाँटा'—कहकर परी सुबकने लगी।

'आंटी को डाँटा? क्यों? क्या किया मम्मा ने?'—आलोक।

मम्मा ने आंटी से कहा कि वो बहुत गन्दी औरत हैं। उन्होंने अब तक शादी भी नहीं की, तो वो और गन्दी हैं, और उनके पास बेबी भी नहीं है, तो वो बच्चों

को हाथ लगाती हैं तो बच्चे गन्दे हो जाते हैं, और मम्मा कह रही थीं कि ऐसी वाली आंटी को घोस्ट कहते हैं, फिर मम्मा मुझे ले आई और आंटी रोने लगीं—कहकर परी भी रोने लगी, रोते-रोते उसके मुँह से बस यही निकला—आंटी के पास मैं ही जाती थी, तब भी।'

आलोक का चेहरा शर्म से लाल हो गया। उसने औरत की आजादी और सम्मान की हमेशा से पैरवी की थी। ना कोई शादी औरत को पूरा करती है और ना ही बिना बच्चे के कोई औरत अधूरी होती है, हर एक औरत खुद में एक पूरी पीढ़ी होती है, किसी के आत्मसम्मान और गरिमा को कितनी ठेस पहुँची होगी ऐसी बातें सुनकर, अन्दाजा लगाना भी मुश्किल था।

आलोक बरामदे में आकर जोर से चीखा, उसने निधि को आवाज दी, पर फिर परी के ख्याल से वो चुप हो गया, वह बाहर निकल रहा था, तभी निधि पीछे से आई, उसने आलोक का हाथ पकड़ लिया—

'कहाँ जा रहे हो?'

आलोक ने निधि का हाथ झटक दिया—मुड़ा और निधि की आँखों में आँखें डालीं—

'तुम इस हद तक गिर जाओगी कभी मैंने सोचा नहीं था। अपनी सोच को इतना छोटा कर सकती हो, मैं सपने में भी नहीं सोच सकता था, तुमने बहुत शर्मिन्दा किया है मुझे निधि, सिर्फ मुझे नहीं बल्कि अपनी चार साल की मासूम बच्ची को भी'—कहकर आलोक बाहर से दरवाजा बन्द करके निकल गया।

बगल वाले घर का दरवाजा खुला था, बस पर्दा हल्का-सा छिटका था। आलोक हिम्मत जुटाकर भी जैसे एक कदम बढ़ा नहीं पा रहा था। अपमान का जो दंश निधि दे गई थी, वो आलोक को डँस रहा था।

आलोक ने दरवाजे पर हलकी-सी दस्तक दी, पर कोई जवाब नहीं आया, उसने फिर दरवाजा बजाया, तो दरवाजे पर कुछ आहट हुई।

'अन्दर आ जाओ'—एक आवाज आई और जैसे आलोक का जहन थामकर उसे अन्दर खींचने लगी।

आलोक ने जरा से कदम अन्दर बढ़ाए।

'मैं बहुत शर्मिन्दा हूँ, तहे-दिल से। मेरी बेटी को आप इतने प्यार से यहाँ रंगों की पहचान करना सिखा रही थी, और मेरी पत्नी ने आपसे जो भी ओछी बातें कहीं, उनके लिए, प्लीज उसे माफ कर दीजिए। मैं हाथ जोड़कर माफी माँगता हूँ।' आलोक ने हाथ जोड़े और आँखें बन्द कर सिर झुका लिया, तभी दो हाथों ने आलोक का हाथ पकड़ कर उसे दरवाजे के उस पार खींचा।

आलोक ने एकदम से आँखें खोलीं तो उसके पैरों तले से जमीन खिसक गई, अपनी आँखों पर उसे यकीन नहीं हुआ, उसका चेहरा कितने भावों से भर गया। ये हकीकत इतनी खूबसूरत भी हो सकती थी, आलोक ने कभी सपने में नहीं सोचा था उसे वो तमाम आहटें, वो गीतों की गुनगुनाहट, वो दूर जाती परछाई सब याद आ गईं, ये कैसा मजाक किया था किस्मत ने।

'अनु, तुम? अनु तुम थीं इतने दिन से यहाँ? मेरे इतने नजदीक? मेरे इतने करीब रहकर भी मुझसे इतना दूर? ओह गॉड, निधि ने तुम्हें वो सब? माय गॉड अनु'—आलोक की आवाज थरथरा गई और वो वहीं बैठ गया।

आलोक के सामने अनु खड़ी थी। और उसका दिल टीस कर फिर बीते हुए कल में जा पहुँचा था। जिन्दगी के कितने साल उसने उसके साथ रहकर और बाकी के साल सिर्फ उसके बारे में सोचकर बिताए थे। स्कूल के दिनों से बचपन की मासूमियत में छिपाकर कॉलेज तक जो मोहब्बत मिसाल थी सबके लिए, उसे कैसे ग्रहण लगा था, सब आँखों के सामने तस्वीर-सा उभर कर आ गया...पूरे बारह साल के रिश्ते को जब एक पहचान, एक नाम देने का वक्त आया तो, आलोक की माँ ने कैसे खुद को मार देने की धमकी देकर दोनों के रिश्ते को दुत्कार कर सारे सपने तार-तार कर दिए।

अनु ने खुद को खत्म करने की कोशिश की थी जब आलोक की शादी निधि से तय हुई थी, फिर आलोक के प्यार के आगे सब सहन करने की कसमें खाई थीं, अपने रिश्ते को मरते दम तक जिन्दा रखने की कसमें।

अनु अब भी बिल्कुल वैसी लग रही थी, जैसी आलोक ने उसे आखिरी बार देखा था। वही पतला-दुबला सा शरीर, चमकीली-सी आँखें, काली-काली आँखें, काजल से भरी, हलकी-सी मुस्कान।

आलोक की शादी के एक महीने बाद एक दिन अनु घबराई-सी आलोक को मिली थी, यकीन नहीं होता उस दिन के बाद आलोक की साँसें छीन कर अनु कहाँ गायब हो गई थी।

उसने आलोक का हाथ अपने हाथ में लिया, आलोक ने प्यार से हाथ पकड़ लिए, तो अनु बोली—'तुम्हारा प्यार बाँटने वाला कोई और आ गया है?'

आलोक ने एकदम से हाथ छुड़ाना चाहा तो अनु ने हाथ लिया और अपने पेट पर रख दिया—'हमारा बच्चा। आलोक, तुम पिता बनने वाले हो।'

आलोक ने हाथ छुड़ा लिया, और लड़खड़ा कर दीवार से अड़ गया—'ओह अनु, ये क्या हो गया? इतनी बड़ी खुशी, और...।'

आलोक बच्चों की तरह रो पड़ा था, 'अगर एक महीने पहले भी ये पता चलता तो मैं माँ की इस बेमानी जिद के आगे कभी नहीं झुकता। ओह अनु कितनी बड़ी गलती हो गई मुझसे।'

आलोक की हालत से अनु का चेहरा बुझ गया, उसने कभी आलोक को ऐसी परिस्थति में नहीं डाला था, जब उसे परिवार या खुद में से एक को चुनना पड़े।

'आगे? आगे क्या सोचा?'

'अनु हमारी शादी नहीं हो सकती, हमारी जिन्दगी की सबसे बड़ी बदकिस्मती कहो इसे कि तुम मेरे बच्चे की माँ तो बन गई, पर मेरी पत्नी नहीं बन पाईं, बिना शादी के ये बच्चा, अनु मेरा कुछ नहीं होगा, लेकिन तुम्हारी जिन्दगी...।'

अनु बर्फ-सी जम गई थी।

'हमें बच्चे को खत्म'—कहते-कहते आलोक का गला भर गया।

'खत्म? क्या क्या खत्म करोगे आलोक? मेरा प्यार, मेरे अधिकार, मेरी इच्छाएँ, मेरा तुम्हें छूने का एकाधिकार, मेरे सपने, मेरी जिन्दगी, सब तो छीन ही चुके हो, और अब मेरा...। हमारा प्यार, हमारा बच्चा...। आलोक। तुम मेरा साथ तो देते, मैं सबका सामना कर लेती। तुम ने एक की जान बचाने के लिए एक की जान ले ली। आज तुम फिर दूसरी की जान बचाने को एक और जान लेना चाहते हो। पिता तो बच्चे के लिए पूरी दुनिया से लड़ जाता है ना? पर वो बच्चा अगर सात फेरों की अग्नि से आए सिर्फ तब, कहीं अगर वो प्रेम के शीतल जल से सींचा हो तो उसका पिता ही उसे जड़ से उखाड़ फेंकेगा। वो अपने पिता के माथे का कलंक बन जाता है।

'तुम आज जिस बच्चे से शर्मिन्दा हो, वो तुमसे शर्मिन्दा नहीं होगा। मैं भी अपनी कोख से शर्मिन्दा नहीं आलोक। तुम्हारे अंश को तुम मिट्टी में मिला देना चाहते हो, और तुम्हारे अंश को मैं कोख में अपनी छाती की नमी से सींचना चाहती हूँ।'

आलोक जमीन में ही देखता रहा, नजर-भर उठाकर अनु के चेहरे को देख भी नहीं पाया, देख पाता तो उसकी आँखों में वो सब पढ़ पाता जो आज सामने आ खड़ा हुआ है।

अनु सेकंड भर में आलोक के आँखों के आगे से ओझल गई...। उस पल के बाद पाँच साल आलोक ने पूरी जिन्दगी के इस गरम रेगिस्तान में अकेले नंगे पैर सफर किया था, वो दिन-रात अनु को ढूँढ़ता। अनु ने शहर छोड़ दिया, नम्बर बन्द कर दिए, सबसे ताल्लुक खत्म कर लिया। शादी के एक साल बाद जब बेटी पैदा हुई, तो आलोक की नजरें उसमें अनु का अक्स तलाशती, उसकी आँखों में वो चमक दिखती, हँसी में वो खनक, आलोक को देखकर परी जब खुशी से लिपट जाती, तो लगता जैसे अनु का प्यार उसे पूरा भिगो देता।

आज इतने सालों बाद एक बार फिर अनु उसके सामने खड़ी थी, पर हालात अब भी वैसे ही थे, तब भी आलोक शर्मिन्दा था, और आज भी आलोक

शर्मिन्दा था, तब भी अनु ने उसे माफ किया था, और आज भी उसके चेहरे पर वही शान्ति थी...।

आलोक–अनु एक दूसरे से बिना कुछ बोले सवाल–जवाब में उलझे रहे। कोई कुछ बोले तो बात शुरू हो, और खत्म हो, पर मूक इजहार भी तो प्रेमियों की भाषा है, लेकिन आलोक और अनु अब प्रेमी नहीं थे, अनजाने में जुड़े हुए दो घर थे, या फिर जान–बूझकर।

अचानक फोन की घंटी बजी, तो आलोक पाँच साल की यादों के सुनसान जंगल से वापिस एक झटके में आज में आ गया, सामने अनु थी।

मेज पर रखा फोन लगातार बज रहा था।

अनु ने फोन उठाया—'हेलो।'

रिसीवर उठाते ही चेहरे पर मुस्कराहट बिखर गई, और आलोक की आँखों में सन्नाटा।

अनु ने फोन का रिसीवर चेहरे से दूर किया, और उस पर हाथ रखा।

'आलोक, अपने बेटे से बात करोगे, आज जन्मदिन है उसका।'

आम का टुकड़ा

भावना आगे-आगे चलती कभी बालकनी में पहुँच जाती, तो कभी अलमारी के सामने कपड़े इधर-उधर करने में लग जाती। वो एक-एक कपड़े को लेकर जोर से पलंग पर फैला रही थी, और धीरज इधर-उधर होकर दुश्मन खेमे के सिपाही-सा बच रहा था। पिछले कई सालों से हमलों में बचने के भरसक असफल प्रयासों के बीच धीरज अपनी जान तो पहले ही दिए बैठा था, बस यूँ भावना के आगे पीछे घूमकर वो ये आश्वस्त करना चाह रहा था कि इस हमले में कहीं बन्दूक की नली उसकी ओर न मोड़ दी जाए।

'कुछ नहीं है नया पहनने को। सब पुराना बासी माल। यही धीरज पच्चीस साल पहले भी ऐसे ही माँ का पल्लू पकड़े, पीछे-पीछे घूमा करता था। कभी रसोई में, कभी कमरे में, कभी जीने के पास, तो कभी बालकनी में। तब माँ नाराज भी होती तो भी उसे छिटकती नहीं थी और धीरज सिर्फ उनका ध्यान खींचने को रो देता था। उसका रोना देखकर परम्परागत माँ के जैसे या कहें हरेक सदी की माँ की तरह ही रुकमनी यानी माँ गुस्सा भूल-भालकर उसे गोद में उठा लेती। वो माँ की कमजोरी जानता था, इसलिए आँखें बड़ी करके लाल कर लेता और होंठ बढ़ा कर घंटे-भर मिमियाता रहता। लेकिन आज वही धीरज शादी के बाद भावना का पल्ला पकड़े घूम रहा था और झिड़की खाकर भी बस दाँत चमकाए जा रहा था। भावना वैसे तो धीरज की ब्याहता पत्नी थी और पति समेत लगभग सब सँभाल लिया था उसने घर में, पर हकीकत ये थी कि भावना दिन दूनी रात चौगुनी बढ़ती इच्छाओं की निर्बाध, सतत घोषणा करती हुई स्त्री-स्वरूपा लाउडस्पीकर भी थी। घर के बिखराव को देखकर उसके स्वभाव का अनुमान लगाया जा सकता था, लेकिन उसका व्यवहार अनुमान से परे था। भावना का दबदबा घर के हरेक हिस्से में महसूस किया जा सकता था। दबी-दबी आवाजों में कभी-कभार विरोध के स्वर उठते, लेकिन वो भावना के कानों तक न के बराबर ही पहुँच पाते। 'घर जिसका हुकूमत उसकी' नियम धीरज के घर में सर्व-विदित और सहज स्वीकार्य था।

‘सहेलियों को देखो’—भावना ने धीरज की तरफ देखा, और धीरज ने काल्पनिक सहेलियों की तरफ।

‘हाँ, ये तो है’—वफादारी में अव्वल आने की कामयाब कोशिश में धीरज ने आँखें बड़ी कर लीं।

‘टीवी में दिखा नहीं कि अलमारी में टँग जाता है। मेरी तो जिन्दगी ही बर्बाद हो गई’—भावना पलंग के कोने पर आधी-सी बैठ गई।

धीरज बिल्कुल मुलायम मेमने-सा मुँह बनाए उसकी तरफ देखने लगा। कपड़ों से ध्यान हटाने को बोला-

‘आज नयी पिक्चर लगी है अगर तुम कहो तो मैं टिकट बुक करा दूँ, रात को ऑफिस से आता हुआ ले आऊँ?’—

भावना चुप ही रही।

‘तुम कहो तो पहले नया ड्रेस ले आऊँ?’—धीरज ने जाल फेंका।

‘कैसी पिक्चर है?’—भावना ने चेहरे का कसाव ढीला करते हुए पूछा।

धीरज भी जरा हिम्मती हो गया—‘अरे भाई, वो तो पिक्चर देखने के बाद ही पता चलेगा न’—सफेद दाँत चमकाते हुए कहा।

‘ज्यादा हँसने की जरूरत नहीं है, मेरा मतलब था—कॉमेडी है? एक्शन है, या क्या?’

‘अरे रोमांटिक है मेरी जान। देखोगी तो समझ आएगा ना, या पहले ही बताऊँ कैसी रोमांटिक है?’—धीरज ने पास आते हुए कहा।

भावना ने जवाब नहीं दिया। वो जवाब देती भी नहीं थी। बातचीत चालू करना और बन्द करना सब उसी के हाथ में था। बातचीत का मसला भी वो तय करती और मसला भी। कब क्या बोलना है और क्या नहीं, वो उसकी तनी हुई भौंहें, फैली हुई आँखें, फूले हुए नथुने और माथे की सलवटें ही बतातीं। धीरज को कब क्या बोलना है और क्या नहीं, ये धीरज माहौल की सर्दी-गर्मी देखकर ही निर्णय लेता। भावना ऐसी कोई जालिम और दानवीय चरित्र वाली औरत नहीं थी, जिसके संग जीवन पूरी तरह बेमानी हो। शायद जान से ज्यादा वो जुबाँ की कड़वी और सख्त हो गई थी।

तीन साल की शादी में भावना धीरज का तन और मन पूरी तरह जीत चुकी थी। लेकिन बच्चा होने के बाद दोनों के बीच एक कड़ी जुड़ गई थी, जिसे खींचतान करके भी दोनों पकड़े ही रहते थे। बच्चा एक ऐसा बांड हो गया था, जिस पर धीरज और भावना पहले ही दस्तखत कर चुके थे।

‘बस करो। मेरा मूड कितना खराब है, जानते हो न’—भावना धीरज की तरफ मुड़ गई, ‘तुम्हारी माँ, जब देखो, तब यहाँ-वहाँ गन्दगी मचाती रहती है। सबके कपड़े धोकर बाथरूम में ही रख देती है, झाड़ू देकर कचरा बाहर नहीं करती, बर्तन धोकर रसोई में सारा गीला कर देती हैं, और आज तो हद्द हो गई। जितना खाना

बनाया सब जला दिया, अब तुम बताओ, घर में जो लोग आ रहे हैं, उन्हें क्या खिलाऊँ?'—भावना बिदक पड़ी।

धीरज पल्ला हाथ में पकड़े दुधमुँहे बच्चे-सा घूम रहा था। एक वक्त पर वो अपनी माँ का पल्लू पकड़े घूमता था। कुछ साल ऊपर नीचे हो गए थे और एक पीढ़ी आगे पीछे हो गई थी। लेकिन धीरज के हाथ का पल्लू अब भी वहीं था। अब वो माँ से खिंच गया था। वजह साफ थी, एक कमरे में बसा उसका घर, बाकी संसार से ज्यादा जगह घेर चुका था। जिस वक्त जो रिश्ते मायने रखते हैं, उस वक्त उन्हीं के मायने बढ़ भी जाते हैं। युवा अवस्था में धीरज पत्नी के ऊपर आश्रित था, और माँ उसके ऊपर। इसलिए भावना उसे छिटक देती थी और वो माँ को छिटक देता था।

धीरज ने भावना के चेहरे पर अपनी आँखें केन्द्रित की—'माँ की गलती तो है ही, पर'—पूरी बात हो न सकी, भावना का चेहरा तन गया।

'मैं अट्ठाईस साल की हूँ, और इतनी समझ है मुझ में कि साफ-सफाई, दिमाग का खुला रहना कितना जरूरी है, और एक ये हैं, कि सत्तर साल की हो गई हैं लेकिन इतनी लापरवाह?'—भावना इधर-उधर मुँह करके बस बोले जा रही थी।

धीरज डरा-सहमा पत्नी के कन्धे को बाँहों में लपेट कर बोला—'बस करो डार्लिंग, अब मूड क्यों ऑफ कर रही हो? खाना दोबारा बन जाएगा। पर तुम्हारा मूड बिगड़ गया तो दोबारा कैसे बनेगा मेरी जान। तुम्हें पता है न उनका चश्मा टूट गया है, उम्र भी हो गई है और ऐसे में उनका दिमाग काम करना बन्द कर देता है'—धीरज भावना को बहलाते हुए बोला लेकिन माँ के लिए पसीजा मन भावना को दिख गया।

'तो ध्यान से क्यों नहीं काम करतीं, चश्मा इधर-उधर रख देती हैं, बच्चा इतना छोटा है तोड़ेगा ही। कहा था कि बेबी को गोद में रखे, पर उसे वहीं उतार दिया जहाँ चश्मा रखा था, एक और चश्मा बनवाने के लिए फिजूल के पैसे नहीं है मेरे पास'—भावना।

धीरज ने हथियार डाल दिए। वो उठा और चलने लगा।

'अच्छा मैं ऑफिस चलता हूँ, तुम अपना मूड ठीक करो, आज बर्थडे है तुम्हारा। मैं तुम्हें यूँ उदास नहीं देखना चाहता, माँ का तो ये रोज-रोज का काम है, झेलते-झेलते मैं ही थक गया हूँ।'

धीरज के इस उवाच से भावना के चेहरे पर सन्तुष्टि का भाव आया। पूरा दिन इस विजयी भाव ने भावना के चेहरे पर तेज बनाए रखा और शाम के सात बजने तक मेहमानों से घर भरने लगा। बच्चे गानों पर नाचने-कूदने में लगे थे और औरतें बालकनी की तरफ कपड़े गहने देखने दिखाने में मशगूल थीं। धीरज दोस्तों के संग सिगरेट के कश ले रहा था।

भावना बारी-बारी मेहमानों के साथ बातों में लगी थी। उसने आज के दिन के लिए खास नई साड़ी खरीदी थी। उसके संग नया गले का हार। साज-शृंगार में कोई कमी न रह जाए, इसकी तसल्ली के लिए भावना ने छोटी बहन को बुला रखा था, जो हर एक काजल बिन्दी के बाद भावना की नजर उतार देती। भावना अपने इर्द-गिर्द दयापात्रों का एक ऐसा गुट रखती जो कभी-न-कभी उसके एहसानों तले दब चुके थे। एहसान उतर जाता तो दयापात्रों की वफादारी में कमी आने के डर से वो अगला एहसान चढ़ा देती। इस तरह वो घर की चहारदीवारी के बाहर दयावान, मददगार, मुसीबत का साथी होने की छवि को मजबूती से बनाए हुए थी। ये छवि इतनी मजबूत थी, कि इसे घर के अन्दर की स्थिति कभी धूमिल नहीं कर पाती।

रसोई में खाने की तैयारी चल रही थी। धीरज की माँ, रसोई में खाना लगाने में व्यस्त थी। पोता, मीरू पास ही खेल रहा था, और उसके हाथ में एक आम का टुकड़ा पकड़ा था।

भावना कई बार रसोई में आकर देख गई थी। खाने में देरी होने पर उसका मूड भी बिगड़ चुका था। अब धीरज की माँ और परेशान-सी काम में लगी थी।

थोड़ी देर में धीरज की माँ ने देखा कि मीरू उनकी साड़ी के पल्ले को पकड़ कर खींच रहा था।

वो उसे लेने को नीचे झुकी, उसने अपने आम का टुकड़ा दादी के मुँह में डाल दिया, और ताली बजाने लगा। दादी पोते की इस हरकत पर हँस दीं, और उसके माथे को चूम लिया।

आम देकर मीरू ने हाथ में देखा तो कुछ नहीं बचा, और वो जोर-जोर से रोने लगा।

बच्चे की रोने की आवाज सुनकर भावना रसोई में दौड़ कर आई—

'क्या हुआ बच्चे को? रो क्यों रहा है?'—भावना ने बेटे को गोद में लेते हुए कहा।

मीरू ने दादी के मुँह की तरफ इशारा किया और जोर से रोने लगा।

भावना ने देखा कि धीरज की माँ के मुँह में आम का टुकड़ा था, जो थोड़ी देर पहले मीरू खा रहा था, देखकर भावना गुस्से में अंगार हो गई।

वो बुरी तरह से तिलमिला गई।

'हे भगवान, आपको शर्म नहीं आती, बच्चे का आम चुरा कर खा गईं? पूरा दिन पेट में ठूँसती रहती हैं, फिर भी बच्चे के टुकड़ों पर नजर रखती हैं। बुढ़ापे में लोग कम खाते हैं कि नींद ढंग की आए, और आप चुरा-चुरा कर खाती हैं। शर्म कीजिए...। मेहमानों का खाना मत झूठा कर दीजिएगा'—कहकर भावना बाहर चली गई।

भावना और धीरज की फुसुर-फुसुर रुक्मणी देवी के कानों तक पहुँच रही थी। धीरज माँ का पक्षधर नहीं था, लेकिन रुकमनी देवी से बहुत ज्यादा सख्त रवैया रखने से वो बचता था। पीठ पीछे भावना को बहलाने और मनाने के लिए वो उसकी हाँ में हाँ मिलाता, लेकिन साथ-ही-साथ अपने दायरे को लाँघने से बचता रहता।

'ओह डार्लिंग तुम अपना मूड खराब मत करो, आज तुम्हारा जन्मदिन है न' —धीरज की माँ को धीरज की आवाज आई।

'पर इतनी लापरवाह क्यों हैं ये ? हम इनके लिए इतना सब कर रहे हैं फिर भी हमारी छाती पर मूँग दल रही हैं'—भावना।

'खैर छोड़ो, तुम बताओ, मूवी चलना है ना, 11:30 हो गए हैं ?'—भावना।

'हाँ, पर बेबी का क्या करें, इतनी रात को ? और रोमांटिक मूवी में उसका क्या काम ?'—धीरज ने आँख मारते हुए कहा।

'अरे डार्लिंग चिन्ता क्यों करते हो ? माँ जी हैं ना, बेबी तो उनके पास रह लेगा। उनसे अच्छा कौन जिम्मेदारी से रखेगा बेबी को'—भावना ने कहा तो धीरज ने कसैली-सी हँसी हँस दी।

कच्चे-पक्के आशियाने

उसके बादामी रंग का झीना कुर्ता शरीर को छिपाने के कई असफल प्रयासों में लगा था। काली सलवार के पहुँचे पूरे घिस गए थे जिसमें उसकी ऐड़ी फँस कर बाहर आ रही थी। दुपट्टा इतना मैला था, कि रंग तक का अनुमान लगाना मुमकिन नहीं था। गोल चेहरा, गालों पर पड़े गड्ढों से किसी और ही आकार का हो गया। आँखों के नीचे चार-चार झाइयाँ और उन झांइयों में काले घेरे की परत ने गालों तक को ढँक दिया। सड़क के किनारे उड़ती धूल और मिट्टी मिले पानी से बाल ऐसे लग रहे थे, जैसे मकड़ी का जाला हो और उनमें कमली की माँगें एकदम उलझकर बेतरतीब सी हो गई थीं। पतला-दुबला शरीर और ऊँचा माथा। लेकिन इस सब तंगहाली में भी स्वाभिमान की चमक उसके माथे को दमका रही थी।

मोटी मालकिन ऊपर से नीचे तक कमली का मुआयना कर रही थी। यूँ तो यह हर महीने की बात थी। मालकिन आस-पास के घरों में झाड़-पोंछा करने वाली औरतों को नई कामवाली ढूँढ़ने का हुकुम देती, कामवाली आती और मालकिन कम्पनी के बॉस की तरह उसका इंटरव्यू करती। लेकिन महीने-भर में ही कड़े अनुशासन और बात-बात पर मीन-मेख सब मटियामेट कर देते। फिर मालकिन आस-पास की कामवालियों को हिदायत देती और नया मजदूर ढूँढ़ा जाता। एक बार फिर नया शिकार आया था और मालकिन को गरीबी फतह करने की हूक उठी।

'मैडम काम कर लुँगी, पर बच्चा बहुत छोटा है, तो इसको घर में देखने वाला कोई है नहीं। साथ ही लाना पड़ेगा'—कमली ने कोठी की मालकिन से कहा।

कमली की बात सुनकर मालकिन ने थोड़ा नाक-मुँह सिकोड़ा, जरा-सा नथुनों को फुलाया, मुँह में सेब की एक कतल डाली और चबाते हुए नजर बच्चे पर डाली। बच्चे को देखकर तरस लाने में नाकाम रही तो खीज खुद-ब-खुद उमड़ कर बाहर आ गई।

'शर्तें बड़े लोग रखते हैं, तू मजबूरी बता, और आवाज में ऐसा रुबाब रखने का वजूद है नहीं तेरा।' मालकिन ने कहा, 'पति तेरा मर गया है, एक बच्चा, हाथ में

पकड़े घूम रही हो, और दूसरा पेट में, पर फिर भी तुझे मनमानी करनी है। काम मिल रहा है, ये बहुत नहीं?'

कमली ने हाथ जोड़ते हुए आँखें नीची कर लीं...।

'और पैसे लेगी तू काम करने के, फ्री में करेगी नहीं, इतना महँगा सामान है, बच्चा तोड़ देगा, तो तेरा नुकसान नहीं होगा, मेहनत का है सब, हराम का या चोरी का नहीं है'—घर की मालकिन सोफे पर आलथी पालथी मारकर बैठ गई।

'मैडम घर पर बच्चे को देखने वाला कोई है नहीं। इसके सिवा मेरा और मेरे सिवा इसका कोई नहीं है, किसके भरोसे छोड़ूँ? यहाँ चुपचाप बैठेगा, आप फिक्र मत करो, मेरी गारंटी है'—इमली ने बच्चे के सिर पर हाथ फेरते हुए कहा।

दया और करुणा के अभाव से पीड़ित घर की मालकिन का पेट बढ़ा हुआ था। ये कोई सुखद समाचार का लक्षण नहीं, पास में प्लेट में पड़ी पिज्जा और बर्गर की हेल वहीं अन्दर जाकर जमा हो रही थी। एक के बाद एक बर्तन खाली करती वो भीतर ऐंठन भरती जा रही थी। मालकिन ने पेट पर हाथ फेरा, घर को देखा और उबासी ली। वो भी समझती थी, कि इसके वजूद का सवाल है, और मेरे रसूख का सवाल है।

झाड़ू पोंछा, बर्तन, कपड़े...। मेहनती हाथों की जरूरत उसे भी उतनी ही थी, जितनी इमली को पैसों की।

'अच्छा ठीक है, इतनी भी दिल की कठोर नहीं हूँ मैं। बच्चा वहाँ रहे और कुत्ता खा जाए, गाड़ी-वाड़ी के नीचे आ जाए, गड्ढे में गिर जाए तो फालतू में मेरे सिर पाप चढ़ जाएगा'—कहते-कहते मालकिन बच्चे की तरफ तरस-भरी नजरों से देखती रही।

यह सब सुनकर इमली के बदन के रोएँ खड़े हो गए, उसने बच्चे को कसकर पकड़ लिया।

'ठीक है ले आना कल से। खिला-पिला कर लाना। सात बजे यहाँ काम पर दिखनी चाहिए, लेट हो गया तो उस दिन के पैसे काट लूँगी।'—मकान मालकिन ने कहा और सेब की दूसरी कतल काटी...।

इमली ने हाँ में सिर हिलाया और शुक्रिया अदा करके चल दी। बच्चा माँ की उँगली पकड़ कर सड़क पर कूदने लगा, माँ खुश थी, तो वह भी खुश था।

अगली सुबह 6:55 पर इमली ने दरवाजे की घंटी बजाई। गली में दो कुत्ते अलसाए से भौंकते हुए इमली की तरफ आने लगे, पेट के उभार से इमली बच्चे को गोद में नहीं उठा सकती थी, तो उँगली पकड़े खड़ा बेटा डर के मारे काँप कर कभी इस तरफ आता तो कभी उस तरफ।

इमली ने लगातार घंटी बजानी शुरू कर दी। दरवाजा नहीं खुला, 7:25 हो गए, तभी एकदम से दरवाजा खुलने की आवाज आई, इमली की जान में जान आई...।

मोटी मालकिन मैक्सी पहने हाथ में चाय का प्याला लिए, आईं—'अरे तू थी क्या, मैंने सोचा पता नहीं कौन इतनी सुबह आ मरा, इसलिए नहीं आई।'

इमली ने अपने माथे को पोंछा, और बेटे के सिर पर एक बार दुपट्टा फिराया, और अन्दर आ गई...।

'देख ये सीढ़ियाँ हैं ना यहाँ बिठा दे अन्दर इसको, और तू पहले बर्तन कर दे, फिर सफाई करना। और हाँ शोर मत करना। बर्तन धीरे-धीरे रखना उठाना, बेटा सो रहा है मेरा। अभी कमरे की तरफ मत जाना, वो ऑफिस के लिए तैयार हो रहे हैं' —मोटी मालकिन ने कमर पर हाथ रखे हुए कहा।

इमली ने बेटे को सीढ़ी पर बिठा दिया, पास में सीढ़ी के अन्दर आते ही दरवाजे पर चार फीट का विदेशी नस्ल का कुत्ता बँधा था। उसकी आँखें तनी हुई थीं। मानो कुत्ता भी जानता था मालकिन का पालतू और नौकरानी के बेटे का फर्क। कुत्ते की साँसें साँय साँय करती दीवारों से टकरा रही थीं। इमली का बेटा एक नजर कुत्ते पर और एक नजर मोटी मालकिन पर गढ़ा कर बैठ गया। कुत्ते के नुकीले दाँत रह रहकर बच्चे को देखकर आपस में रगड़ जाते।

'चुपचाप बैठना, शोर मत करना'—इमली ने बच्चे के गाल पर हाथ रखकर कहा।

बच्चे ने सिर हिला दिया। वो दीवार के पास खिसक गया और पैर जोड़ लटका कर बैठ गया।

इमली रसोई में धीरे-धीरे एक-एक बर्तन उठा-उठा कर धोने लगी। सभी बर्तनों में खाने की मोटी-मोटी परतें जमी थीं। घी का खुरचन हटाते-हटाते बू से इमली का मन उबकाई लेने को हुआ तो मोटी मालकिन ने आँखें ऐसे तरेरीं मानो अभी निगल जाएगी। रसोई का आधा हिस्सा गन्दे झूठे बर्तनों से ढँक चुका था, मानो कामवाली के इन्तजार में कई दिनों से नलका खोला भी न गया हो।

अचानक घर में हाहाकार मच गया। इमली घबराई-सी इधर-उधर देखने लगी। चीख-पुकार से लगा जैसे बड़ी दुर्घटना घट गई हो। सीढ़ियों पर बच्चे ने अपने पैर सिकोड़ कर ऊपर रख लिए। कमरे में से धाँय-धाँय की आवाज कानों में पड़ने लगी। मोटी मालकिन का बच्चा सोकर उठ गया और भैंस की आवाज में रँभाता हुआ पलंग पर घूँसे बरसाने लगा। इमली कुछ देर सहमी-सी बर्तन छोड़ कर खड़ी रही, लेकिन आगे नहीं बढ़ी। उसके पेट के दोनों तरफ किलो-किलो वजन भर मांस के टायर लटके थे। अमीरी-गरीबी का फर्क सीढ़ियों और पलंग के बीच ही तय हो गया था।

रोने की आवाज आते ही मोटी मालकिन की चीख निकल गई—'इमली जल्दी जा, बेबी जाग गया है उसको यहाँ उठा ला। डर गया है शायद नींद में।'

मोटी मालकिन के आदेश पर इमली ने बर्तन वहीं छोड़े और कमरे में गई। बिस्तर पर किसी गुस्सैल बच्चे को उठाना उसके बूते के बाहर था। उसने बच्चे को पास बुलाया और चलने के लिए कहा तो बच्चा दहाड़ मार-मार कर चीखने लगा।

मोटी मालकिन की रूह काँप गई, वो गुस्से में भन्ना गई।

'इमली, बाबा को अभी के अभी लेकर आ, या लात मार कर निकालूँ घर से?'

इमली ने बच्चे को पलंग पर से पास खींचा और गोद में उठाया, बच्चे के घुटने की ठोकर बार-बार उसके पेट में लग रही थी।

मोटी मालकिन ने लपक कर बच्चे को गोद में ले लिया...।

इमली रसोई की तरफ मुड़ी तो देखा कि उसका बेटा बाहर सीढ़ियों के पास से माँ को देख रहा था, उसने कोहनी घुटने पर रख रखी थी और मुट्ठी को ठुड्डी के पास, उसके बाल पसीने में भीगे थे, लेकिन माँ को देखते ही बच्चा मुस्कुरा दिया।

मोटी मालकिन ने रसोई में से चॉकलेट की थैली अपने बच्चे को लाकर दे दी।

इमली रात के बर्तन माँजने लगी तो उसने पूछा—'ये भात फेंक दूँ?'

'फेंक मत, महँगे चावल हैं, तू ले जाना, और तेरे लड़के को दे दे'—मोटी मालकिन ने रुआब-सा दिखा कर कहा।

इमली ने चावल एक थैली में भर लिये, और दो कटोरी में थोड़े से चावल लेकर बाहर आई...।

एक कटोरी उसने बेटे को दी, तो बेटा खुश होकर चावल खाने लगा।

इमली मुड़ी और उसने दूसरी कटोरी मोटी मालकिन के पालतू कुत्ते के आगे रखी, वैसे ही मालकिन चीख पड़ी—'क्या कर रही है, हटा इन्हें, ठंडे चावल खिलाकर कुत्ते को बीमार करेगी क्या?'

सीढ़ी पर बच्चा जल्दी-जल्दी चावल खा रहा था, और इमली ने उस कटोरी के चावल भी अपनी थैली में डाल लिये।

आँख के अन्धे

हरे रंग की डीटीसी वाली 544 नम्बर की बस एक के बाद आती थी। हालाँकि ब्लू लाइन के बन्द होने से थोड़ी दिक्कत का सामना करना पड़ रहा था, लेकिन फिर भी सरकार ने बड़ी संख्या में हरे नीले रंग की बसों को सड़कों पर उतारकर भरपाई करने की कोशिश की थी। लेकिन सरकार की सभी कोशिशें नाकाम करने के लिए ही तो हम जनसंख्या बढ़ाने में विश्वास करते हैं। बसें भरी हुई जातीं, भरी हुई वापिस आतीं, लेकिन लगता जैसे नए लोग तो थे ही, लेकिन जितने गए थे, वो भी वापिस उसी बस में आ गए। एक-एक बस छोड़ते-छोड़ते ये ख्याल भी छूट जाता, कि शायद अगली बस में कम लोग हों, और साँस लेने की जगह मिल जाए। इस गर्मी में सिर्फ अपना पसीना नहीं, बल्कि औरों का पसीना भी चेहरे पर तैर जाता। उफ्। सोचकर ही मितली आ जाती थी। पर ये पसीने की महक, ये भीड़-भड़ाका, ये घूरती नजरें, और सुराख करती फब्तियाँ कस्बों की उस धीमी-सी रफ्तार, वो आधे दिन ढलते ही रात हो जाने, घर के चूल्हे के सामने जवानी बिता देने के खयाल से हजार गुना बेहतर थे।

दिल्ली की मोहब्बत दिल्लीवालों से न जाने क्या-क्या करवाती है। ना इसके पास रहा जाता है ना दूर ही जाया जाता है...। अति की अति बुरी। गर्मी कहो तो जान ले ले और सर्दी कहो तो साँसें थाम दे। बरसात में नालियों का रसपान करते पैर और तैर कर जाती गाड़ियाँ इसी दिल्ली की निशानियाँ हैं। और जब ये बरसात अपना वक्त भूलकर जनवरी में आ बरसती है, तो ऊनी कपड़े निकालें या छाता इसका जवाब कोई नहीं दे सकता। और बरसात में धूप का मिजाज इतना गरम था कि मानो भट्टी के मुहाने पर बैठी हो, मौसम विभाग का मानसून तो हफ्ते-भर पहले आ गया था, लेकिन बरसात की साइकिल न जाने कहाँ रास्ते में ही पंचर हो गई।

अलीगढ़ से दादी जब-जब दिल्ली आतीं, उसे अपने संग गाँव ले जाने की जिद किया करतीं। लेकिन राबिया की जिद के आगे बड़े-बड़े दावे औंधे मुँह आ गिरते। राबिया हिम्मत ही नहीं जुटा पाती, दिल्ली से दूर होने की। उसे तो यहाँ तक लगता कि अगर उसकी शादी कहीं दिल्ली के बाहर हो गई तो शायद वो माँ-बाप की

बजाय दिल्ली से लिपट कर रोएगी, उससे बिछोह के दर्द में। दिल्ली जैसा कोई नहीं है। कोई लन्दन अमेरिका जाने का चाव रखता हो तो रखे।

राबिया बस स्टॉप के नीचे खड़ी थी। दिल्ली में प्रदूषण का बुरा हाल चर्चा में था, लेकिन सरकार ने फिर भी ऑड-ईवन के दो चरणों के बाद बस स्टॉप पर एयर-प्यूरीफायर और परदे लगवाकर इसके निजात का प्रबन्ध करने का प्रयास किया। 544 दूर-दूर तक नजर नहीं आ रही थी। दूर से बस आती दिखाई दी तो, राबिया ने बुरखा चेहरे पर गिरा लिया भीड़ का एक हुजूम बस में से सड़क पर पानी की तरह एक झटके में बह कर आ गया।

बस को देखते ही भीड़ का बहाव पूरा उसी ओर मुड़ जाता। दिल्ली के इश्क में राबिया क्या-क्या नहीं हुई। दादी के संग अलीगढ़ चली जाए तो गाड़ी से नीचे कदम रखने की जरूरत न पड़े। दरबान गाड़ी का दरवाजा खोले और बन्द करे, ड्राइवर पालकी लिए हर जगह तैयार मिले, जूते पहनाने से लेकर उतारने तक को हाथ न हिलाना पड़े, मुँह से मिठाई की मिठास न जाए, पर प्यार तो कुर्बानी माँगता है ना...। दिल्ली के लिए ये कुर्बानी देनी पड़ेगी। लोटस टेम्पल की सफेदी के लिए, लाल किले की मीनारों के लिए, कुतुब मीनार की ऊँचाई के लिए, इंडिया गेट की जागती रातों के लिए उसे ये कुर्बानी देनी पड़ेगी।

राबिया बस में जगह बनाते हुए अन्दर पहुँच गई। दस रुपए निकालकर आगे वाले आदमी को बढ़ा दिए और टिकट के लिए इशारा कर दिया। कंडक्टर की सीट के बिल्कुल बगल में इन्दु खड़ी दिखी। उसने हाथ हिलाया और तिरछी होती खिसकती हुई वहाँ पहुँच गई। इन्दु राबिया के साथ पाँचवीं क्लास से पढ़ रही थी। स्कूल से निकलकर एक ही कॉलेज में दाखिला हुआ और घर से कॉलेज और कॉलेज से घर का ये दोस्ताना दिन-ब-दिन गहरा होता गया। बचपन की दोस्ती ऐसे लहू में गहरी समाई थी कि एक सीट पर बैठने के लिए दोनों लड़ते-झगड़ते, लेकिन एक दूसरे के लिए। और जब सीट नहीं मिलती तो बस बातों के बताशे फूट-फूट कर लिखते रहते।

गर्मी और भीड़ ने मन बेचैन कर दिया। राबिया ने चेहरे से बुरखा हटा दिया। उसने सामने वाली खिड़की को खोलने की कोशिश की। खिड़की जाम थी, बहुत जोर लगाया पर खिड़की टस-से-मस नहीं हुई। राबिया अपनी जगह खड़ी हो गई। राबिया बस में बड़ी रौबदार बन कर खड़ी होती। किसी की घूरने की हिम्मत भी न हो इतना।

कंडक्टर के पास वाली सीट खाली हुई तो राबिया ने इन्दु को उस पर बैठने को कहा। भीड़ को देखते हुए इन्दु भी जल्दी से सीट पर जा बैठी।

राबिया ने एक कोने में जगह ले ली, उसने गाने सुनने के लिए इयरफोन कान में लगा लिया और आँखें बन्द कर लीं...।

'मैं तेरे प्यार में क्या क्या न हुई,...।'

गाने की आवाज बढ़ाते ही आस-पास का शोर आना बन्द हो गया। लगा जैसे कोई कान में गुनगुना रहा है। गाना बीच में बन्द हुआ और रेडियो जॉकी ने फिर गर्मी और उमस का हाल बयाँ करना शुरू किया कि तभी राबिया की पीठ पर एक हाथ लगा।

राबिया चौंक गई पर बाद में उसे लगा कि भीड़ का शायद धक्का था...। वो फिर गाना सुनने लग गई।

दो मिनट हुए, तो राबिया को फिर एक हाथ उसकी पीठ पर लगता हुआ महसूस हुआ...। उसने थोड़ा इन्तजार किया, और जब तीसरी बार हाथ पीठ पर लगा तो राबिया पीछे मुड़ी, और जोरदार झन्नाटेदार हाथ सीधे पीछे खड़े शख्स के गाल पर था...।

पूरी बस में सन्नाटा छा गया...। राबिया गुस्से से लाल पीली हो गई...। इन्दु अपनी सीट से निकलकर बाहर आ गई और लगी भला-बुरा कहने। बस में हल्ला हो गया, सब लोग उचक-उचक कर देखने की कोशिश करने लगे कि आखिर कौन है, क्या हो रहा है, किसी ने लड़की से बदतमीजी की।

महिलावाद की आड़ में एक जत्था आजकल बचाव करता दमकल गाड़ियों की तरह भोंपू बजाते हुए पहुँच जाता है, लेकिन आग किसने लगाई है या आग लगी भी है इससे पूरी तरह अनजान रहते हुए...।

राबिया उस इन्सान की आँखों में आँखें डालकर घूरती रही...। बस में वही सवाल-जवाब चलते रहे...। लोग तरह-तरह से सबक सिखाने की हिदायत देते रहे, और धीरे-धीरे यही हिदायतें मुँह में ही बिखर कर गिर पड़ीं।

राबिया की नजरों को वहीं छोड़ता हुआ वह शख्स जगह बनाता हुआ बस के बीचोबीच आया और दरवाजे के पास जाकर उसने अपने बैग से एक स्टिक निकाली, जिस पर से रबड़ खोलकर उसने जमीन पर टिकाई और सहारा लेता हुआ नीचे उतर गया...।

चारों तरफ खामोशी छा गई...। राबिया एक जगह जड़ हो गई...। इन्दु ने उसे छुआ तो लगा जैसे वो जिन्दा ही नहीं है।

दो पाटन के बीच

मंथन भरी दोपहर और धूल-धक्कड़ में गर्म तपते हुए रेगिस्तान के एक गाँव में था। स्कूल की जमीन मुहैया कराने को सरकार ने उसे जैसलमेर के उस गाँव में भेजा था। इस जगह से उसका कभी कोई वास्ता नहीं पड़ा, अचानक शहर से आकर इस धरती पर लगा जैसे ये देश के बाहर की कोई जगह है। बस स्टॉप पर खड़े लोग अजूबे से लगे। सिर पर मन-भर वजन का कपड़ा लपेटे और तन पर नाम के लिए गमछा और धोती लपेटे। सिर की पगड़ी शरीर ढँक सकती थी। ऐसा तो हो नहीं सकता कि मंथन से पहले किसी के मन में ये ख्याल आया ही न हो, लेकिन शायद गाँधीवादी विचारधारा के ये लोग ऐसे विलासिता से भरे जीवन से वास्ता न रखते हों।

गाँधी का ख्याल आते ही और कई ख्याल मुफ्त में चले आए। तन ढँकने लायक कपड़ा चाहने वाले गाँव वाले बापू की भाँति अहिंसक भी होंगे? क्या अपनी आजादी को बनाए रखने के लिए इन्हें आवाज उठाना आता होगा? ये न्यायप्रिय होंगे और अपने साथ-साथ अन्य लोगों के अधिकारों की पैरवी भी करते होंगे।

धूप असहनीय होती जा रही थी। दोपहर के खाने से पहले मंथन अगर सरकारी क्वार्टर न पहुँचा तो काम कल पर टालना पड़ेगा और काम का एक दिन टलना मतलब एक और दिन इस रेत के भीषण समुद्र में गोते लगाना।

इस ख्याल ने ही उसे भीतर तक डरा दिया। इससे पहले भी वो कई जगह अपने काम के सिलसिले में गया है। शिमला, मसूरी, कानपुर, लखनऊ, भोपाल, इन्दौर, पुणे, मुंबई। लेकिन राजस्थान में आने का ये उसका पहला अनुभव था। और अगर वो धूप में कुछ देर और खड़ा रहा तो शायद आखिरी भी।

बिना देरी किए वो दफ्तर पहुँच जाना चाहता था। नहा-धोकर थकान उतर जाए तो वो इस जगह से इतना निराश न रहे, यही सोचकर उसने बैग को कन्धे पर लटकाकर बस स्टॉप से बाहर निकलने का निश्चय किया, लेकिन तभी अपने

नाम की तख्ती लिए एक व्यक्ति बस स्टॉप से लगभग सत्तर मीटर की दूरी पर नजर आ गया।

मंथन के मन में सन्तोष हुआ। उसने फौरन हाथ हिलाकर अपना परिचय दिया। इतनी दूर से नाम बताने को चिल्लाना पड़ता और बस स्टॉप पर पहले से ही हो रहे शोरगुल में ये निर्णय बुद्धिमतापूर्ण बेशक नहीं था।

मंथन का इशारा पाकर तख्ती पकड़ा व्यक्ति दौड़ता-भागता पहुँच गया। स्वामिभक्ति का भाव उसके चेहरे पर भलीभाँति झलक रहा था। शायद वह समय पर ही पहुँचा लेकिन मंथन की नजर उस पर देर से पड़ी।

'क्या नाम है तुम्हारा? सरकारी दफ्तर से आए हो?'—मंथन ने तख्ती नीचे झुकाते हुए पूछा।

'हुकुम, मैं द्वारका। सरकारी दफ्तर में मुलाजिम हूँ'—द्वारका ने कृतज्ञता दिखाते हुए नजरें झुका लीं।

'किस पद पर? क्या काम करते हो?'

'सरकार पद अभी कुछ तय हो नहीं पाया है। और काम भी लगभग सभी कर लेता हूँ, सिवाय अफसरगिरी के'—द्वारका।

द्वारका मँझोले कद का 35-40 के बीच की उम्र का शख्स था। उसका जन्म तो माधोपुर में हुआ था, लेकिन काम-धन्धे की खातिर जैसलमेर में ही बस गया। 10वीं तक पढ़ाई करके छोड़ दी, क्योंकि बचपन में जिससे ब्याह हुआ, वो अब साथ रहने की जिद कर रही थी। पढ़ते हुए पत्नी को साथ रखने को ससुर नहीं माने, इसलिए किताबों को रद्दी में देकर पत्नी के लिए कपड़े ले आया और घर आने पर तोहफे में दे दिए।

वहीं दूसरी तरफ मंथन पढ़ा-लिखा और आकर्षित व्यक्तित्व का व्यक्ति था। स्वभाव से शान्त भी था। इतनी देर से धूप में खड़ा होकर भी उसने द्वारका को झिड़का नहीं था। हालाँकि और कोई अफसर होता, तो शायद बात द्वारका की नौकरी पर बन आती। रूप-रंग में वो रेगिस्तान के पानी-सा लग रहा था। नया-सा और सबमें अलग छँटा हुआ। गाँव में पचास कोस पर भी ऐसा बाँका मिल नहीं सकता था।

मंथन को देखते ही द्वारका उसके पैरों में गिर पड़ा—'साहब हम द्वारका हैं। चलिए हमारे ही जिम्मे है आपको जमीन दिखाना। बस एक बार ये प्रस्ताव पास हो जाए तो, फिर स्कूल के बच्चे बच्चियों के भाग खुल जाएँगे।'

कहते हुए द्वारका ने पेंट को पकड़कर जोर से ऊपर चढ़ाया और बुर्शट की बाँहें खींच लीं।

मंथन उसकी चिकनी-चुपड़ी बातों का अर्थ समझ रहा था। बिना किसी मुनाफे के कहीं कोई सिर्फ बच्चों की शिक्षा के लिए इतना उतावला नहीं होता। पर उसे जमीन देखने से मतलब था। वैसे भी इस रेगिस्तान में कोई बिना मतलब के कितने

दिन जिन्दा रह सकता था। पिछले एक घंटे में मंथन ऊपर से नीचे तक किसी सभ्यता की भाँति कई-कई बार धूल में दब और उभर चुका था। गोरे से रंग हल्का भूरा हो गया। बालों में किरकिराहट बनी हुई थी। सो वो बस सपाट-सा मुँह बनाए गाड़ी में बैठने के लिए आगे बढ़ गया।

द्वारका ने बैग अपने हाथ में उठाया और स्वामिभक्ति का परिचय देते हुए गाड़ी में रख लिया। मंथन पीछे की सीट पर बैठ गया। अफसरशाही झाड़ने की बजाय वो बस अपनी पीठ को थोड़ा आराम देना चाहता था। बस जिस तरह चलते हुए यहाँ तक पहुँची थी, वो सीट पर कम और हवा में ज्यादा रहा था। पिछले कुछ महीनों से भागदौड़ में वो सेहत पर खासा ध्यान नहीं दे पाया, जिसके कारण हड्डियों में दर्द की समस्या से जूझने की नौबत आन पड़ी थी।

गाड़ी हुक्के की तरह सुलगने से पहले गुड़-गुड़ कर रही थी। द्वारका ने चाबी को कई बार दाएँ-बाएँ घुमाया लेकिन पहिये टस-से-मस नहीं हुए। मंथन ने द्वारका को निर्देश दिया, कि वो गाड़ी की टंकी को जाँच ले। अफसर का आदेश द्वारका टाल नहीं सकता था, सो उतरने को हुआ, लेकिन इससे पहले ही गाड़ी फर्राट चालू हो गई। द्वारका की जान में जान आई। अफसर अक्सर ऐसी लापरवाही पर ऊपर शिकायत पत्र भेज देते हैं। फिर कोई सफाई में नहीं सुनता कि इंजन में रेत घुस गई थी या गाड़ी गरम हो गई थी। लेकिन मंथन इतना सख्त अफसर नहीं दिखाई पड़ रहा था। वो बस खिड़की से बाहर देखकर अपने ही खयालों में गुम था। द्वारका उसकी दरियादिली पर मुग्ध होते-होते बचा। मगर इतनी जल्दी किसी भी नतीजे पे पहुँचना भी मूर्खता थी। क्या पता वो सब भाँप रहा हो, वो मन-ही-मन हिसाब किताब रख रहा हो और अगली गलती पर शायद द्वारका का नाम भी शिकायत पत्र पर चढ़ जाए। गाड़ी एक झटके में बस स्टॉप फाँद गई।

जैसे-जैसे गाड़ी मुख्य सड़क पर आने लगी, धूल का तूफान आँखों में गोते लगाने लगा...। मंथन की आँखें मुश्किल से खुल पा रही थीं। मगर अब जाकर कहीं रेगिस्तान दिलचस्प लगने लगा था। उसने फौरन जेब से अपना ब्रांडेड चश्मा लिया और आँखों पर चढ़ा लिया, फिर मौसम मानो पहाड़ी हो गया।

मंथन के चेहरे की सहजता देखकर द्वारका ने जेब से चश्मा निकाला...।

'पिछले महीने लिया था...। नया...। बिल्कुल...। पुष्कर मेले से। महँगा वाला...।' कहते हुए उसने चश्मा लेकर मुँह पर चढ़ाया जो आधे चेहरे को ढँक रहा था।

मंथन ने एक मुस्कान फेंकी, और अपना ध्यान रास्ते पर लगाया। रेगिस्तान को अगर कोई दूर तक देख पाए तो लगेगा कि एक सीमा के बाद पहाड़ियाँ बड़ी ही रोचक हो जाती हैं। ये साँवली-सी औरत का सौन्दर्य प्रतीत होती हैं जिसकी नाक

उठी है, होंठ फैले हुए और आँखें हलकी भूरी नारंगी। ढलते सूरज की किरणें जब रेगिस्तानी इलाकों के पहाड़ी जंगलों पर पड़ती हैं तो उसकी होड़ कोई नहीं कर सकता। बीहड़ बंजर जंगलों में घूमते मोर पर्यटकों के लिए ठंडी छाँव जैसे हैं, लेकिन कभी-कभी मोर जब अति उत्साही होकर चिल्लाते हैं, तो ये चिढ़ाने वाला होता है। बहुत गौर से देखने पर मन कभी-कभी रेत में, तो कभी पहाड़ों के जंगलों में तरह-तरह की आकृतियाँ उकेरने लगता है। कभी किसी आदमी का डरावना चेहरा, कभी बच्चे का कोमल-सा हँसता चेहरा, कभी पानी लाती बंजारन स्त्रियाँ। कोई-कोई पेड़ तो शेर का भरम तक करा देता। मंथन बस स्टॉप पर खड़ा जिस राजस्थान और रेगिस्तान की कल्पना कर रहा था वो उसकी कल्पना से कहीं ज्यादा घना था।

'साहब अब बस्तियाँ पड़ेंगी। बस्तियों को पार करके उसके कुछ किलोमीटर आगे जाकर हमारा दफ्तर आएगा'—द्वारका ने फ्रंट मिरर में से झाँककर कहा।

मंथन ने चश्मा आँखों से हल्का-सा उतारकर बस आँखों से इशारा कर दिया।

'वहाँ सब इन्तजाम कर दिए हैं। आप नहा-धो लेना, उसके बाद मैं आपको लिवा चलूँगा जमीन दिखाने।'

बस्तियों में गाड़ी घुस चुकी थी। मंथन की सारी सुस्ती फुर्र हो गई। वो नई-नई जगहों के प्रति खासा उत्साहित रहता। हालाँकि शुरू-शुरू में वो इस जगह को देखकर मायूस हुआ था। लेकिन थोड़ा और देखने पर वो इसका प्रशंसक बन सकता था।

अचानक उसे लगा जैसे वो किसी डॉक्यूमेंटरी को देख रहा है। और रास्ते भर का मंजर उसे भीतर तक हिला गया...। बीच-बीच में किलोमीटर की दूरी तक सुनसान धूल के सागर...। कहीं-कहीं सूखी रीती मटकियाँ, नंगे उघड़े बच्चे...। हाथों में सफेदी ओढ़ी हुई काले लाल कपड़ों में राहगीरों को घूरती औरतें। यहाँ के बूढ़े कुछ ज्यादा ही बूढ़े हो गए थे। शरीर की खाल जली-जली-सी दिखाई पड़ती थी। सूरज जिस तरह सीधा बदन पर झाँकता था, अब तक शहर के लोग तो राख हो चुके होते। लेकिन यहाँ के इन्सानों में सूरज से ज्यादा ढिठाई थी। भैंसे कुछ ज्यादा ही काली हो गई थीं। अपने प्राकृतिक रंग से पहले ही परेशान सूरज की तीखी किरणों में सराबोर। गाएँ भी गेहुएँ रंग की प्रतीत हो रही थीं। गाड़ी एक-एक कदम चलती और गड्ढों में रुक जाती। पेट में सब घालमेल हो चुका था।

मंथन को लगा जैसे उसे कोई आवाज सुनाई दी हो अभी। उसने द्वारका की तरफ देखा, तो वो गाड़ी चलाने में मग्न था...। चश्मे को छोड़कर किसी और बात पर उसका ध्यान नहीं था।

एक आवाज फिर आई, और इस बार मंथन ने उसे खोजा नहीं, बल्कि सुनने लगा...। और आवाज रास्ते-भर उसके संग कभी आगे कभी पीछे चलती रही...।

ये कुदरत का वॉयस ओवर था, जिसमें कुदरत ही आर्टिस्ट थी।

चलिए इन रेगिस्तानों की धूल छानते हैं। यहाँ एक अलग दुनिया बसती है, अलग-सी। जो आपके मेरे शहर की लीपापोती से कोसों दूर है। बहुत शौक है हम सबको सबके सम्मान में लड़ने का, महिलाओं के अधिकार का झंडा उठाने का, मर्दों को गरियाने का, 'जेंडर इक्वलिटी' पर बातें करने का। जेंडर इक्वलिटी!

जितना बोलने लिखने में मुश्किल उतना ही समझने और समझाने में। जेंडर इक्वलिटी है क्या? जरा थोड़ा अपना फेसबुक ट्विटर स्क्रोल कीजिए तो वहाँ आपको समझ आएगा, 1. आदमी रात को बाहर जाते हैं, औरतों को भी जाने दो। जेंडर-इक्वलिटी, 2. आदमी सिगरेट पीते हैं औरतों को भी पीने दो—जेंडर इक्वलिटी, 3. आदमी औरत को मारता है औरत को भी मारने दो—जेंडर इक्वलिटी, 4. आदमी बाहर काम करता है औरत भी करती है तो घर में अकेली औरत क्यों रोटी बनाए—जेंडर इक्वलिटी, 5. गालियाँ सिर्फ माँ बहन की क्यों हैं पिता भाई की भी हों—जेंडर इक्वलिटी, 6. आदमी शराब पी रहा है औरत क्यों नही-जेंडर इक्वलिटी, 7. औरत बच्चा पैदा कर रही है आदमी नहीं, जेंडर इक्वलिटी शहरी तौर पर या कहें लिखा पढ़ी में मोटे तौर पर माने तो ये हैं जेंडर इक्वलिटी का मतलब। लेकिन थोड़ी सी ऊपरी परतें हटाएँ तो हमारी सोच का हल्कापन सामने आएगा। एक ऐसे किसी रेगिस्तान के छोटे-से गाँव में अपनी चेतना को खुला छोड़ दीजिए। वहाँ के एक घर में इसे हो आने दीजिए। खुद देखने दीजिए फिर तय करिए कि आखिर फर्क किसे कहते हैं और समानता किस चिड़िया का नाम है। कच्चे आँगन में एक कोने में दूध राबड़ी के बर्तन सने पड़े हैं। खाट के पास आठ महीने का बच्चा मैले से कपड़े के खाट से बँधे पालने में भूखा बिलबिला रहा है। तेज धूप निकली है, सूरज सीधा चढ़ आया है। परेंडे पर पानी के बर्तन रीते हैं। चूल्हे पर अभी ढोरों का दलिया ओंट रहा है। आँगन में पेड़ के नीचे चार-पाँच आदमी बैठे हैं। निमोड़ी दो महीने पेट से है। दोपहर के बारह बज गए पर निमोड़ी ने अभी कलयेयो नहीं किया। रेगिस्तान में नाश्ते को कलयेयो कहते हैं लेकिन निमोड़ी के लिए क्या कलयेयो और क्या दोपहर का खाना, कभी वक्त ही नहीं मिला। आज भी वो भूखी है क्योंकि उसके आदमी ने सुबह से चार चाय पी ली तो खाने की इच्छा नहीं हुई है। निमोड़ी के सामने चार काम हैं। बच्चे को दूध पिलाए, पर कैसे? आँगन में आदमी बैठे हैं, अन्दर गर्मी से दीवार पिघल रही है, दो किलोमीटर पैदल चलकर गरम रेत पर तलवे रगड़ती पानी भर कर लाए, चौके

में पड़े बर्तन धोए, जो मिट्टी से धुलते हैं, या ढोरों को साँदी करे। पेट में पड़ा बीज कुलबुला रहा है भूख से। आँतों में तेजाब बन रहा है। निमोड़ी ने रोटी का टुकड़ा बच्चे के हाथ में पकड़ाया और बर्तन उठाकर पानी लेने चल दी। आस-पास की तीन औरतें उसके संग लग लीं। सबके हाथ में कपड़े की पोटली है। बाकी परिवार के कपड़े तो घर में धुलते हैं आँगन में लेकिन निमोड़ी के अन्दर के कपड़े वो कुएँ पर ले जाती है, ताकि किसी की नजर न पड़े। एक दिन उसके मन में ये ख्याल आ गया था कि मोट्यार लोगों के अन्दर के कपड़े उनकी घरवालियाँ खूब शान से खुले में धोती हैं, सुखाती हैं पर अपने खुद के अन्तर्वस्त्र धोने उन्हें कोसों दूर जाना पड़ता है और उन्हें पीछे ढोरों के बाड़े में पेटीकोट के नीचे सुखाना पड़ता है। इन बेचारों को मुश्किल से कभी धूप नसीब हुई होगी। तभी यहाँ की हर औरत की छाती और जाँघों में नाखूनों के लम्बे निशान मिल जाएँगे। सीले कपड़े। ऐसा क्या गन्दा लगा होता है उनमें, जो इनको कोढ़ और घाव की तरह छिपाना पड़े। निमोड़ी की सहेली का आज महीना आया हुआ था। तीन मटकियाँ सिर पर रखे वो बिल्कुल नागिन की-सी चल रही थी। एक पैर सीधा नहीं पड़ता था। एक उत्तर तो एक दक्षिण। निमोड़ी ने मन में सोचा कितना अच्छा है वो पेट से है और नौ महीने इस जंजाल से बच गई। पर जैसे उसे रात का ख्याल आया उसका घमंड मटकी-सा टूट गया। पाँच दिन महीना आता था तो आदमी की भूख से बच जाती थी। पर अब तीस दिन कोई आराम नहीं। मन की कैसे करते हैं, मन न हो तो कैसे मना करते हैं, कोई उसे बताए काश। कितना मन करता है उसका कि एक रात वो सीधे सुबह जागे, पूरी नींद करके, उसे भी पता लगे कि मीठी नींद क्या होती है। निमोड़ी का मन था कि बस आखिरी बच्चा हो जाए इस बार तो वो ऑपरेशन करा लेगी, गाँव में दूर एक कैम्प लगा था पिछली बार। निमोड़ी ने खूब हाथ पैर जोड़े पर सास और पति ने एक नहीं सुनी। उसका मन ज्यादा खट्टा होता उससे पहले ही उसे पति की बात याद आ गई, 'जब वो उसके लिए सफेद हाथी दाँत की चूड़ियाँ लाया था। वो बुरा नहीं था।' पर उसने आदमी औरत के इसी अन्तर के संग जन्म लिया, घुटने लिए और पैर चला। एक कमरा था। माँ-बाप एक ही कमरे में सोते। रात को पिता, पिशाच-सा दिखता या सुनाई देता और माँ बकरी के मेमने-सी लाचार बेबस। निमोड़ी कुएँ पर पहुँची। इससे पहले धूल का बवंडर पहुँच गया। चारों भायली ज्यूँ की त्यूँ खड़ी रह गईं। निमोड़ी को याद आया, बच्चे की रोटी दूर उड़ गई होगी और उसकी आँखों में धूल पड़ गई होगी, आँगन में रेत का घूड़ा भर गया होगा, चूल्हे पर रखी भैंस के दलिये की हाँडी उलटी हो गई होगी, चूल्हे की आग सरक गई होगी। आँगन में पति बैठे हैं, बस बच्चे की आँख साफ कर दे जब तक निमोड़ी पहुँच जाएगी। कि उसके पेट में मानो किसी ने भूख से तड़प कर उसको कचोटा हो। निमोड़ी चार घंटे सोना चाहती थी बिना किसी के हिलाए, वो ढोरों के

चरने से पहले एक रोटी खाना चाहती थी। वो एक बार अपने अन्तर्वस्त्रों को धूप में सुखाना चाहती थी, वो अब सिर या पेट किसी एक पर ही वजन रखकर कुएँ तक जाना चाहती थी, वो परदे में से झाँकना चाहती थी, इसलिए नहीं कि उसको पति जैसा दबंग बनना था पर परदे में से उसको नजर नहीं आता था तो पैर में ठोकर लग के उसका चिटली उँगली का नाखून टूट जाता था। जेंडर इक्वलिटी SM तय नहीं करेगा, इसको किसी रेगिस्तान में तूफान रुकने का इन्तजार करती निमोड़ी तय करेगी। इसका मतलब औरतों को मर्दों के बराबर लाना नहीं है, इसका मतलब मर्दों को औरतों के बराबर लाना भी नहीं है। इसका मतलब है औरत मर्द को साथ-साथ समानता पर लाना है। एक दूसरे से ऊपर नहीं, नीचे नहीं बल्कि एक साथ।

कॉलसेंटर

देश में न सिर्फ नौकरियों का अकाल था, बल्कि विश्वसनीय शिक्षण संस्थानों की भी खासी कमी थी। एक ही गली में हर चौराहे पर रंग-बिरंगे बोर्ड के संग संस्थान खुले थे। इनसे सम्बन्धित पर्चे गलियों में बिखरे पड़े थे। आजकल शिक्षण संस्थान का स्तर इस बात से तय नहीं हो रहा था, कि वहाँ कितने योग्य शिक्षा पढ़ा रहे थे, या बच्चों का परिणाम कितना उत्साहवर्धक आ रहा था, कितने युवा वहाँ से निकलकर अपनी आजीविका कमा पाने में सक्षम हो पा रहे हैं, बल्कि इनका स्तर इस बात से तय होता कि ये अपना प्रचार करने में कितने सक्षम थे।

वैसे तो भारत का शिक्षा के क्षेत्र में अब खासा नाम हो रहा था, लेकिन फिर भी विदेशों की तरफ और वहाँ से डिग्री लेने की चाह लगातार जोर पकड़ रही थी। कई-कई बार तो ये हो रहा था कि स्कूल और स्नातक अपने देश से करते युवक-युवतियाँ नौकरियाँ करने विदेश भागते और कभी विदेशों से डिग्री लेकर, देश की सेवा करने को लौट आते।

इन्सान को अपना भविष्य बनाने और वर्तमान सँवारने का पूरा अधिकार है। इसमें किसी की राय या बेजा मशविरे लेने-देने की कोई जरूरत नहीं, लेकिन फिर भी देश सेवा का अधिकार सिर्फ सैनिकों के हिस्से तो नहीं आता न। युवा अपने देश के निर्माण के लिए उतने ही जिम्मेदार और जवाबदेह हैं, वरना बैठे-बैठे शिकायत तो कोई भी कर सकता है। जो सुधरा नहीं उसे सुधारने के लिए किसी दूसरे का मुँह क्या ताकना।

कुछ इसी तरह साहिल भी विदेश से पढ़कर नौकरी करने को अपने देश को कूच कर गया था। 'टूरिज्म हॉस्पिटैलिटी' में न्यूयॉर्क से एक साल का डिप्लोमा करने के बाद साहिल कम्पनी में सबसे युवा टीम लीडर था।

उसकी मेहनत, अपने काम के प्रति समर्पण ने उसे ऑफिस में सबका चहेता बना दिया। उसकी कम्पनी मिडिल क्लास, अपर मिडिल क्लास को रिसॉर्ट्स के हॉलिडे बेचा करती और साहिल का टारगेट हाई नेटवर्क वाले इंडिविजुअल थे।

कम्पनी में काम करने वालों के दो सेट थे। दस लाख रुपए तक की इनकम वाले कॉल सेंटर को दिनेश लीड कर रहा था और दस-पच्चीस लाख तक के साहिल।

अभी पिछले महीने साहिल को दो लाख से ज्यादा का बिसिनेस लाने की वजह से अवार्ड मिला था। इस उम्र में जहाँ लोग लड़कियों को लेकर पागल होते थे, साहिल में वो जुनून, दीवानगी, और पागलपन अपने काम को लेकर था।

जो उसे जानते थे, वो समझते थे कि साहिल पर जिम्मेदारी बड़ी है। उसे अपने पूरे परिवार को भी अपने संग आगे लेकर चलना था।

संडे था और साहिल अपने डेस्क पर आज भी काम में लगा था।

अचानक फोन बजा और हेलो की आवाज किसी लड़की की थी...।

हेलो—'सर, मैं दीपिका।'

'दीपिका? कौन दीपिका?'—साहिल ने कहा।

'सर मैं ऑफिस से।'

'पर मेरा नम्बर कहाँ से मिला आपको?'—साहिल ने पूछा।

'ऑफिस से। दिनेश सर ने दिया। वो हमारे टीम लीडर हैं, हम जी.के ऑफिस में बैठते हैं...।'

साहिल इस लड़की के फोन का मकसद अब तक नहीं समझ पा रहा था लेकिन उसके शिष्टाचार उसे ये अनुमति नहीं देते थे कि वो बात पूरी सुने बिना फोन काट दे।

'हाँ तो दीपिका बताओ, फोन कैसे किया?'—साहिल सीधे मुद्दे पर आया।

'सर मुझे आप की हेल्प की जरूरत थी...। मुझे ज्वाइन किये पूरे तीन महीने हुए हैं और मैं अभी सिर्फ पाँच कॉल ही कर पाई हूँ। मुझे अपना परफॉरमेंस बढ़ने के लिए आखिरी चेतावनी मिली है।'

'ओके, पर मैं इसमें क्या कर सकता हूँ?'—साहिल ने बीच में ही बात काट दी।

'सर मेरे पास दो ही रास्ते हैं या तो मुझे इस नौकरी से निकाल दें या आप मेरी मदद कर दें।'

'लेकिन आप दिनेश की टीम में हैं। उससे मदद ले सकती थीं।'—साहिल ने थोड़ा गम्भीर लहजे में कहा।

'सर प्लीज मुझे पता है आप के जैसी हेल्प मेरी कोई नहीं कर सकता, यू आर बेस्ट सर...।'

साहिल खुद को फँसा-सा महसूस कर रहा था। लड़की से मिलने का और बात करने का ख्याल ही उसे बेचैन कर देता।

'ओके, आई विल हेल्प...।'

दीपिका खुशी जताते हुए बोली, 'मैं आ जाऊँ फिर? आप ऑफिस में हैं ना?'

साहिल ने हिचकते हुए हाँ कर दी और 5;30 का टाइम देकर गार्ड को रुकने को बोल दिया।

साहिल फिर अपने काम में लग गया, और इस बीच वो बिल्कुल भूल गया कि 6 बजे उसे किसी काम से जाना था।

साहिल ने अपना फोन चेक किया और और जिस नम्बर से फोन आया, उस पर मैसेज करके आज का आना कैंसिल कर दिया।

साहिल 5:30 ऑफिस से निकल गया और लाजपतनगर पहुँचा।

जेब में फोन की घंटी बजी और कॉल दीपिका का था।

साहिल ने फोन उठाया।

और बिना कुछ कहे बस रोने की सुबकियाँ सुनाई दीं। वो बस एक बार घर आकर सिर्फ दस मिनट की मदद के लिए मिन्नतें करने लगी।

साहिल परेशान हो गया—'प्लीज आप रोना बन्द कीजिए, आप अभी इसी वक्त अगर आ सकती हैं तो ठीक है, मुझे सिर्फ कपड़े चेंज करने घर जाना है...।'

'मैं दस मिनट में पहुँच रही हूँ बस'—कहकर दीपिका ने फोन काट दिया।

6:30 हुए और साहिल के घर के दरवाजे की घंटी बजी दरवाजा खोला तो सामने दीपिका खड़ी थी।

'ओह प्लीज आइये'—साहिल ने दीपिका को अन्दर बिठाया।

'बताइए क्या मदद कर सकता हूँ?'

दीपिका ने फाइल आगे बढ़ा दी, 'सर ये प्रेजेंटेशन है, प्लीज आप देख लीजिए और क्या कमी है वो ठीक कर दीजिए। साहिल ने दीपिका के हाथ से फाइल ली और पन्द्रह मिनट में वो पहले से आखिर पन्ने तक हो आया।

'ये लो भाई। आप यूँ ही घबरा रही थीं, हो गया काम और कुछ?'—साहिल ने फाइल आगे करते हुए कहा।

'सर फिलहाल तो पानी पिला दीजिए एक गिलास'—दीपिका ने मुस्कुरा कर कहा।

'श्योर'—साहिल कहकर रसोई की तरफ गया, और दीपिका फोन में कुछ-कुछ करने लगी।

'ये लो पानी'—साहिल ने हाथ बढ़ाया और दीपिका के हाथ से गिलास छूट कर कपड़ों पर सारा पानी आ गिरा।

'ओह सॉरी, एम सॉरी'—साहिल घबराता हुआ दीपिका को सँभालने लगा और उसका दुपट्टा जमीन पर गिर गया।

साहिल दुपट्टा उठाने को झुका तो दीपिका ने साहिल का हाथ पकड़ लिया।

तभी अचानक दरवाजे पर जोरदार धक्का लगा और दरवाजे की कुंडी निकल कर साहिल के सामने आ गिरी।

चार पुलिस वाले सामने खड़े थे, साहिल हक्का-बक्का-सा रह गया।

पुलिस?

'काम के बहाने लड़की को घर बुलाकर मोलेस्ट करता है? यू आर अंडर अरेस्ट'—

साहिल अपनी जगह जड़-सा जम गया।

गुमशुदा सच

पुराने जमाने की बात है। एक प्रदेश में बहुत बड़ा सौदागर रहता था। उसकी धन-दौलत शान-ओ-शौकत बहुत ही विशाल और विस्तृत थी। अपनी दौलत के दम पर उसने गद्दी प्राप्त कर ली, लेकिन दया और करुणा के नाम पर उसके खजाने में कुछ नहीं था। प्रजा को अपने भय और शक्ति से दबाने का प्रयास करते-करते उसे कई वर्ष बीत गए, लेकिन सफलता हाथ न लगी और अन्त में उसने कुटिल नीति अपनाई। उसने प्रजा को धन-वैभव और मदिरा में डुबा दिया। पुरुषों को अपने वश में लाने के लिए मदिरा और सौन्दर्य का सहारा लिया, और औरतों को साज-शृंगार, आभूषण और चमकीले वस्त्र देकर राजभक्त बना दिया। प्रजा उसके करीब हो गई।

प्रजा दिन-भर अपनी रोजी-रोटी कमाने की जुगत में पिसती तो शाम होते-होते, जब ये रंगमंच, और लुभावने संगीत बजते तो प्रजा के दिन-भर का तनाव सर से दूर भाग जाता। दिन-ब-दिन राजा जनता में लोकप्रिय होने लगा। इतनी वाहवाही से भी लगता कि अभी कुछ कम है तो राजा को कुछ और सूझा और उसने अब आगे बढ़कर बड़ी-बड़ी रंगशालाओं की व्यवस्था करा दी। अब जनता उसकी और जय जयकार करने लगी। राजा को ये भी कम लगने लगा, उसने और उपाय किए। अब वो सबके घर पक्के कराने लगा, राजा के इस कदम ने तो मानो प्रजा का दिल खरीद लिया। प्रजा ने उसकी मूर्ति मन्दिर में स्थापित कर दी। राजा का मन अब थोड़ा स्थिर हुआ।

आस-पास हर जगह लोग राजा के किस्से सुनाने लगे। कुछ दिन हुए लोगों को सब ज्यूँ-का-त्यूँ चल रहा था कि राज्य में हाहाकार मच गया। नुक्कड़ के बीचोबीच एक सुनार के घर में चोरी हो गई, और पूरी सम्पदा लूट ली गई। सुनार छाती पीट-पीट कर रोया।

राजा ने सुनार को राजकीय स्वर्णकार का पद दिया और जैसे-तैसे तसल्ली देकर चुप करा दिया।

एक रोज बीता और दूसरे घर में चोरी हो गई। अब सिलसिला शुरू हुआ तो बढ़ता गया, एक दिन नहीं बीतता था और किसी-न-किसी घर में डाका पड़ जाता।

पूरे गाँव में सनसनी-सी फैल गई। लोग ये सोचकर परेशान थे, कि किसी ने चोर को नहीं देखा, क्योंकि जब भी रात के वक्त प्रजा जलसे में होती तो पीछे से सब घटना घटती। प्रजा ऐशो-आराम में डूबी अपनी बुद्धि मन्द कर चुकी थी। एक के बाद एक घर में चोरी और डकैतियों ने राज्य में असन्तोष बढ़ा दिया। नुक्कड़, चौराहों, गलियों और बाजारों में लोग समूह में इकट्ठे होते और समस्या का समाधान ढूँढ़ने का उपाय खोजते। लोग परेशान थे, तो राजा ने प्रजा का ध्यान अपनी ओर खींचने के लिए एक और एलान कर दिया।

राज्य में घोषणा हुई कि आज से दो दिन बाद राज्य में सामूहिक विवाह कराया जाएगा। सामूहिक विवाह का खर्च तो राजकोष से जाएगा ही साथ-साथ वर पक्ष एक मुद्रा भी नहीं लेगा, इसलिए कन्याओं को गहने आभूषणों के नाम पर एक नाक की लौंग तक न पहनाएँ। सारे आभूषण घर में ही रख कर आएँ और इस पवित्र प्रयोजन को सफल बनाने में राजभवन की मदद करें। ये बात सुनकर तो राज्य में मानो राजा के नाम पर बस जानें देने की होड़ लग गई। घरों में बड़ी तो बड़ी, बच्चियों के नाम तक सामूहिक विवाह के लिए पंजीकृत कराए जाने लगे। लोग अपनी छोटी-छोटी बेटियों के विवाह के लिए टूट पड़े, ताकि राजकोष के खर्च से कन्धों से भार भी उतर जाए और राजा के नेक इरादे का समापन भी सफलतापूर्वक हो सके।

घोषणा के तीसरे दिन सामूहिक विवाह का आयोजन हुआ। पूरा राज्य बेटियों के साथ राजमहल में एकत्रित हुआ, और विवाह के मंत्रोच्चारण होने लगे। पंडित मंत्र पढ़ते, हवन करते और माता-पिता कन्यादान में सुख प्राप्त करते। सभी रस्मों के साथ विवाह सम्पन्न हुआ, तो रात्रिभोज में जमकर मदिरा परोसी गई। गीत गाए जा रहे थे, महिलाएँ नाच-अट्ठाहस में रमी हुई थीं, दुल्हनें सहेलियों के संग वैवाहिक जीवन के सुख स्वप्नों में व्यस्त थीं और पुरुष मदिरा के समन्दर में गोते लगा रहे थे। अचानक शोर-शराबे के बीच चीख-पुकार मच गई। जश्न के बीच कुछ लोग रोते-चिल्लाते दौड़े चले आ रहे थे। कोई छाती पीटता, तो कोई सिर। प्रजा में हड़कम्प मच गया कि इतने में सेठ बनैठी जमीन पर औंधे मुँह गिर गए। गाँव में फिर डाका पड़ा था और इस बार गाँव का गाँव लुट गया था, पूरे 348 घरों में न खाने को दाना छोड़ा था, न पहनने को एक आभूषण और न ओढ़ने को एक कपड़ा।

गाँव वालों के सर से पानी गुजर गया, इस घटना ने तो अब ऐसी आग भड़का दी थी, जो शान्त नहीं हो सकती थी। समाधान के बिना एक घूँट अब गले से उतरना मुमकिन नहीं था। और समस्या का समाधान ढूँढ़ने गाँव के बड़े-बूढ़े गाँव के आखिर सीमा के बाहर निकल पड़े।

राज्य की सीमा पर एक चित्रकार रहता था, 'कदम्ब'। उसकी चित्रकारी ऐसी थी कि मानो वो भविष्य बाँचता था और गुजरा समय उकेरता था। उसके चित्रों के

एक से कई ज्यादा अर्थ होते और उसे कोई ऐसी दिव्य शक्ति प्राप्त थी कि तस्वीर में सत्य अपने आप कुदरती दिखने लगता। उसे राजा ने एक बार राजकीय चित्रकार के ओहदे के सम्मान से नवाजना चाहा पर कदम्ब को अपनी कला का सौदा रास नहीं आया क्योंकि राजा की शर्त थी कि चित्र उनकी आज्ञा से बनेंगे, तो कदम्ब ने इनकार कर दिया। राजा की आज्ञा से इनकार करने पर दंडस्वरूप उसकी जुबान काट दी और कदम्ब को राज्य की सीमा से बाहर कर दिया गया। तब से कदम्ब वहीं एक झोंपड़ी में रहता।

राजा की पूरी सेना ने चोरों को ढूँढ़ने की कोशिश की पर सब नाकाम रहे। पूरी प्रजा हैरान कि कोई हर रोज नियम से गाँव में डाका डाल गया, और किसी को कानों-कान खबर नहीं हुई और न ही राजकीय सेना उसे ढूँढ़ पाई। हैरान-परेशान दुखी गाँव वाले कदम्ब के पास गए। सारी बात कदम्ब के समक्ष रखी गई।

कदम्ब सब कुछ सुनकर खामोश हो गया और कुछ देर बाद उसने जमीन पर लिखा—अभी तुम सब घर जाओ, कल इसी वक्त मेरे पास आना। मैं तुम्हें चोर का पता बता दूँगा। गाँव वाले उम्मीद के संग अपने घर लौट गए। रात को कदम्ब चाँद की रौशनी में बैठ गया। उसने तख्ती को जमीन के नीचे रख दिया और अपनी उँगलियाँ उस पर फेरने लगा।

चित्र पूरा होते-होते आसमान में भोर की तस्वीर उकर गई। कदम्ब ने तस्वीर पर नजर दौड़ाई, और उसे वहीं रखकर पास में लेट गया। उसने तस्वीर को ढँक दिया। सारी रात की थकान ने कदम्ब को अचेत कर दिया।

घंटे-भर बाद किसी आहट से कदम्ब की नींद टूट गई, और उसे लगा जैसे उसने किसी को अभी वहाँ से गुजरते देखा, वो फौरन उठा। आस-पास तलाशा पर कोई आवाज नहीं आई। दिन गुजर गया, कदम्ब झोपड़ी के बाहर खाट बिछाकर बैठ गया। उसके हाथ में एक तस्वीर थी जो कपड़े से ढँकी थी।

थोड़ी देर में गाँव वाले इकट्ठे होने लगे। देखते-देखते पूरा हुजूम उमड़ गया। कदम्ब ने सबको बैठने का इशारा किया। वो अपनी खाट से उठा और तस्वीर का सामने का हिस्सा प्रजा की ओर मोड़कर उससे कपड़ा हटा दिया।

तस्वीर में एक बड़ा विशालकाय मानव था जो सबको एक पोटली देता जिसमें अशर्फियाँ होती, अशर्फियाँ लकड़ी के बुरादे में लिपटी होती। ये नियम था कि ऐसा करते वक्त माँगने वाला अपनी आँखें बन्द कर लेता। पोटली में एक छेद था, अशर्फियाँ गिरती जाती और आवाज नहीं आती।

ऐसा करके वो दान दानदाता के पास रह जाता। कदम्ब ने चित्र में दिखा दिया कि जलसे का आनन्द देकर पीछे से राजा घरों में डाका डलवा रहा था। कदम्ब बोल नहीं सकता था। उसने चित्र दिखाया। प्रजा ने पूरा चित्र देखा, वैसे ही शाम पूरी ढल गई और चाँद की रौशनी चित्र पर बिखर गई।

पल भर में तस्वीर बदल गई। अचानक भीड़ में से एक शख्स चिल्लाया, दानव के हाथों में रंग दिख रहा हैं। उसके हाथ रँगे क्यों है? दानव के हाथों में रंग उभर आया। कदम्ब ने तस्वीर को अपनी तरफ मोड़ा तो वो हैरान रह गया। दानव की हथेलियों में रंग लगा था जो चाँदनी से नजर आने लगता है। कदम्ब ने ऐसा कोई रंग नहीं डाला था। उसने तस्वीर एक तरफ रख दी और इशारों से सब समझाने लगा।

भीड़ भड़क गई। डाका डालने का पूरा इलजाम कदम्ब पर था। थोड़ी देर में घोड़ों की टाप सुनाई दी। राजा के सैनिकों ने कदम्ब की झोपड़ी को घेर लिया। एक सैनिक भीतर गया तो पेटी भर के खजाना बाहर लाया।

पूरी प्रजा भौचक्की रह गई। कदम्ब सब समझ गया। सच कहने की सजा पाने का मुजरिम राजा ने उसे बना दिया।

'तुम्हारा मुजरिम है, सजा भी तुम ही दो'—सैनिक ने कहा और खजाने की पेटी लेकर चल दिए। घंटे-भर भीड़ ने कदम्ब पर सैकड़ों पत्थर बरसाए।

कदम्ब जमीन पर गिर गया। उसके शरीर के खून का कतरा-कतरा नाली बनकर बह रहा था।

रात-भर कदम्ब दर्द से तड़पा और सूरज होते-होते उसने वहीं दम तोड़ दिया। सूरज की किरण पड़ते ही चित्र में दानव की हथेलियों से रंग गायब हो गया। दिन के उजाले का सच, रात के अँधेरे में खो गया।

इनकी सरकारें नहीं होतीं

नई चमचमाती गाड़ियाँ आतीं और रुक जातीं। कुछेक अगर गलती से रेड लाइट के थोड़ा आगे निकल जातीं तो, पुलिसवाला दूर से उँगली से इशारा करता हुआ उन्हें नियम-कायदों की याद दिलाकर पीछे कर देता। गाड़ी चला रहे सज्जन गाड़ी के पिछले शीशे में देखते और रेंगते हुए थोड़ा पीछे खिसक जाते। गाड़ी का इंजन बन्द होते ही वो दोबारा पुलिस वाले की तरफ देखते और मुस्कराहट में हाँ का इशारा पाकर फिर चैन से ग्रीन लाइट होने का इन्तजार करते। गाड़ी वाले लाइन तोड़कर नियम तोड़ते बस, लेकिन रिक्शा-ऑटो ?

हौंडा सिटी में बैठे एक अधेड़ उम्र के महाशय को लाल से हरी होती लाइट का इन्तजार नहीं था। उनका हॉर्न बड़े शान्त भाव से चुप्पी साधे बैठा था। कारण उनका धैर्य और एक अच्छे नागरिक होने का कर्तव्य हरगिज नहीं था, बल्कि उनकी गाड़ी के ठीक आगे खड़ी मोटरसाइकिल पर बैठी एक 20-22 साल की जवान लड़की थी।

आगे की मोटरसाइकिल पर एक लड़का हेलमेट पहने बैठा था। वो बार-बार पीछे मुड़-मुड़ कर बातें करता और जोर से हँस देता। लड़के को कमर से कसके पकड़े पीछे बैठी लड़की ने तंग पैंट और उस पर एक कमर से ऊपर तक की टी शर्ट पहनी थी।

लापरवाही से बैठने के कारण टीशर्ट ऊपर रह रही थी और पैंट नीचे जा रही थी। इस बात से अनजान कि लड़के के ऊपर बहुत ज्यादा झुक कर बैठने से उसकी पैंट से अन्तरंग कपड़े बाहर झाँक रहे थे, और कमर का अधिकतर हिस्सा खुला पड़ा था, लड़की बड़े गौर से लड़के से कुछ कह रही थी।

पीछे गाड़ी सवार महाशय का लुत्फ खत्म नहीं हो रहा था। हरी लाइट के सिग्नल के साथ ही लड़के ने बाइक दौड़ाई और दोनों हवा में गुम हो गए।

अगले तीन चौराहे पार करके जब गाड़ी रेड लाइट पर रुकी, तो गाड़ी वाले सवार को वो लड़की कहीं नजर नहीं आई। हाथ खुद-ब-खुद सिर पर जमकर अफसोस मनाने लगे। पूरा ट्रैफिक रुका था, तो एक 13-14 साल की लड़की दौड़ती हुई साइड में खड़ी एक दूसरी गाड़ी के पास आ गई। गोद में एक साल-भर का

बच्चा था, नाक बह रही थी, ऊपर सिर्फ एक पतला-सा बनियान डाला था, लड़की ने एक फ्रॉक पहनी थी, जिसमे दस जगह तो कतरनें लगी हुई थीं, और आधी पीठ उघड़ी हुई थी। बच्चे का पेट पीठ से एकदम चिपका हुआ था, जैसे सड़क पर पड़ा हुआ कोई कीड़ा सूखकर वहीं चिपक जाता है। लड़की के बाल पूरे बिखरे हुए थे, किसी झाड़ी जैसे। रेगिस्तानी भावनाओं के शुष्क समुद्र में वो कहीं अपनी जान बचाने का प्रयास कर रही हो। खिड़की को धीरे से छूकर लड़की ने कुछ खाने के लिए माँगा, इतने में बच्चा रोने लगा, शायद ट्रेनिंग में यही सिखाया जाता है...। पर भूख लगने की भी कोई ट्रेनिंग होती है? खिड़की छूते ही अचानक अन्दर बैठी एक औरत ने हल्का-सा शीशा उतारकर लड़की को जोर से झिड़का, शीशा गन्दा करती है, पुलिस को बुलाऊँ? औरत की गोद में छोटा-सा बच्चा था, बिल्कुल उतना बड़ा जितना बच्ची की गोद में था। औरत ने हाथ में एक केक का पैकेट पकड़ा था, जिसमें से बच्चा आधा खा रहा था, आधा नीचे गिरा रहा था। लड़की ने फिर खिड़की पर हाथ मारा, और केक की तरफ इशारा किया। औरत बिदक गई। गाड़ी तक तो जैसे-तैसे सहन कर लिया लेकिन अपने बच्चे के खाने पर नजरें औरत से बर्दाश्त नहीं हुई, उसने शीशा उतारा और लड़की के थप्पड़ मारने को हुई, तब तक लाइट हरी हो गई, और गाड़ी आगे बढ़ गई। आँखों के आगे से केक के हटते ही बच्चे ने तेज रोना शुरू कर दिया। लड़की ने बच्चे को एक जोरदार तमाचा लगा दिया, बच्चे ने और तेज रोना शुरू कर दिया।

सामने चौराहे के बीचोबीच तम्बू-सा गड़ा था। ट्रैफिक पुलिस का हवालदार छाया में खड़ा गाड़ियों को चलने-रुकने के निर्देश देने में व्यस्त था। गर्मी से बुरा हाल था, पसीने ने पूरी वर्दी का हौसला पस्त कर रखा था। तभी गाड़ियों के बीच से ट्रैफिक हवालदार की नजर भीख माँगने वाली लड़की पर पड़ी, उसने इशारा किया, कि लड़की वहाँ से हट जाए। गरीबी हठी बना देती है। लड़की ने चिढ़ कर मुँह फेर लिया और वहीं खड़ी रही। ये हुक्म की नजरअन्दाजी सरकारी मुलाजिम को नागवार गुजरी, वो सीटी बजाता गाड़ियों को हुक्म देता आगे बढ़ता हुआ आया, इंच-भर आगे बढ़ चुके रिक्शों के टायर में पेचकस घुसाकर पंचर करते ही वो लड़की पर झपटा और बालों को पकड़ते हुए दो थप्पड़ रसीद किए। माँ, बहन की गाली देकर उसे औरत होने का सम्मान देता हुआ वो फिर अपने तम्बू के पास बढ़ गया, सेकेंड-भर रुका 'रात को देखता हूँ सूअर की औलाद'। आस-पास तिनका भी नहीं हिला। सरकारी काम तो सब संविधान में मान्य होते हैं। गाड़ियाँ, उसमें बैठे लोग, बिल्कुल नाक की सीध में फिर लाल बत्ती के हरी होने का इन्तजार करते रहे। लड़की के गाल लाल हो गए। धूप से या शर्म से पता नहीं। वो बालों को चेहरे से हटाती, बगल में एक ईंट पर जा बैठी। कमीज के बटन खोले और बच्चे को छाती से लगाकर दूध पिलाने लगी। आँखों से आँसू टपकने लगे—

उम्मीदों से भरी

एक सख्त, गम्भीर, रूढ़िवादी सास की जीवन्त तस्वीर थी—कान्ता। अपना रुतबा कहीं हल्का न पड़ जाए, इसका खयाल उसके कपाट को चारों पहर ताने रखता। भौंहें चढ़ी रहती, नथुने फूले रहते और आवाज भर्राती। घर के दरवाजे पर कदम रखते ही, अन्दर एक-एक कोने तक सब असहज हो जाता। ये असहजता ही कान्ता के साम्राज्य की नींव थी, जिसे सहज न होने देने के लिए उसने क्या नहीं किया। गाँव से 18 साल पहले वो जब गुजरात के सूरत शहर में सपरिवार रहने गई, तो कमाई का कोई ठिकाना नहीं था। लेकिन चार लौठे बेटों के मुँह देखकर उसने इतना बड़ा फैसला ले लिया। शिवदयाल को वो गिनती ही नहीं थी। पति होते हुए भी उम्मीदों की कतार में उसका नाम सबसे बाद में आता। जब गाँव में खेतों पर वो कुछ न कर सका, तो सूरत जैसे बड़े शहर में पैसे कमाना कोई बच्चों का खेल नहीं था, इस बात को कान्ता जैसी औरत बखूबी समझती। दो बेटों को संग में ब्याह कर और बाकी दो को अलग-अलग लेकिन एक साल के अन्तर में ही ब्याहकर नई उथल-पुथल की गुंजाइश भी खत्म कर दी। बहुएँ ऐसी जो कभी पर्दे से बाहर नहीं झाँकें, चौखट और घर तो क्या। भैंस तो एक ही थी घर में, लेकिन कान्ता ने खूँटे आठ गाड़ रखे थे, जिन पर चारों बेटे बहू बँधे थे। जितना मर्जी घूमें, उसी खूँटे के इर्द-गिर्द घूमते, लेकिन जंजीर तुड़ाना नामुमकिन था। दिन-रात की जी हुजूरी भी कान्ता को खुश नहीं कर पा रही थी, घर में कलह बढ़ता ही जाता।

कान्ता को किस बात पर इतना गुस्सा आता, कोई समझ नहीं पाता था। बस सबने उस गुस्से के हिसाब से खुद को ढाल दिया था। उससे पहले किसी को चाय दी तो गुस्से में चाय फेंक देती फिर सामने दीवार हो या आदमी, खाना पहले दिया तो गुस्सा, शादी-ब्याह में किसी ने पहले मेहँदी लगा ली तो शादी में मातम-सा माहौल हो जाता।

कान्ता के सबसे पहले दोनों बड़े बेटों की शादी सिर्फ एक संग ही नहीं, बल्कि एक ही घर में हुई थी। सन्तोष की पत्नी अनीता और सुनील की पत्नी सुनीता। बारात में जाते हुए ही दूल्हों की चौखट पर जब आरती उतारी जाती है तो कान्ता ने दूल्हे

को नीचे गिरा उसकी छाती पर पैर रख दिया। सब भौचक्के रह गए। ये कौन-सा तरीका था दूल्हे की माँ का, दूल्हों की आरती उतारने का। शादी के घर में मरी-का-सा माहौल हो गया। जैसे-तैसे बारात चली गई। लेकिन घर पर जो औरतें रुकीं, उन्हें खाने को ठंडी रोटी और नमक देने वाली कान्ता। कहने-सुनने वालों को भरोसा नहीं हुआ, लेकिन सच तो यही था।

बहुएँ घर आ गईं। पहले साल में बड़ी बहू के बेटी हो गई। कान्ता ने लड़के लड़की में फर्क नहीं किया और घर में खुशियों की बयार आ गई।

अब कान्ता की गर्दन छोटी बहू सुनीता की तरफ मुड़ गई। एक-एक बढ़ते दिन के संग उम्मीदों का भार बढ़ता गया। 1, 2, 3, 4, 5, 10, 18 साल बीत गए। पर सुनीता ने कोई उम्मीद नहीं दिखाई। देखते-देखते सुनीता चालीस पार हो गई, लेकिन माँ बनने का सपना उम्र के संग और बढ़ता गया। बोझ इतना बढ़ गया कि कान्ता का सब्र टूट गया। सुनीता और सुनील को लिए वो गाँव वापिस आ गई...। पीछे-पीछे शिवदयाल भी दौड़ा चला आया। मन्दिर में पंडिताई करके शिवदयाल ने वक्त काटने का रास्ता ढूँढ़ लिया और सुनील ऑटो चलाने लगा। पर कान्ता की दशा दिन-ब-दिन बिगड़ने लगी, अब मन में कोई आस नहीं रही और एक दिन कान्ता गाँव के मन्दिर में जा बैठी। रो-रोकर बुरा हाल। आने-जाने वाले देखते और रुककर हाल पूछते, कान्ता झल्ला जाती और खैरियत पूछने वाले अपनी खैर मनाते चलते बनते।

दोपहर के तीन बजे होंगे, कान्ता अभी भी आँखें बन्द करके बैठी थी।

'हरी? हरी?'—कान्ता के कान में आवाज पड़ी, तो उसने डरकर आँखें खोल लीं। पास एक तांत्रिक बैठा था। उसने लम्बी माला पहनी थी, बड़े-बड़े बाल। बड़ी-बड़ी आँखें, माथे पर भभूत लगी, एक झोला बगल में लटका। इससे पहले उस मन्दिर में उसे पहले देखा हो, ऐसा कान्ता को याद नहीं आया। पुरानी जान-पहचान भी न निकली, तो वो सिहर गई।

कान्ता उठ कर भागने को हुई, तो तांत्रिक ने रास्ता रोक लिया और कहने लगा—

'डर मत बहन, डर मत। मैं मदद करने आया हूँ। दुखी लगती है। दुःख बता'।

कान्ता इतनी दुखी थी कि फौरन बैठ गई...।

तांत्रिक ने कान्ता से पूरी बात पूछी और कान्ता ने पूरे घर खानदान की समस्या बता दी। कहते-कहते रो-रोकर मुँह लाल पड़ गया। तांत्रिक ने आँखें बन्द कर लीं। और मंत्र पढ़ने लगा...। कुछ मिनट के भीतर उसने आँखें खोलीं और कान्ता को एक पुड़िया में भभूत दी।

'कल मेरे कमरे पर उसको ले आना। अकेले मत आना, अपने बेटे को भी ले आना। तुझे पोता मैं दूँगा। मैं फूल खिलाऊँगा तेरे आँगन में'—तांत्रिक ने संस्कृत का एक और मंत्र पढ़ा और आँखें फिर बन्द कर लीं।

कान्ता खुशी से निहाल हो गई। उम्मीदों के सब दरवाजे बन्द हो गए थे, और ऐसे में एक उम्मीद की किरण भी मानो संसार मिल गया हो। भागी-भागी घर गई। पति को सारी बात बताई...। शिवदयाल झूम उठा। कान्ता ने भभूत सुनीता को दे दी और अगले दिन संग चलने को कहा। अठारह साल बाद दिखी एक आशा को सुनीता ने मन से बाँध लिया, बस सुबह होने का इन्तजार करती रही...।

रात-भर घर के हरेक कमरे की लाइट जलती रही।

दस बजे कान्ता बेटे संग सुनीता को तांत्रिक के पास ले गई...। तांत्रिक ने कान्ता को उसके बेटे संग बाहर बिठा दिया और खुद उसे लेकर अन्दर चला गया। कान्ता ने सुनील को समझा दिया कि इलाज ऐसे ही होगा, सुनील बस माँ की तसल्ली देखकर शान्त था।

घंटे भर बाद सुनीता को लेकर तांत्रिक बाहर आया। उसने भभूत कान्ता को देकर कहा कि नौ महीने बाद आँगन में फूल खिल जाएगा, निश्चिन्त रहे। बस सुनीता को लेकर डॉक्टर के पास ना जाए।

कान्ता अब पोते की राह में बैठ गई। सुनीता को महीने आते रहे, लेकिन भरोसा था जो अटूट हो गया। तांत्रिक बाबा ने कहा था फूल खिलेगा तो जरूर खिलेगा।

सुनीता का पेट हल्का-हल्का दिखने लगा। कान्ता तो मानो जमीन पर ही नहीं थी, सुनील ने तय कर लिया बस एक बार बच्चा हो जाए सुनीता को उन सब दुःख से दूर ले जाऊँगा।

सात महीने बीत गए। पेट बढ़ता जा रहा था लेकिन सुनीता को न बच्चा लात मारता, ना महीना बन्द हुआ और ना चक्कर आते। बस झुकते-उठते टाइम जोरों का दर्द उठता। लेकिन सुनीता को भरोसा था कि अब छाती सूखी नहीं रहेगी...।

नौ महीने बीत गए लेकिन सुनीता को डॉक्टर को नहीं दिखाया वरना देवता नाराज हो जाता और बच्चा नहीं होता। पेट फूल कर दुगुना हो गया...। दर्द लगातार रहता...। एक-एक दिन मुश्किल से कट रहा था।

कान्ता के पास रोज रिश्तेदारों के फोन आने लगे, सब तारीख पूछते, महीना पूछते, कान्ता कहती दिवाली के पहले हो जाएगा...। कभी कहती दिवाली के बाद, लकिन तारीख का नहीं बताती। पर दिवाली भी आ गई...। खूब पटाखे जले। खूब मिठाई बनी...।

कान्ता के पास माँ का फोन आया...। फिर कान्ता ने कहा अब दिवाली के पीछे की कही थी, हो जाएगा अब...।

पूरा महीना बीत गया...। कान्ता ने रोटी छोड़ दी, पर सुनीता का पानी नहीं आया...।

कान्ता तांत्रिक के पास गई और भभूत ले आई। सुनीता के पेट पर भभूत मल दी और सोने चली गई...।

आधी रात सुनीता की चीख ने कान्ता की नींद तोड़ दी। सब भागते-भागते कमरे में आए। सुनीता जमीन पर पड़ी तड़प रही थी। मुँह से ऐसे चीखें निकल रही थीं, कि मानो बच्चा अब आया के तब आया। कान्ता फिर भभूत लिए सुनीता पर मलने लगी, लेकिन सुनीता ने सब झटक दिया। माहौल भयावह हो रहा था। सुनील एक कोने में खड़ा जड़ हो गया। आस-पास वाले आवाजें सुनते दौड़ते आए। कान्ता को दूर हटाया और सुनीता को दो लोगों ने उठाकर रिक्शे पर बिठाया। अस्पताल पहुँचते ही सुनीता को स्ट्रेचर पर लिटाया गया। उसका पानी नहीं आया लेकिन पेट का आकार कम हो गया। हालात देखकर डॉक्टर भागे-भागे पहुँचे। डॉक्टर सुनीता को देखकर खौफ में आ गए।

ऑपरेशन थिएटर के बाहर कान्ता, सुनील, रामदयाल सब हाथ जोड़-जोड़ कर भगवान का नाम जपने लगे। घंटा-भर बीत गया, ऑपरेशन थिएटर की लाइट बुझी। कान्ता खुशी के मारे दौड़ती दरवाजे पर आई।

सुनील माँ के पीछे भागता आया—'क्या हुआ है डॉक्टर साहब, लड़का या लड़की'—कान्ता खुशी से पागल हो रही थी...।

डॉक्टर ने सुनील के कन्धे पर हाथ रखा—'ट्यूमर फूट गया। हम आपकी पत्नी को बचा नहीं सके, आपने बहुत देर कर दी।'

दुखों का पहाड़ टूट गया। सुनील जमीन पर फैल कर गिर गया। शिवदयाल कोने में खड़ा ही रहा। आस-पड़ोस के लोग सुनील को सँभालने लगे।

शिवदयाल हिम्मत करके पत्नी के पास आया, पर उसने हाथ झटक दिया—'तांत्रिक बाबा ने बच्चा वापिस ले लिया, बच्चा तो था'—कान्ता के मुँह से आखिरी शब्द निकले जो चारों तरफ गूँज गए।

उम्रकैद

चार साल से जिस फ्लाइओवर का काम चल रहा था, उस फ्लाइओवर को मंत्री जी साल भर में बनवाने का वादा जनता से करते रहे थे। पद सँभालते वक्त मंत्री जी के कार्यक्रम में शीर्ष पर रहने वाले कार्य धीरे-धीरे हाशिए पर खिसक गए थे। फ्लाइओवर का ढाँचा ऐसा हो गया था कि मानो दर्शनीय स्थल। आस-पास के लोग टहलते हुए आते, कुछेक देर पुल के पास खड़े होकर देखते और भविष्य में मिलने वाली सुविधाओं की कल्पना मात्र से ही गद्गद हो उठते। गाड़ियों के जमावड़े ने सड़क को ढँक दिया था। कभी-कभार भूले-भटके ही सड़क पर बिछा डम्बर नजर आता। पैदल चलने वाले राहगीरों के लिए बने फुटपाथ पर भी मोटरसाइकिलें दौड़ रही थी। लोग जैसे-तैसे जान का जोखिम लेकर गाड़ियों को हाथ दिखाते हुए सड़क पार करते।

लेकिन सारी उम्मीदें जिस फ्लाइओवर पर टिकी थीं, वो दो सरकारों की हठ में हवा में आधा-अधूरा लटका रह गया। पूर्व सरकार चुनाव में वापिसी न कर सकी और नयी सरकार के आते ही सब निर्माणाधीन इमारतें मुर्दा-सी पड़ी रह गईं। ठेकेदारियाँ बदल गईं और साथ ही मजदूर लोग जिन्हें पूरी मजदूरी नहीं मिली थी, बीच में ही अधर में लटके रह गए। पुरानी मजदूरी मिले बिना जगह छोड़ नहीं सकते थे और नई मजदूरी जगह बदले बिना मिल नहीं सकती थी। रामसुख और उसकी पत्नी फ्लाइओवर के नीचे झुग्गी में रहते थे। दोनों फ्लाइओवर के निर्माण में पसीना बहाते। उनका दो साल का बच्चा झुग्गी के बगल में खेलता, तो सुखी बार-बार नीचे आकर उसे सँभालती रहती। लेकिन फ्लाइओवर का काम रुकने से अब जिन्दगी का पहिया रुक गया था। चिन्ता में डूबी सुखी दो दिन से भूखी-प्यासी थी। फ्लाइओवर की तरफ देखते हुए आँखें डबडबा गईं। रामसुख की तरफ देखा, तो वो रेडियो से कान लगाकर बटन घुमाने में लगा था।

'तुम्हें चिन्ता नहीं हो रही? क्या खाएँगे, क्या पहनेंगे?'—सुखी सिर पकड़ कर बैठ गई।

'ठेकदार ने कह दिया है कि हम यहीं फ्लाइओवर के आगे रोड पार बिल्डिंग के पास रह लेंगे,'—रामसुख पत्नी से बोला।

‘बिल्डिंग के पास कहाँ? मंजिल?’—सुखी बोली।

रामसुख झुग्गी के बाहर खाट पर बैठा था, बोला कुछ नहीं एक चप्पल फेंक कर मारी।

‘दिमाग में गर्मी चढ़ गई लगता है? तू साहब लोगों की मंजिल में रहेगी? भंग पिए बैठी है? औकात में रह।’—रामसुख तमतमा गया।

रामसुख पाँच साल से इसी ठेकेदारी में काम कर रहा था। ठेकेदार का खास आदमी था। काले सफेद कामों में संगी। सुखी को दो पैसों की चाहत नहीं थी, बस दो वक्त का खाना मिल जाए इससे ज्यादा पैर उसने कभी नहीं फैलाए। रामसुख अक्खड़ आदमी था। सुखी ने शादी के पहले दिन से सिवाय गालियों और दुत्कार के कुछ नहीं सुना था, उसे कभी-कभी लगता कि शायद रामसुख काम के दबाव में ऐसा रहता है लेकिन फिर अगले पल वो समझ जाती कि रामसुख चरित्र का ही हल्का है, और औरत से बस एक मतलब निकालने के बाद शायद उसे और कुछ नहीं चाहिए।

‘औकात? औकात की क्या बात कर रहे हो। हम जैसी औरतों की औकात तो तुम जैसे मर्द लोग बनाते हैं, दिन में पैर की जूती और रात में मसला हुआ मांस।

‘भगवान ने औकात माथे पर लिखकर नहीं भेजा था हमें, ये बिल्डिंग हम ही अपने खून-पसीने से बनाए हैं ना, तो ऐसी बरसती गर्मी में जब सूरज लोहा-सा पिघल रहा है, कुछ वक्त हम नहीं रह सकते एक कोने में?’

रामसुख इन सब बातों से चिढ़ता था। उसको मुँहजोरी से चिढ़ थी। वो उठा और चलता-चलता एक ठोकर से रेडियो को दूर पटक गया।

रामसुख सुखी को खरीद कर लाया था। कुछ दो हजार में। शादी के छह साल हो गए पर सुखी अभी तक वापिस कभी अपने घर नहीं गई...। माँ-बाप कहाँ थे, उसे पता भी नहीं था। रामसुख को डर था कि कहीं सुखी को उसके माँ-बाप फिर कहीं न बेच दें, सो उसने फिर कभी उन्हें एक दूजे की शकल नहीं दिखाई...।

सुखी को शादी के चार साल में बच्चा हो गया। सुखी साँवली थी, लेकिन उसका चेहरा, कद-काठी, नैन-नक्श, आकर्षक थे। उसके मैले कपड़े भी उसके शरीर पर आकर्षक लगते, रामसुख तो उसके आगे फीका ही लगता, लेकिन उसे सुखी के रूप से कोई सरोकार नहीं था, उसे बिस्तर पर एक औरत चाहिए थी, और सुखी उससे बढ़कर कुछ भी नहीं थी, बस अनायास ही वो कभी यूँ कह देता कि साहब लोग कहते हैं मेरी किस्मत तो राजा जैसी है, रानी जैसी घरवाली है मेरी।

‘तू और रानी...। हुह्ह। साहब लोगों का दिल बड़ा है, कि तुझ जैसी को भी इतना मान देते हैं, वरना तू’—रामसुख मजाक उड़ाने के लहजे में कहता।

रामसुख और सुखी ने बिल्डिंग के सामने चार लकड़ियों पर तिरपाल डाल दिया। आठ-दस जो बर्तन थे वो ले आए, और एक खाट झुग्गी के बाहर डाल

दी, रामसुख बिल्डिंग के काम में जुट गया, माला चूल्हे पर बर्तन चढ़ाकर खाना बानाने लगी।

बारह बजे रामसुख खाना खाने आता, और रोटी तैयार न मिले तो बस कुछ भी उठाकर सुखी को पीटने लगता।

बच्चा भूख से रो रहा था, सुखी भी छाती टटोलती रही, पर उसने चूल्हा नहीं छोड़ा।

सुखी उठी और हाथ धोने बाहर गई, तो बिल्डिंग के सामने ठेकेदार और दो आदमी कुर्सी पर बैठे थे।

ठेकेदार ने आवाज देकर सुखी को बुलाया—

सुखी ने फौरन पल्ला सर पर रख लिया, 'अरे भाई बच्चा कब से रो रहा है, उसे चुप करा दे, देख तेरे भी तो कपड़े भीग गए, भूख तो हमें भी लगी है'—कहकर चारों जोर-जोर से हँसने लगे।

सुखी तमतमा गई, और सकपका कर भीतर चली गई। ठेकेदार फिर चिल्लाया, 'अरे भाभी चूल्हे पर दूध उफान खा रहा है, सुना नहीं आपने, आप उतार रही हैं या हम आएँ?'

सुखी अपने बच्चे को गोद में लिए बैठ गई।

बारह बज आए, सुखी नहाने को जाने लगी, वो रामसुख का इन्तजार कर रही थी, पर वो अभी आया नहीं तो उसने आधी बाल्टी पानी भर लिया।

सुखी ने तिरपाल की ओट में से देखा तो उसे कोई नहीं दिखाई दिया, उसने थोड़ा आसपास नजरें घुमाई तो कुर्सियाँ खाली पड़ी थीं और बिल्डिंग भी।

सुखी फौरन बाल्टी लेकर बाहर गई और जल्दी-जल्दी पानी ऊपर उँडेलने लगी, वो मन-ही-मन सोचने लगी, ये शर्म-हया सब अमीरों के चोंचले हैं जब सिर पर छत नहीं तो तन ढँकने को दीवार कहाँ हो?—सोचते-सोचते सुखी पीछे मुड़ी और देखा कि ठेकेदार और उसके साथी टकटकी लगा कर उसे आँखों से निगलने को हो रहे थे। सुखी की घिग्घी बँध गई, कि सामने रामसुख आता दिखा...।

सुखी जल्दी से घर में भाग गई...।

जैसे-तैसे सब पहर बीत गए, और रामसुख घर आ गया। सुखी की जान में जान आई। वो पीकर आया और बिस्तर पर लुढ़क गया, गिरते-गिरते उसने सुखी की साड़ी हाथ में भर ली, और अपनी तरफ खींच लिया।

'साहब लोग कह रहे थे कि वो भी तो मुझसे नशा बाँटते हैं, तो मैं भी अपना नशा उनसे बाँटूँ'—रामसुख कहता-कहता अधमरा-सा हो गया।

सुखी कुछ समझ पाती। इससे पहले अँधेरे में दूर से बड़ी-बड़ी चार परछाइयाँ झुग्गी में आती दिखीं और उन्होंने सुखी के चेहरे को ढँक दिया।

जासमीन

सोनू ने आँख ही कूड़े के ढेर के पास खोली थीं, उसने होश भी वहीं सँभाला, और चलना भी वहीं सीखा तो उसे खुद में और सड़क पर पड़े कचरे में कोई फर्क समझ ही नहीं आता था, खुद को कूड़े-कचरे का हिस्सा मानते-मानते न जाने कब दुनिया उसे भी कूड़ा-कचरा मानने लगी थी। अक्सर सोनू की आँतें जब पीठ से चिपकी होती हैं तो कूड़े-कचरे की गन्ध उसे उस दिन की याद दिलाने लगतीं जब उसने आखिरी बार घर पर बैठ कर खाना खाया था।

तब वो पाँच साल की थी और घर में तीन दिन से खाना और अब्बू दोनों नहीं थे। अक्सर खुद को भूखा रखकर सोनू और उसके नवजात भाई को खाना खिलाने के चक्कर में माँ ने अपने आप को बीमार कर लिया था। सोनू के पेट में भूख का दर्द माँ के पेट के दर्द को उठता देख अपने आप गिर गया।

चौथी रात अब्बू घर आए। उन्हें देखते ही सोनू लिपट गई...। जेब से पाँच-छह रोटियाँ, कुछ डबल रोटी के टुकड़े, एक छोटी थैली में प्याज और चटनी आपस में सनी हुई एक प्लास्टिक के डिब्बे में, जो शायद किसी होटल का था, निकाल कर उन्होंने सोनू के हाथ पर रख दिया। उस रात आखिरी बार था कि सबने पेट-भर खाना आया। खाली पेट कमबख्त नींद भी नहीं आती है, शायद इसलिए उस रात सब घोड़े बेच कर सोए। तड़के ही दरवाजा पीटने की आवाज सुनाई दी तो मानो भूकम्प ने सभी को नींद से जगा दिया। हड़बड़ाकर अब्बू उठे और दरवाजा खोलकर देखा तो सामने पुलिस वाले खड़े थे। वे एकदम से सोनू के अब्बू पर टूट पड़े। मारते-पीटते गाड़ी में ठूँस कर सोनू की आँखों के सामने से नींद, सुकून चैन सब ओझल हो गया। गरीब के हिस्से आई खुशियों की उम्र इतनी थोड़ी होती है। दिन-हफ्ता करते-करते महीना बीत गया लेकिन सोनू के अब्बू घर नहीं आए। वकीलों, गली के नेताओं से मिन्नतें करने के साथ-साथ सोनू की माँ, सोनू के साथ थाने के बाहर घंटों खड़ी रहती पर सोनू के अब्बू की कोई खैर-खबर नहीं थी। कुछ पुलिस वालों से बस ये पता चल पाया कि सोनू के अब्बू जिन्दा हैं। सोनू का बालमन बार-बार ये सोचकर तड़प उठता था कि थाने और जेल के बाहर जब उनकी जिन्दगी

दोजख हुई पड़ी है तो सोनू के अब्बू का क्या हाल होगा। महीने-भर से नींद ने तो जैसे तौबा ही कर ली थी। महीने-भर की नींद के बाद जैसे-तैसे करके एक दिन सोई, और इतनी गहरी नींद में कि न तो माँ का रोना सुना, न बच्चे की किलकारियाँ और न ही माँ का दम तोड़ना...।

माँ मर गई थी। गरीबी से, खाली पेट से तो माँ ने लड़ाई लड़ ली, लेकिन नाइंसाफी और नाउम्मीदी के आगे दम तोड़ दिया। यही वो चौखट है जिसके आगे गरीब दम तोड़ देता है। मुफलिसी जब आती है, गरीब से उसका मर्सिया खुद लिखवाती है, पढ़वाती है। माँ की मौत ने सोनू को कुछ कहने-सुनने का मौका नहीं दिया। एक झटके में सोनू माँ और बाप दोनों बन गई। आखिरी बार न कुछ कह सकी, न सुन सकी, बस एक नवजात को जिन्दा रखने का भार ही था, जो उसे महसूस हो रहा था। माँ ने कुछ सिखाया नहीं था। न बर्तन माँजना, न झाड़ू-पोंछा करना। भीख माँगने के सिवा सोनू क्या करे, ये एक बड़ा सवाल था। सोनू अपने एक साल के छोटे भाई शानू को लेकर एक बहुत बड़े दैत्य के सामने सड़क पर खड़ी थी, उसका नाम था जिन्दगी। ये दैत्य कब उसे लील जाएगा या काली चिपचिपी तारकोल की गर्म सड़क उसे कब अपने अन्दर समा लेगी, वो नहीं जानती थी।

सोनू भाई को लेकर सड़क पर आ गई थी। सिर से सिर्फ माँ-बाप का साया नहीं उठा था, बल्कि किराए की छत भी चली गई थी।

खुद तो भूखी मर जाती, लेकिन भाई को कैसे भूखा मरने दे, यही सोच कर सोनू रोज रेड लाइट पर पहुँच जाती, पर भीख माँगे कैसे, ये सवाल बना रहा। कमर पर भाई को एक हाथ से पकड़ती तो वो बार-बार गिरता, तब सोनू सड़क किनारे बैठ जाती। दो-चार रुपए बमुश्किल मिल जाते। कितने साल यूँ ही निकले, शरीर पर मांस का नामोनिशाँ नहीं दिखता था, और हड्डियाँ जैसे दुगुनी से ज्यादा।

पर बारह साल की होने पर सोनू के शरीर पर जरा मांस इकट्ठा हुआ, कि गिद्धों ने सूँघ कर आना शुरू कर दिया। सड़क पर खून में सना व्यक्ति पड़ा हो, तो कोई मुड़े न मुड़े लेकिन एक बड़ी-सी गाड़ी उसके पास आकर रुकी। जासमीन जहाँ ट्रैफिक सिग्नल के पास फुटपाथ पर बैठी थी। पास ही में जमीन पर भाई सोया था। बालों को एक धागे से बाँधने की कोशिश करती हुई जासमीन। गाड़ी का हॉर्न बजा। नजर उठाई, तो गाड़ी में बैठा आदमी हाथ में पाँच सौ रुपए दिखा रहा था। जासमीन की आँखों में चमक आ गई। वो दौड़ कर गाड़ी के पास आई, और नोट झपटने लगी। आदमी ने हाथ पकड़ लिया, और पाँच सौ का नोट जेब में रख लिया।

'चाहिए?'—गाड़ी वाले शख्स ने जासमीन के चेहरे के पास आकर कहा।

जासमीन दूसरी तरफ से दौड़ कर गाड़ी में बैठ गई। आदमी ने गाड़ी चला दी तो जासमीन चिल्लाने लगी, तभी पाँच सौ का नोट उसके हाथ में आ गया। जासमीन की आँखें मानो बाहर ही आ गई हों। गाड़ी सुनसान सड़क पर जाकर रुक गई। पाँच

सौ रुपए के बदले सोनू को जासमीन हो जाना पड़ा। पूरी तरह से खुद को दूसरे के काबू में देकर जासमीन अन्धे कुएँ में उतर गई। कितना दर्द, कितनी जिल्लत किसी बात का अन्दाजा नहीं था उसे। लेकिन उस दिन दो वक्त का खाना पहली बार मिला। खाने का स्वाद इतना अच्छा होता है, जासमीन सोच-सोचकर ही पागल हुई जा रही थी। जासमीन बड़ी हो गई थी। और साथ ही मुसीबतें भी बड़ी हो गई थीं। उसकी भी और उसके आस-पास के लोगों की भी। अब वो ट्रैफिक सिग्नल उसका घर हो गया था। अब सोनू का नया नाम जासमीन था और नया पता वो ट्रैफिक सिग्नल।

इसी ट्रैफिक सिग्नल के पास सेक्टर 17 का सबसे बड़ा सेंट्रल पार्क था। जहाँ पहले सेक्टर के बीचोबीच इस पार्क में सुबह-शाम परिवारों का जमावड़ा लगा रहता था, वहाँ धीरे-धीरे बच्चों का खेलना बन्द-सा हो गया। बड़े बच्चे, बड़े लोग पर बातें सारी छोटी-छोटी। अब लोग पार्क में टहलने नहीं जाते थे, बस बाहर खड़े होकर कानाफूसी करने जाते थे।

कुछ लोग वहाँ खड़े होकर इस पार्क की वजह से जीवन नरक होने की बात बता करते थे, तो कुछ दबी जुबान में इस पार्क के इर्द-गिर्द धन्धेवालियों के शारीरिक सौन्दर्य का रसपान करते थे। लेकिन आखिर में सब लोकलाज के भय से अपनी बेबसी का रोना रोते हुए यही कहते मिलते—भाईसाब सोनागाछी जी.बी. रोड बना दिया इलाके को, शिकायत करें तो भी किससे करें। और इस सामाजिक चिन्ता से जुड़ी परिचर्चा में जो अन्तिम ध्येय वाक्य कान के पर्दों से टकराता था, वो इस इलाके के अधेड़ गली स्तरीय नेता मेहता जी के श्रीमुख से निकलता था—'जिससे शिकायत करनी चाहिए, वो तो खुद ही इस कीचड़ में नहाए बैठे हैं। ये साले तो इस कीचड़ में नहाने के पैसे भी नहीं देते।' और सब हाँ में हाँ मिलाकर हँस रहे थे। तभी किसी ने पीछे से कहा—'मेहता जी आपको कैसे पता कि कौन इस कीचड़ में नहाने के पैसे देता है और कौन नहीं।'

मेहता जी पहले तो हदबदाए और फिर बोले—'बकवास बन्द करो और सामने आकर बात करो। मैंने इस इलाके में आज तक इज्जत के सिवा कुछ नहीं कमाया।'

जीवन के चालीस बसन्त अपने कदमों के नीचे कुचल चुकी भजन मंडली की अध्यक्षा कामिनी शर्मा की आवाज ने सबको शान्त किया, 'जरा सोचो किस घर की औरतें होती हैं ये? कमाकर खाना क्या इतना मुश्किल है कि यूँ देह बिछा दो कुत्ते की तरह।' सबकी नजरें कामिनी शर्मा के चेहरे पर थीं और कुछ की नहीं थीं। जिनकी नहीं थी, उनका ख्याल रखते हुए कामिनी शर्मा ने दुपट्टा गर्दन से नीचे खींच लिया।

'पर भाई साब सिर्फ औरत ही कसूरवार नहीं है ना? औरत अकेली क्या कर लेगी, आदमी को जबरदस्ती तो यहाँ नहीं ले आएगी। आदमी यहाँ मुँह मारने न आए तो ये सब आज ही बन्द हो जाए'—मिसेज मेहता बोलीं।

पत्नी की बातें सुनकर मेहता जी बिदक गए, 'दिमाग खराब है तुम्हारा, इसमें आदमी बेचारा क्या करेगा? औरत ही त्रियाचरित्र पर उतारू हो जाए तो फिर तो बड़े-से-बड़े महात्मा ब्रह्मचारी का भी सिंहासन डोल जाए। खुले गुड़ पर ही मक्खी बैठती है, क्यों? गलत तो नहीं कह रहा हूँ जी?'—मेहता ने आस-पास के लोगों से हामी भरवाई।

पूरे जमावड़े में आधे लोग जहाँ सेक्टर के इस बवाल के लिए सिस्टम को जिम्मेदार मान रहे थे, वहीं आधों का कहना था कि इन सबके लिए सिर्फ और सिर्फ औरत का ही चरित्र जिम्मेदार है, क्योंकि पुरुष हर जिम्मेदारी से मुक्त रहा है।

मिसेज मेहता का साथ देने के लिए सेक्टर की किटी पार्टी ओनर कंचन आ पहुँचीं। वो औरतों में खासी अपनी बुलन्द आवाज और कर्कश स्वभाव के लिए मशहूर थीं। उनकी खासियत थी कि जहाँ पलड़ा भारी हो, वो उसी मत में हाथ उठा देती।

'मिसेज मेहता, आप हमेशा मेहता जी से अलग ही राह क्यों चलती हैं? आदमी का ढीला नाड़ा होता ही है, जगजाहिर है, पर औरत में उकसाहट ना तो तो पाजामा जगह पर ही रहता है।' ये सुनते ही पूरा माहौल ठहाकों से भर पड़ा। उन ठहाकों में पुरुष के अभिमान का स्वर सबसे ऊपर था।

कंचन की बातों ने मेहता जी का हौसला बढ़ा दिया, और वो पत्नी पर बरस पड़े—'तुम तो हमेशा बेहूदी बकैती ही करती रहा करो। कल का गुस्सा आज तक लिए बैठी हो, वो फोन उसका नहीं था'—मेहता जी कहते-कहते चुप हो गए।

बातों का सिलसिला धीरे-धीरे करके तेज होता गया। आवाजें तेज होने लगीं। इतने में पुलिस का एक आदमी पार्क की झाड़ियों से चेन बन्द करता अचानक सामने आ गया। पूरा शोर बन्द हो गया। उसने आँखें तरेर कर लोगों की तरफ देखा, और मोटरसाइकिल स्टार्ट करने लगा।

मेहता जी अचानक मोटरसाइकिल के सामने आकर कूद पड़े, और पीछे-पीछे बाकी सब उन्हें घेरकर खड़े हो गए।

'सर, देखिए क्या नरक बना रखा है सेक्टर के बीचोबीच। आप देखिए कैसे शरीफ लोगों का जीना मुहाल कर रखा है इन लोगों ने। कीचड़ बना रखा है। कुछ करिए आप'—मेहता जी सर पकड़ कर बोले।

कुछ देर में मुँह पर कपड़ा बाँधे जासमीन पार्क से बाहर आई, वो सीधे पुलिस वाले के पास जाकर बोली—साहब पचास रुपए—पुलिस वाले ने जासमीन का हाथ पकड़ा और उसे खींच कर एक तरफ ले गया।

'साली, इतने लोगों के बीच आकर बकर करती है, काहे के पचास रुपए?'

'साहब दो बार—पचास रुपए—जासमीन।'

'क्यूँ तूने मजे नहीं लिए, पुलिस वाले रोज मिलते हैं तुझे? औकात है तेरी इतनी?'—पुलिस वाला अकड़ कर बोला।

'सेक्टर में ये गन्द मचाती है, परमिट है तेरे पास धन्धे का? शरीफ लोगों के बीच आती है बेशर्म'—पुलिस वाले की रुआब सुनकर सेक्टर वाले लोग फुसफुसाते दोनों के पास आ गए।

जासमीन खौफजदा हो गई।

'क्या साहेब पूछो मत, हद कर रखी है, कैसे-कैसे निकल रहे हैं दिन हम जानते हैं'—मेहता जी बिल्कुल रोना लाकर बोले। पुलिस वाले ने मुद्दे से खुद को अलग करते हुए गरज कर कहा—'दो थप्पड़ मारने थे, सही हो जाता सब'—इंस्पेक्टर बोला।

इतना कहना था कि मेहता जी के खून में लावा-सा दौड़ गया। अगले पल जासमीन के मुँह पर मेहता ने ताबड़तोड़ जोरदार थप्पड़ बरसा दिए।

हंगामा देखकर रोड पर चलते लोग रुक गए, आस-पास जोर-जोर से टच-टच की आवाजें आईं और काना-फूसी का शोर बढ़ गया।

'पहले ही करना चाहिए था ये, सही कह रहे हो साहब'—कहते हुए मेहता जी चौड़े हो गए।

'सेक्टर को गन्दा करती है, लॉक अप में डालूँगा तुझे, जब डंडे पड़ेंगे तब अक्कल ठिकाने आएगी', इंस्पेक्टर ने जासमीन का हाथ पकड़ा और खींचकर बाइक पर बिठा दिया।

जासमीन की आँखें डर से लाल हो गईं, उसने मुँह से कपड़ा हटाया। बाइक स्टार्ट हुई, पर्स से फोन निकाला और फोन लगाया—'मेहता जी, पिछली बार आपके पाँच सौ रुपए मुझ पर रह गए थे। आते-आते आपकी बीवी के हाथ में दे आई हूँ।' मेहता जी को मानो काटो तो खून नहीं। उनकी पत्नी उनकी आँखों के सामने खड़ी थी। इंस्पेक्टर जासमीन को लेकर फुर्र हो गया।

गोठिया

घर से हीरामन और हीरामन से घर। इस कुछ गज की दूरी में मोहल्ले के बच्चों की न जाने कितनी पीढ़ियाँ गुजर गईं। जानवरों के रोग दूर करने वाले हीरामन बाबा का कच्चा-सा ओटला जिसे कोई चौक कहता कोई चबूतरा, अब जाकर एक पक्के कमरे में बदल गया था। इस कमरे के भीतर हीरामन बाबा और बाहर चारों तरफ पूरा गाँव और उसकी आस्था। हीरामन बाबा की ख्याति दूर-दूर के गाँवों तक में पसरी हुई थी। गाँव वालों की मान्यता थी कि सिर पर आया भूत, बदन में आई भूतनी-चुड़ैल, ऊपरी हवा, काले जादू का असर, पुराना रोग सबका इलाज हीरामन बाबा की चौखट पर था। हीरामन बाबा का कमरा पूरे गाँव के घर का मन्दिर था। दीवाली पर सबके घर से गोबरगारा बनकर आता और हीरामन का कमरा, चौक और आँगन पोता जाता। घर-घर से औरतें आकर सुन्दर-सुन्दर चौक और फूल की सजावट करके जातीं। लेकिन गोठ के मौके पर गाँव-भर में जो धूम होती, वो किसी दीवाली होली के मौके पर भी न होती। साल में एक बार ये मौका आता और पूरे साल-भर का हल्ला कोने-कोने में मच जाता।

अगस्त का महीना खत्म होते-होते गाँव के मुखिया और बड़े-बूढ़े गोठ की तैयारी में जुटने लगते। गोठ यानी साल में एक बार, एक दिन का पारम्परिक उत्सव। गाँव के घर-घर से चन्दा इकट्ठा होता और चन्दा सिर्फ पैसों में नहीं, बल्कि दूध और चावल के रूप में भी होता, जिसका इस्तेमाल इस गोठ के आयोजन में होता था। खीर और पुआ के प्रसाद पर पूरा गाँव उमड़ पड़ता। गोठ के दिन हीरामन बाबा पर बैठे पंडित जिसे गोठिया कहते, के माथे पर हीरामन बाबा आ जाते। इस एक दिन के लिए सैकड़ों लोग पूरे साल इन्तजार करते, रोज-रोज तो बस हीरामन बाबा की भभूत से ही इलाज और प्रबन्ध होता था, लेकिन गोठ के दिन साक्षात बाबा गोठिया के शरीर में प्रवेश करके सबके दुःख दूर करते। अगस्त का महीना गुजर गया और सितम्बर की शुरुआत से ही गोठ का माहौल सजने लग गया।

गाँव में चारों तरफ ढम-ढम की आवाजें आने लगीं। ढोल पर डंडे की थाप पड़नी शुरू हुई और भुकारी से चप्पल निकलनी। बच्चे नंगे पैर इधर-उधर दौड़ने

शुरू हो गए और गली में सब इकट्ठे होने लगे। चून के बुलावे (यानी सपरिवार निमंत्रण) से भी तेज फैलता था गोठिया का सन्देस। दो-दो चार-चार इकट्ठे होकर लोग हीरामन की गोठ पर पहुँचने लगे। गाँव के हर घर में बच्चे बड़े-बूढ़े नए कपड़े पहन कर तैयारी में जुटे थे। लेकिन सबसे ज्यादा उठापटक अगर कहीं थी तो वो बच्चों के गिरोह में।

मिलने का समय और जगह तय थी। वहीं से आगे का सब कार्यक्रम तय होना था। ज्यादा देरी का सवाल ही नहीं उठता था, क्योंकि गोठ के लिए दरी-पट्टी बिछाने से लेकर पत्तल परोसने का काम बचच मंडली के हिस्से आया था। ये काम करने के कई फायदे थे। बड़ों के बीच थोड़ी पूछ तो होती ही थी साथ-साथ पुए और खीर का भोग बीच-बीच में लगता रहता। विष्णु, खेमराज, मोटा, विनोद, पिरथी, दीनदयाल, दुर्गा, कमलेश, ओमी सब एक-एक करके घर से बाहर आ गए। सब झाड़-पोंछ के साफ-सुथरे कपड़ों में निकले। बालों में तेल और चेहरे पर पावडर का कोट साफ दिखाई पड़ता था। कुल ढाई फीट का विष्णु मुँह में सुपारी भर कर आया। देखते ही मोटा ने पीठ पर एक जोर का घूँसा जड़ दिया। गोठ में ओंठे मुँह चलेगा।

विष्णु ने सुपारी बगल में थूक दी जिसके छींटे उड़कर पड़ोस के छुट्टन चाचा के पानी के घड़े तक जा गिरे। विष्णु के इस कांड पर उगंती ने फूँकनी उठा ली। उगंती छुट्टन की बीवी थी, और बच्चे मजबूरी में चाची का आदर करने का दिखावा तो करते, लेकिन सास को दु:ख देने के चलते मन से किसी को एक आँख नहीं सुहाती थी। ऊपर से बात-बात पर उसका मारने के लिए दौड़ना बच्चों को खासा नापसन्द था। खेमराज ने पलट कर जवाब देने के लिए मुँह खोला ही था कि मोटा ने मुँह हाथ से बन्द कर दिया।

'रहने दे, बात बढ़ेगी गोठ का मजा बिगड़ जाएगा,' मोटे ने कहा। गोठ के नाम पर खेमराज के पैर रुक गए। पुआ खीर पर बात न बन आए कहीं, ये सोचकर उगंती के लिए मन में ही दो-चार गाली देकर खुद को शान्त कर लिया। बच्चे अब गिरोह के कमांडर और उसके साथी का इन्तजार करने लगे। रूपक कद-काठी में सबसे कमजोर था, लेकिन पूरा चतुर था। उसकी बुद्धि के बने उपायों की बदौलत विष्णु, खेमराज और मोटा न जाने कितनी मुसीबतों से बचते आए थे। हालाँकि एक बार सबसे पक्के दोस्त खेमराज की नाक पत्थर से तोड़ने के बाद रूपक मार खाते-खाते बचा था। विष्णु ने जोर की सीटी बजाई और रूपक के कानों में मित्र-मंडली का सन्देश पहुँच गया। रूपक के एक इशारे पर गेंदा हैंडपम्प पर पूरा जोर लगाकर बाल्टी भरने लगी। गेंदा रूपक की छोटी बहन थी और सात-आठ लड़कों की मंडली के बीच अकेली लड़की थी। रूपक की देखा-देखी उसने कपड़े पहनने, बोलने, चलने के ढंग बिल्कुल लड़के वाले पा लिए थे। गोठ की आग यहाँ भी बराबर लगी थी।

गेंदा और रूपक जल्दी-जल्दी सिर पर पानी के लोटे पटकने लगे, जैसे-जैसे थाप बढ़ी, लोटों की रफ्तार बढ़ती गई। धीरज इस बात का था कि गिरोह का मुखिया अभी नहा रहा था तो सवाल ही नहीं उठता था कि बच्चे गली से एक पैर बाहर रख दें।

गेंदा तो रूपक के संग डंडे की गिल्ली जैसी थी, वो नहीं तो खेल नहीं...। नहाकर तीन छलाँग में पाँच मिनट में दोनों कपड़े पहने गली में बच्चों से आगे खड़े थे, बालों से अभी भी पानी टपक रहा था। रूपक के आते ही खेमराज ने लपक कर कान में उगंती की चुगली कर दी। रूपक ने हाथ से शान्त रहने का इशारा कर दिया। अभी मुख्य मुद्दा खीर पुआ था। जल्दी से गोठ में पहुँच कर मोर्चा सँभाल लेना था।

'कब से देख रहे हैं तुम्हारा रास्ता? कहाँ थे। परसाद खत्म हो गया तो?' —विष्णु रूपक के सामने आकर बोला।

'चल चल, अब देर भी तू ही कर रहा है।'

गेंदा, रूपक आगे-आगे और बाकी सब पीछे-पीछे दौड़ते हुए हीरामन के सामने जा पहुँचे...। गोठ की पूरी तैयारी हो गई। औरतें परदे में लिपटी गणगौर-सी खड़ी थीं और आदमी रंग-बिरंगी पगड़ी में महादेव। बूढ़ी औरतें घरों के ओटले पर घूँघट किए एक आँख से नजारे का आनन्द उठा रही थीं। बूढ़े आदमी हीरामन के ओटले के पीछे खड़े पुए खीर की मात्रा का अनुमान लगा रहे थे। अचानक बच्चे चिल्लाए और सब तरफ हड़कम्प मच गया। गोठिया के शरीर में हीरामन बाबा आ गए। धीरे-धीरे करके भीड़ मन्दिर के पास से दूर हटने लगी। हीरामन के ओटले पर गोठिया जोर-जोर से उछल रहा था, हीरामन बाबा माथे आ गए थे, उसी की गोठ थी। सबने हाथ जोड़ रखे थे और आँख बन्द कर रखी थी। गोठिया तेज-तेज आवाजें निकाल रहा था। बच्चे सब माँओं का पल्ला पकड़ कर पीछे खड़े हो गए। धीरे-धीरे आवाजें तेज होने लगीं। ढोल की थाप बढ़ती गई और गोठिया की आवाज के संग भय का माहौल। ये सब पिछले 40 साल से चला आ रहा था। यहाँ सब होता रोमांच, ड्रामा, इमोशन, एक्शन।

जैसे-जैसे सवालों का सिलसिला शुरू हुआ गोठिया बाबा की हुँकार बढ़ने लगी। एक-एक करके लोग आते और अपने सवाल करते। हरेक सवाल पर गोठिया की गर्दन जोर-जोर से घूमने लगती। बच्चे डर के मारे अपनी माँओं के पल्लू में छिपकर देखने लगे। माहौल अब बहुत संगीन होने लगा। अब बारी भूत-प्रेत उतारने की थी। करौली के पास गाँव से आई औरत हीरामन के ओटले पर जोर-जोर से सिर पटकने लगी। पीछे-पीछे उसकी सास भी आ गई जो उसकी चोटी पकड़े थी।

सास ने बताया कि औरत के अन्दर भूत है...। मेले में मेहँदी लगा कर गई तो भूत ने जकड़ लिया। ओटले पर बैठे आदमियों ने सास को पीछे हट जाने को कहा और बहू को ओटले के नजदीक छोड़ देने का इशारा किया। गोठिया ने झाड़ू जोर-

जोर से सिर पर मारना शुरू किया। औरत ने भी चीखें मारना शुरू किया और बच्चों ने डर के मारे मुँह में कपड़े ठूँस लिए।

गोठिया ने कहा कि औरत के शरीर में सात चुड़ैल हैं। छह मुसलमान और एक हिन्दू।

ये बड़े भले भूत थे, जो शरीर में मिलकर रह रहे थे, असल जिन्दगी में तो लादे ही पड़े हैं। बहरहाल, गोठिया ने उसके बाल पकड़े और जोर-जोर से खींचने लगा साथ ही झाड़ की मार भी दोगुनी हो गई...। औरत दूर जाकर बेहोश होकर गिर पड़ी, और जय गोठिया महाराज, जय गोठिया महाराज करके लोग ढोकने लगे...। एक के बाद एक कईयों की जिन्दगी बचा रहा था भगवान स्वरूप गोठिया, पर बच्चों को परसाद के बचे रहने की चिन्ता थी।

अब हीरामन बाबा उतरने को आए, और गोठिया ने पूरे हीरामन का चक्कर काटना शुरू कर दिया, लोग सब ढोक देने बैठ गए,...। और एकदम से सब रुक गया।

गोठिया जमीन पर आ गिरा। उसका सन्तुलन बिगड़ा और जमीन से सिर लग गया। गोठिया चित्त हो गया। सबने घेरा बना लिया...। बच्चे चारों तरफ लपक-लपक कर देखने लगे।

सरपंच आगे आया और गोठिया के गले पर हाथ लगाया...।

गोठिया मर गया। गोठिया मर गया...। एक से दो, दो से तीन होती आवाज सैकड़ों हो गईं, और आखिर में एक आवाज आई—गोठिया मर गया, भगवान, मर गया। अब परसाद का क्या होगा, गेंदा सोच रही थी।

चौदह फेरे

जामवन्ती के गाँव में गैया की कीमत लड़की से ज्यादा थी। गैया की खूब देख-रेख होती और बड़ी होते-होते उसकी पूछ घर से लेकर गली तक में बढ़ जाती। एक वक्त ऐसा आता जबकि बेटी सिर्फ गैया का दूध दोहने और गोबर चारा करने के लिए ही बच जाती और जब ये काम करने घर में बहू आ जाती, तो फिर बेटी के लिए रिश्ता ढूँढ़ने लग जाते। जामवन्ती के भाई की भी शादी हो गई और भाभी के साथ जामवन्ती के बैठने का दिन भी ड्योढ़ी के भीतर आ गया। दो-चार बूँद चौके में टपकी और हल्ला मचा कि जामवन्ती बैठनी शुरू हो गई।

पिता ने एक दिन की देरी किए बिना पंडित के चक्कर लगाने शुरू कर दिए। कई रोज नए-नए गाँव घूमने के बाद एक मित्र ने बताया कि जमनिया गाँव में लोहपीटन के यहाँ एक लड़का है कुँवारा। कमाता-खाता है और बाप-दादा के दो खेत भी हैं। आमदनी इतनी होती है कि जामवन्ती पेट भर के खा सके। खेत पर जाने की न जबरदस्ती है और न मनाही। मगर दिक्कत एक ही थी।

'क्या दिक्कत है? लड़का सुन बोल नहीं सकता क्या?'—जामवन्ती की माँ ने पूछा।

जामवन्ती के पिता खाट पर पैर लटकाकर बैठ गए—'हाथ पैर और अंग सब सही सलामत हैं, पर उम्र में जरा ऊपर है जामवन्ती से।'

माँ को ये समस्या न लगी, बल्कि समाधान लगा—'तो क्या हुआ? बड़ा है तो समझदार होगा, जामवन्ती तो निरी नासमझ है। तुम तो हाँ कर दो'—माँ ने शादी के सपने देखते हुए कहा।

जामवन्ती से न कुछ पूछा और न बताया किसी ने। घर के आँगन में चाँदनी खिंची और पूरी, साग, गोंददाने की दावत बनी। दूर-दूर के मेहमान आए और जामवन्ती खूब नाची। नए कपड़े, नए गहने, गीत और संगीत में जामवन्ती ने न दूल्हे को देखा और न बरात को।

बारह साल की जामवन्ती और चौबीस साल का सुखराम।

सुखराम की कद-काठी बिल्कुल जामवन्ती के पिता की-सी थी। उम्र में भी मुश्किल से औना-पौना फर्क था। माँ ने जामवन्ती को सब सिखाया। चौके के कामकाज से लेकर, घर-आँगन की लीपापोती। लेकिन शादी के बाद ये काफी न रहा। जामवन्ती विदाई में भी नहीं रोई। मानो उसके लिए सब खेल था और वो उस खेल का खिलौना। वो सजी-धजी-सी गठरी बन कर बैलगाड़ी के कोने में बैठ गई। परदे को माँ ने नाक तक खींच दिया और परदे की ओट से उसने एक बार पिता की तरफ देखा। वो गैया सहला रहे थे।

शादी की रात जामवन्ती को महीना आ गया, सर्दी के दिन थे, रात-भर एक बोरी पर खाट के बगल में जामवन्ती घुटनों में सिर दिए सोती रही। बगल में गाय का बच्चा बँधा था, पेशाब बहकर जामवन्ती के बिछौने तक आ जाता। सुखराम ने शादी के पहले दिन ही इस दूरी का बदला दो दिन बाद मार-मार कर भूत उतार देने से लिया। जामवन्ती को लेकिन गाँव में खूब सुख मिला। खूब हँसी-ठिठोली करती वो घर-घर में पहुँच जाती और सबकी खबर रखती थी, इन सब में उसे खूब मजा आता था।

सुख-दुःख के मौसम खूब आए और गए, लेकिन जामवन्ती जिन्हें गाँव के लोग जमुन्ति कहते थे, हमेशा सभी को हँसती ही दिखती थी।

लेकिन आदतें अब भी वही, पैंसठ साल की उम्र में भी उन्हें पच्चीस साल की लड़कियों के संग बैठना अच्छा लगता था। वो सबसे घर की बातें पूछतीं, आँख मार-मार कर सास-ननद की बुराई करती, पति के लक्षण पूछती। नयी-नयी साड़ियों को छू-छू कर देखती, बर्फ बेचने वाले से कच्ची बर्फ माँग कर खाती। कभी-कभी उसके चुटकुले ऐसे होते कि औरतें अपने बच्चों के कान वंद कर लेतीं, तो जमुन्ति चुटकी लेती—रात में बालक क्या पड़ोस में सुला के आती हो?

जमुन्ति बड़के परधान जी वाली काकी के चौबारे में सुबह-सुबह आ बैठती। परधान जी के घर की काकी दरअसल गाँव के बाईस साल तक सरपंच रह चुके चौबे जी की बहू थीं, और गाँव की सबसे इज्जतदार औरत। सरपंच का ये ओटला गाँव की औरतों की बैठक भी था और सराय भी। पूरा दिन खाना-पीना, खेलना, हँसी फटकार चलती रहती। गाँव में जन्माष्टमी की तैयारी शुरू हो गई। सब औरतें फूल माला बुनने के काम में लग गईं। जमुन्ति अपने पुराने मिजाज में थी। आज भी उसे गाँव की जवान बेटी बहू घेरे बैठी थीं। बातें फूलमाला से पूजा, पूजा से भगवान और भगवान से जाकर शादी पर जा टिकीं। शादी की बात पर जमुन्ति के सुर सबसे बुलन्द थे।

'आजकल की शादी कब शादी रह गई। अब तो मजाक चल रहा है। थोड़े दिन यहाँ थोड़े दिन वहाँ। बस मन लगे तो ठीक नहीं लगे तो दो डंडा चलें और खेंच दो लक्ष्मण रेखा'—जामवन्ती माला गूँथते हुए बोली।

'चाची तुम कैसे यहाँ तिवारीपुर गाँव में आ गईं ? तुम्हारी शादी तो जमनिया में हुई थी ?' परधान जी वाली काकी की बेटी ने जमुन्ति से पूछा तो जमुन्ति को माथे में जैसे कोई सुई चुभी। पर सवाल का जवाब देने से वो खुद को रोक भी न पाई। जवाब की प्रतीक्षा में गाँव की सभी लड़कियाँ जमुन्ति को घेर कर बैठ गईं, सब जमुन्ति का इतिहास जानने को उत्सुक थे, फिर क्या था, पैंसठ साल की जमुन्ति शादी के मंडप से निकली बारह साल की नववधू बन गई। और वहाँ मौजूद सभी महिलाओं के सामने जमुन्ति के अतीत के चित्र खिंचते गए, उस चित्र को सभी नि:शब्द, मंत्रमुग्ध हो चलचित्र की तरह अपनी आँखों के सामने घटित होता हुआ देख रहे थे।

शादी के तीन दिन बाद पगफेरे के लिए मायके आई जमुन्ति साल-भर बाद ससुराल गवना करके पहुँची।

तेरह साल की जमुन्ति को सुखराम ने जमींदारों के खेतों पर काम में लगा दिया। वो गेहूँ काटती और दिहाड़ी के दस रुपए लाती, सुखराम कुछ काम नहीं करता, बस घर पर बैठा रहता और शाम को जमुन्ति के दस रुपए छीनकर दोस्तों के संग निकल जाता।

शादी को कई साल बीत गए। जमुन्ति के कमाने की शुरुआत से ही सुखराम निठल्ला हो घर बैठ गया और खेत बेचकर गाँव के बाहर दूसरी औरत रख ली। जमुन्ति से ये बात छिपी न रही। जब-जब सुखराम से सवाल करती बदले में खूब मार पड़ती, लेकिन जिस आदमी के घर में जामवन्ती निरीह बच्ची से औरत बनी, उसे छोड़ते उससे न बना। वो सब जान-सहकर घर गृहस्थी में रम गई।

एक रोज जमुन्ति काम से वापिस आई तो घर में कोई नहीं था। गाँव-भर में सुखराम को ढूँढ़ती रही पर कहीं उसका ठिकाना नहीं था। उसने नहर, खेत, दूकान, चौपाल सब छान लिए, लेकिन सुखराम को मानो धरती निगल गई। जमुन्ति वापिस घर आ गई, वो सारी रात सोई नहीं, बस दरवाजे पर बैठकर बछिया को सहलाती रही। सुखराम को गए दो दिन हो गए थे। जमुन्ति ने चिन्ता में खाना-पीना छोड़ दिया।

सुखराम की कोई खोज-खबर न थी। मजबूरी में एक दिन जमुन्ति कड़ी दोपहर में पैदल-पैदल गाँव के बाहर तक जा पहुँची, जहाँ सुखराम उस दूसरी औरत के संग रहता था। जामवन्ती पूछते-पाछते पहुँच तो गई, लेकिन दूर-दूर तक न आदमी न आदमी की जात। दरवाजा बन्द पड़ा था और आँगन में एक खाट दीवार के सहारे खड़ी थी। जमुन्ति दो दिन से भूखी तो थी और उस पर सुखराम की गुमशुदगी ने उसे झकझोर दिया। जमुन्ति चक्कर खा कर गिर गई...।

जाने कितने घंटे जमुन्ति धूल में लिपटी पड़ी रही, जब तक दूसरे गाँव का एक मजदूर, जो वहाँ से गुजर रहा था उसने जमुन्ति को बेहोश देख, उसे उठाकर छाया में नहीं सुला दिया...। सीने पर हाथ रखकर देखा तो धड़कन चल रही थी। जान बच

जाए ये सोच कर वह राह चलता मजदूर कभी मुँह पर पानी डालता तो कभी जमुन्ति के गाल पर थप्पड़ लगाता। जमुन्ति को होश में लाने की कोशिश में वो भला मजदूर, राहगीरों की नजर में आया और देखते-देखते ही बात का बतंगड़ बन गया। राह चलते उस बिचारे गरीब मजदूर की कोई सुनने को तैयार नहीं था।

बात आग की तरह ऐसे फैली कि इंसानियत के नाते मजदूर का जमुन्ति को छूना चरित्रहरण घोषित हो गया। गाँव के दो-चार लठैत आए और मजदूर को पकड़ लिया।

नाम-पता पूछा गया—रामटेक गंगापार बगल के गाँव में बँटाई पर खेती करता था। दिन-भर इतना कमाता कि रात को खा लेता और पी लेता। जाने कौन-सी घड़ी में वहाँ से गुजरा कि बेहोश पड़ी जमुन्ति की मदद करने का इरादा कर लिया।

रामटेक की कोई सफाई काम न आई। लठैतों ने बिना बूझे जाने दो-चार झापड़ जड़ दिए।

न जाने कितने घंटे में जमुन्ति होश में आई तो देखा, कि अब वो सुखराम की नहीं रामटेक की बीवी थी। एक पहर ने उसकी जिन्दगी का पूरा समीकरण बदल दिया। जिन्दगी धरती के एक छोर से दूसरे छोर पर पहुँच गई। खेत में हवन, पूजा, पंडित सब थे। जमुन्ति फिर दुल्हन थी, लेकिन किसकी ये कैसे तय करे। मन में सुखराम अभी ही पति की मूरत बना बैठा था और बगल में रामटेक भी ठगा-सा बैठा। उसकी मदद करने की कैसी कीमत उस बेचारे ने चुकाई थी। इस कर्ज और पछतावे से जमुन्ति कैसे उभर पाती जिन्दगी भर।

जमुन्ति चिल्लाती रही, रोती रही पर किसी ने एक नहीं सुनी। रामटेक के संग उसके गाँव भेज दिया।

जमुन्ति बदहवास-सी सब देखती रही। आँखों के सामने उसका गाँव, मोहल्ला, आँगन, घर, चौका सब बदल गया, यहाँ तक कि उसका नाम भी। सुखराम की पत्नी अब रामटेक की घरवाली थी। जमुन्ति दिन-रात सोचा करती—सुखराम कहाँ गया होगा, वो आया होगा और मुझे न पाकर क्या सोचता होगा। उसकी गृहस्थी, घर, आँगन सब कैसे कच्चे घड़े से चटक गए। जमुन्ति महीना भर खूब रोई, खाना-पीना गले नहीं उतरा। गाँव बहुत याद आता, सुखराम की मार छोड़ वो भी बहुत याद आता, मन करता कुएँ में कूद जाए पर हिम्मत जवाब दे जाती।

देखते-देखते दो महीने गुजरे और एक दिन मितली के साथ खबर आई कि वो पेट से थी। रामटेक ने अपना नाम अब उसकी कोख में गोद दिया था। उस दिन बाद से जमुन्ति सुखराम से निर्मोही हो गई। दिन-रात काम करती, घर और खेत में पूरी रम गई। भूख और व्याकुलता से तड़पता सतमासा बच्चा हुआ, बिल्कुल हाथ के पंजे के बराबर, जमुन्ति की सास ने खूब ध्यान रखा और छह महीने में बच्चा और जामवन्ती पूरे भर गए। बाद में दो बच्चे और हुए।

बीस साल की जमुन्ति के तीन बच्चे थे। और उसके चालीस तक होते-होते रामटेक ने जामवन्ती के बगल में आखिरी साँस ली। टीबी ने रामटेक को निगल लिया और उसके बाद घर, बच्चे सब जमुन्ति के जिम्मे आ गए। अब जामवन्ती बस माँ थी। न सुखराम का भूत उसे सताता और न रामटेक की आत्मा। और इसके बाद की कहानी तो पूरे गाँव को पता थी...।

जामवन्ती अपने अतीत की गंगा से तैर कर बाहर आई तो देखा सब औरतें, लड़कियाँ एकटक उसे निहारे जा रही थीं। किसी की आँख में आँसू, तो कहीं पर तरस था। जमुन्ति ठहाका लगाकर हँस दी और और सबकी नजरों से खुद को आजाद कर लिया।

'चाची तुम्हारा दूसरा पति तुम्हें प्यार करता था?'—एक ने पूछा।

जमुन्ति थोड़ा शरमा गई—'हाँ, बहुत प्यार करता था, तभी तो तीन-तीन बच्चे हुए।'

'और तुम्हारा पहला पति कभी नहीं मिला तुम्हें?'

जमुन्ति पल्ला दबाकर हँसी, 'आया था एक बार, किसी ने बता दिया कि कौन से गाँव में हूँ, मैं तो बताने आया था कि उसकी फौज में नौकरी लग गई। जब मैं थी तो निखट्टू मेरी कमाई खाता था, और अब अकेला कमा रहा था, अकेला ही खा रहा था। उसने शादी नहीं करी, मुझे ही मानता था घरवाली।'

फिर एक बार आखिरी बार तब आया, जब रामटेक मर गया, और तीन बच्चों को मेरे ऊपर छोड़ गया। उसने कितना मनाया कि मैं उसके संग चली जाऊँ, पर रामटेक की आत्मा ना दुखा सकती थी, खाली हाथ फेर दिया मैंने...।

सबके चेहरे उतर गए, पर जमुन्ति अचानक एक बार फिर ठहाका लगाकर हँस दी—'रामटेक मेरी गैया के हुआ था फिर पैदा, बछड़ा बनकर...। वो ऐसे कि उसे भी लौकी पसन्द थी, और ये बछड़ा भी लौकी खा जाता। तो मैं पल्ला कर लेती हूँ इसे ही देखकर।'

कियेदार

मिस्टर अस्थाना की जिन्दगी का सबसे बड़ा दुःख उनकी जिन्दगी का अकेलापन नहीं था, उनका बुढ़ापा भी नहीं था, उनका सबसे बड़ा गम रिश्तों की उम्र का ढल जाना था। इज्जत मोहब्बत और वफा, सब एक-एक करके छूट से गए थे और इसी के साथ मिस्टर अस्थाना अकेले पड़ गए। दस साल पहले उनकी बीवी के साथ उनकी दुनिया से दूर चले गए।

और उनके एकलौते बेटे ने माँ की मौत के ठीक एक महीने बाद जिम्मेदारियों की चिता जला दी। सिंगापुर में हर महीने मिलने वाले पन्द्रह हजार डॉलर का वजन पिता के प्रेम से थोड़ा ज्यादा हो गया। होना भी चाहिए। सौरभ के कहने पर रितिका ने अपनी नौकरी छोड़ी, तो रितिका के कहने पर उसके पति को अपने बूढ़े बाप को ग्रेटर कैलाश में छोड़ कर सिंगापुर शिफ्ट होना पड़ा।

पहले तो साल में एक बार आना हो जाता था, पर जबसे मानस पैदा हुआ सौरभ और रितिका ने बेवजह दिल्ली आना छोड़ दिया। बाप तो कोई घर आने की वजह होती नहीं है। मिस्टर अस्थाना ने हाथ-पाँव के बन्द होते ही अपनी छोटी-सी दुकान बन्द कर दी।

जीवनयापन के लिए मकान के ऊपर का हिस्सा जहाँ कोई नहीं रहता, जहाँ कभी सौरभ को रात में खिड़की से आसमान के तारे गिनवाया करते, और जहाँ से नीचे उतरते वक्त जब सौरभ एक बार सीढ़ियों से फिसलकर गिर गया तो पूरे मोहल्ले में आपदा आ गई, यादों का वो हिस्सा, मकान का वो हिस्सा, उनकी जिन्दगी का हिस्सा, उन्होंने सब किराए पर दे दिया।

अस्थाना साहब की रोजी-रोटी बड़े आराम से सब किराए पर चलती कि अचानक उनकी इस अकेली जिन्दगी में कुछ ऐसा हुआ कि सत्तासी साल की उम्र में वो तिहाड़ जेल में थे। मेरा जेल में दूसरा दिन था। अस्थाना जी को खुद के बल पर उठने-बैठने में तकलीफ होती थी। सुबह की हाजिरी के बाद साढ़े पाँच बजे अस्थाना जी को लेकर जो मुलाय्जे वाला बैरक था, उसके सामने चबूतरे पर बैठ गए। मैंने अस्थाना जी से कहा अब इंटरवल हो गया अब बाकी की कहानी सुना दो कौन से पुण्य किए जो यहाँ पड़े हो।

अस्थाना जी बोले—'बेटा अब तो शरीर पुण्य या पाप कुछ करने की इजाजत नहीं देता।'

'ऊपरवाले से ऊपरवाले कमरे का अकेलापान शायद देखा नहीं गया इसलिए यहाँ ढेर सारे लोगों के बीच भेज दिया'—हँसकर अस्थाना साहब ने कहा और सच कहूँ तो मुझे मेरे घर से यहाँ ज्यादा अच्छा लगता है, कहते-कहते अस्थाना साहब की आँखें भर आईं।

चबूतरे पर आस-पास कई सारे कैदी बैठे थे जिनमें से कइयों के लिए आज मुलाकात का दिन था। सब खुश थे, अस्थाना साहब की आँखों में आँसू देखकर सब उदास हो गए। धीरे-धीरे अस्थाना जी ने कहना शुरू किया कुछ महीनों पहले की बात है हमारे पुराने किरायेदार ने घर खाली किया था। बड़े भले आदमी थे शर्मा जी, तीन साल रहने के बाद उनका कहीं ट्रांसफर हो गया तो घर खाली कर दिया, उन्हीं का नाम लेकर उनके जाने के दो-तीन दिन बाद ही रमेश नाम का एक शख्स किराए पर मकान लेने के लिए मुझसे मिला।

18,000 महीना किराया तय हुआ। और अगले ही दिन पूरा सामान लेकर रमेश जी मकान के ऊपर के हिस्से में शिफ्ट हो गए। चार लोगों का परिवार था, रमेश उम्र में करीब चालीस साल था, उनकी पत्नी श्रद्धा तीस साल की, रमेश का छोटा भाई गौरव अट्ठाईस साल का, छह साल का उनका बेटा था रिषभ। घर की बनावट में सबसे अच्छी चीज थी कि ऊपर जाने का रास्ता बाहर से भी था। एक महीने का एडवांस और करेंट मन्थ का किराया रमेश ने दे दिया था।

रिषभ कभी-कभी नीचे खेलने आ जाता तो सौरभ का बचपन याद करके मैं भी उसके संग खेलकर खुश ही जाता। बीस-पच्चीस दिन बीते, मुझे लगा ठीक लोग हैं, हालाँकि मेरा खाना बनाने के लिए एक बाई थी, लेकिन शाम के चार-पाँच बजे करीब श्रद्धा मुझे चाय-नमकीन दे जाती।

मुझे अच्छा लगता था, मैंने मन के खालीपन को ये सोचकर भरना शुरू कर दिया कि मेरा परिवार है, श्रद्धा मेरी बेटी है...। मुझे पता था कि ज्यादा अपेक्षा रखूँगा तो दु:ख होगा, लेकिन मन के घोड़े कहाँ रुकते हैं। रोज की दिनचर्या पहले से थोड़ी अलग थी अब। नौ बजे जब रमेश ऑफिस को निकलता, तो मैं बरामदे में बाहर चाय के संग अखबार का स्वाद चख रहा होता। उसके जाने के तकरीबन दो घंटे बाद रिषभ स्कूल से लौटता और तभी गौरव अपनी कॉल सेंटर की शिफ्ट वाली जॉब के लिए निकलता।

गौरव भी अच्छा लड़का था, आते-जाते हमेशा पैर छू कर जाता, अजीब-सी बात यही लगती कि अपनी भाभी के पैर छूते मैंने उसे कभी नहीं देखा था। अगला महीना आया, मैं किराए के पैसों का इन्तजार करने लगा। मेरे शरीर और मेरी कब्र के बीच का फासला कितना होगा ये उन पैसों से तय होता, मेरी दवाइयाँ, राशन, मेरे

घर का खर्च, ये सब मेरे शरीर की खुराक थे, इन खुराक में देरी होने से मेरा शरीर घिसटने लगता था।

मुझे पैसों का लालच नहीं था, पर जिन्दा रहने की तलब थी। हर महीने की पाँच तारीख तक किराया मिलना तयशुदा था। लेकिन अभी दस तारीख निकल गई। न तो रमेश नजर आया, ना गौरव। श्रद्धा की चाय भी बन्द हो गई, रिषभ अभी भी खेलने आया करता था। मैंने गौर किया कि रमेश आधा घंटे पहले ऑफिस के लिए निकलने लगा जब मैं नाश्ता कर रहा होता, गौरव जब मैं दोपहर खाना खाकर सो जाता तब उसकी कैब आती, उसे पिक करने के लिए।

आधा महीना बीतने के बाद भी जब किराया नहीं आया तो मैंने अपनी पूरी ताकत और हिम्मत को इकट्‌ठा कर श्रद्धा से बात करने की सोची, मुश्किल ये थी कि मकान के ऊपरी मंजिल तक जाने वाली बीस डंडे की सीढ़ियों को पार करना हिमालय के दूसरी ओर जाने के बराबर था।

एक दिन मैंने रिषभ से कहा कि माँ को भेजना, कुछ बात करनी है तो श्रद्धा नहीं आई। फिर मैंने खुद ही हिम्मत करके नाश्ता करने के बाद अपने बूढ़े कदमों से इस चुनौती-भरे काम को अंजाम देने का फैसला किया। अपने भारी शरीर को हाथ-पैर की ताकत लगाकर खींचते हुए बड़ी मुश्किल से ऊपर पहुँचा। दरवाजा लगा था पर अन्दर से बन्द नहीं था। मैंने आवाज दी पर कोई जवाब नहीं आया, मैं मकानमालिक की हैसियत से अन्दर चला गया...। रिषभ शायद स्कूल में रहा होगा, मुझे अन्दर के बेडरूम से आवाजें सुनाई दीं, मैं उस ओर बढ़ा। कमरे के अन्दर मैं जो देख पाया वो पता नहीं सच था या मेरी आँखों का भ्रम क्योंकि इस उम्र में भी अखबार पढ़ने के लिए मैं चश्मा नहीं लगता था। मुझे गौरव और श्रद्धा एक-दूसरे के गले लगे दिखे।

मुझे देखते ही दोनों घबराकर अलग हो गए या पहले से ही अलग थे, पता नहीं। मैंने मान लिया कि मेरे दिमाग पर उम्र का असर हो चला है...। श्रद्धा बड़बड़ाती हुई बाहर चली गई और गौरव कमरे में...।

मुझे बैठने को कहा, लेकिन मुझे लगा उसकी जुबान लड़खड़ा रही थी, मुझे लगा उसे सामान्य होने के लिए वक्त चाहिए था। पर जो भी हो, मुझे मेरे किराए से मतलब था। मैंने कहा—बेटी कई दिन से किराया नहीं आया। कई दिनों से रमेश, गौरव का इन्तजार किया पर नहीं आया। श्रद्धा चिढ़कर बोली, अंकल आप तो ऐसे कह रहे हैं कि हम घर लेकर भाग रहे हैं और वैसे भी आपके पास तो एडवांस है...।

मैंने कहा बेटा वो एडवांस है, जब मर्जी वापिस ले सकते हो, मैं तो हर महीने किराए की बात कर रहा हूँ। श्रद्धा ने पलटवार किया—हम किरायेदार हैं पर हमारी भी इज्जत है। आप ऐसे ही बिना पूछे घर में चले आए। मुझे ये बिल्कुल पसन्द नहीं।

मैंने ने जवाब दिया—बेटा जब से आप आए हो, ये पहली बार है मैं ऊपर आया हूँ वो भी तब जब किराया नहीं मिला, मैं आपके पिता की उम्र का हूँ, किराया नहीं दे पा रहे हो, तो इज्जत तो दे सकते हो, सीधे मुँह बात कर सकते हो!

पीछे से गौरव सिर झुकाए अपना बैग उठाकर बाहर निकल लिया। श्रद्धा बोली—थोड़ा टाइम दे दीजिए। जल्दी आपका किराया मिल जाएगा। मैं ये कहते हुए बाहर आ गया कि कोई बात नहीं महीने के आखिर में मुझे दो महीने का किराया चाहिए। बिना देरी के...सब कुछ यथावत चलता रहा। अगले महीने की पाँच तारीख को पाँच हजार लेकर श्रद्धा नीचे आई। गौरव नीचे आया पर वो बाहर ही रुक गया, मैं अपने सोफे पर धँसा हुआ चाय की चुस्कियाँ ले रहा था। श्रधा आई और उसने मेरे हाथ में पैसे पकड़ा दिए। मैंने गिने और पूछने को सिर उठाया तो देखा श्रद्धा मेरी और झुकी थी। उसने बेढंगे कपड़े पहने थे। मैं सकपका गया, मुझसे पहले श्रद्धा बोल पड़ी—

सर एक-दो दिन में बाकी के पैसे भी दे देंगे। मैं बड़ा असहज महसूस कर रहा था। मैंने कहा ठीक है।

दूसरा महीना भी बीता पर पैसे नहीं आए, तीसरे महीने की पाँच तारीख भी जब निकल गई, किराए का एडवांस भी खत्म हो गया और पाँच हजार भी, मैं फिर एक बार ऊपर गया। खाली पेट की चिन्ता जानवर हो या इन्सान, शरीर के अन्दर बहुत ताकत भर देती है।

इस बार मैं अन्दर नहीं गया, बस दरवाजा बजाता रहा। श्रद्धा अन्दर से आई, दरवाजा खोला। मैं हॉल में बैठा, मैं कुछ कहूँ उससे पहले श्रद्धा ने कहा—अंकल जी यहाँ गौरव अभी सफाई करने वाला है आप अन्दर के कमरे में बैठिए।

मैं उठा और अन्दर बैठकर इन्तजार करने लगा। थोड़ी देर बाद कमरे का दरवाजा बन्द हो गया। जब दस-पन्द्रह मिनट बीत गए मैं उठकर दरवाजे की तरफ बढ़ा, मैंने खींचा पर दरवाजा खुला नहीं...। मुझे लगा शायद लॉक खराब है। दरवाजा फँस गया होगा...।

थोड़ी जबरदस्ती करने के बाद जब बूढ़ी हड्डियों ने आत्मसमर्पण कर दिया मैंने श्रद्धा और गौरव को आवाज दी...।

दस मिनट बीत गए, आवाज लगाते हुए, पर किसी ने नहीं सुना...। लगभग आधा घंटे बाद जब दरवाजा खुला, सामने चार पुलिस वाले खड़े थे, बिखरे बाल और फटे कपड़ों में श्रद्धा खड़ी रो रही थी, और गौरव और दो पुलिस वालों के संग खड़ा था, मुझे लगा गौरव ने श्रद्धा के संग बदतमीजी की है...।

मैं श्रद्धा की तरफ बढ़ा और पूछा—कि बेटा रो क्यों रही हो, पर मेरी दूसरी लाइन मेरे मुँह में ही कैद रह गई।

दो पुलिस वालों ने मुझे पीछे से पकड़ लिया। उसके बाद श्रद्धा के शब्द आज तक मेरे कानों में गूँज रहे हैं, कि इंस्पेक्टर साहब मेरी इज्जत लूटने की

कोशिश की है, किराए के बदले एक रात सोने को...मैं बड़ी मुश्किल से इस कमरे से भागी हूँ।

मैं समझ गया कि मैं कहाँ फँस गया हूँ और दुनिया के हर रिश्ते से मेरा यकीन उठ गया, वहाँ किसी ने मेरी एक नहीं सुनी, पड़ोसियों को पुलिस वालों ने फटकने नहीं दिया। मेरे सपनों का घर जिसे मैंने और मेरी पत्नी ने उम्मीदों से बोया, जज्बातों से सींचा, आज वो घर मुझे जहन्नुम-सा लग रहा था। सत्तासी साल का जो शख्स खुद खड़ा नहीं हो सकता था, उस पर आज अपनी पोती की उम्र की महिला के संग बलात्कार के प्रयास का आरोप था।

घर से पुलिस थाने, थाने से कोर्ट और कोर्ट से इस तिहाड़ जेल तक मेरे आँसू रिश्तों की नमी, यादों की मिठास, इस दुनिया की खूबसूरती का एहसास, सब सूख गया, और आज मैं यहाँ तुम सबके बीच हूँ।

वाकई अस्थाना साब की आँखों में आँसू नहीं थे। चेहरा पत्थर-सा सपाट था, मेरे कन्धे का सहारा लेकर अस्थाना साहब उठे और चलते-चलते कहा—मेरी कहानी का तो द एंड हो गया, अब देखना है कि जिन्दगी का कब होता है...।

तू खुद तो खड़ा नहीं हो पा रहा अंकल, तेरा...। कहाँ...।

चल कोई ना हम दुनिया से तेरी रुक्सती अच्छे से मनाएँगे...। लेकिन जिस दिन हम में से किसी को तेरा बेटा बाहर मिल गया, उस दिन वो दोबारा अन्दर जरूर आएगा...।

टूटी चूड़ियाँ

मैं अक्सर आँखें खोलकर देखती ही नहीं थी, कि कौन है सामने, बस सोचती जैसे भी हो ये रात निकल जाए, और कोई और दस्तक दरवाजे पर न हो, पर कभी-कभी दस्तकें रुकने का नाम नहीं लेती। एक के बाद एक दरवाजा खुलता, बन्द होता। मैं कभी इस करवट तो कभी उस करवट लेटती, पर कोई फायदा नहीं। हर करवट पर एक चेहरा था, मुझे घूरता, मुझ पर हँसता दिखाई पड़ता। मैं तुमसे भी दस साल छोटी थी। शायद आठ साल की रही हूँगी।

माया अब चालीस साल की थी। उसने जाह्नवी का स्कूल में एडमिशन कराया और पिता•के कॉलम में अपना नाम लिख दिया। स्कूल प्रशासन ने पहले बहुत बवाल किया, लेकिन माया ने कोर्ट का रास्ता चुना और माया जाह्नवी की माँ और बाप दोनों बन गई।

तब चार साल की जाह्नवी किसी सवाल को नहीं समझी, किसी जवाब को नहीं समझी। उसने कुछ नहीं कहा, बस किताबों के काले अक्षर से उसने अपना रंगीन भविष्य चुन लिया। वक्त बढ़ गया, माया भी बढ़ गई, और जाह्नवी भी। लेकिन अब कॉलेज के एडमिशन पेपर पर जब जाह्नवी ने पिता के कॉलम को खोलकर माँ के सामने रख दिया तो माया के लिए हर गिरह को खोलने का मौका आया। वो सवालों से नहीं भागना चाहती थी।

माया ने फॉर्म लिया और वो पिता का नाम लिखते हुए रुक गई। पिछले सोलह साल में उसने अपनी माँ को कभी असहज नहीं किया, कोई ऐसा सवाल नहीं किया कि माया को अपनी नजरें झुकानी पड़ी हों, कभी कुछ नहीं कहा जिसे सुनकर माया को कभी नजरें फेरनी पड़े, उसने जिन्दगी को बिल्कुल वैसे अपनाया जैसी उसे माया ने दी थी।

उसमें कहीं कोई कमी नहीं थी, सब कुछ था। बहुत-सा प्यार, परवाह, शायद बच्चे हालात के हिसाब से पलते हैं और जिन्दगियाँ भी उसी साँचे में ढलती हैं।

जो जितना मिल गया, उसकी आदत पहले दिन से हो तो न कमी का एहसास ही होता है, ना वो खलती है।

उसने कभी जिन्दगी के दूसरे छोर को पकड़ने की कोशिश नहीं की।

वो जाने लगी तो माया ने उसे वहीं पास में बिठा लिया, 'तुम रुको, मैं 5 मिनट में आती हूँ।'

जाह्नवी एक कुर्सी को कोने में खिसका कर बैठ गई। फॉर्म को उसने वहीं बिस्तर पर रख दिया। वो खिड़की के बाहर देखने लगी तो लगा जैसे कुछ देर में बरसात होने वाली है। लेकिन हवा चलते देख लगा जैसे नहीं, हवा बादलों को उड़ा ले जाएगी और फिर बरसात का आना टल जाएगा।

माया के पैरों की आवाज कमरे की तरफ आती सुनाई दी। उसके हाथ में कॉफी के दो मग थे। एक मग जाह्नवी की तरफ बढ़ाते हुए वो पलंग के सिराहने बैठ गई।

'जाह्नु, अब तक जब भी तुमने कोई फॉर्म भरा, उसमें अपने पिता के नाम की जगह मेरा नाम लिखते हुए कभी ये नहीं पूछा कि आखिर ऐसा क्यों? तुमने कभी किसी खामोशी को टटोलने की कोशिश नहीं कि, मुझे कभी किसी ऐसी परिस्थिति में खड़ा नहीं किया जिसमें मुझे अपनी बेटी के सामने नजरें झुकानी पड़ें'—माया ने कॉफी का पहला घूँट लिया।

'माँ, मैं आज भी आपसे कुछ नहीं पूछना चाहती। इन बातों के कोई मायने नहीं हैं मेरे लिए। मेरे लिए वो बस एक फॉर्म का कॉलम है उससे ज्यादा कुछ नहीं। आप वहाँ हो, आपका नाम, इससे बड़ी बात कोई नहीं हो सकती।'

माया ने जाह्नवी को एक उदास-सी मुस्कान दी, और कॉफी के एक और घूँट के संग जिन्दगी के वो सब घूँट उसने उगल दिए जो एक समय बेबस लाचार और शोषित माया ने पिए थे।

'मैं सात साल की थी। मुझे तो पता भी नहीं था कि मेरी माँ को मेरे पिता ने शादी या प्रेम के बन्धन में नहीं बाँधा, बल्कि कुछ एक बोरी गेहूँ के बदले में वो उस घर में आई थीं। मेरे पिता के घर में।

'जाह्नवी मैं सिर्फ नौ साल की थी और घर से बहुत दूर मेरी शादी कर दी। मुझे तो शायद वापिस घर आने का रास्ता भी नहीं पता था। मुझे पता भी नहीं था कि शादी है क्या। बस इतना बता दिया कि अपने घर से मुझे उनके घर जाना है। पति का नाम चन्दन था, नाम तब पता चला जब मेरे ससुर ने उन्हें आवाज दी। उनकी उम्र पच्चीस साल थी। घर में उनके दो बड़े भाई, और पिता थे। माँ की मौत दो साल पहले हो गई थी और दोनों भाइयों ने शादी ही नहीं की।

'वो घर में सबसे छोटे। सबके लाड़ले। मैं उनकी गोद में खिलाने लायक थी लेकिन शादी की ही रात, जैसे शादी का कड़वा सच मेरे सामने आ गया। आज की भाषा में इसे बलात्कार कहा जा सकता है। नौ साल कि बच्ची की सुहागरात नहीं होती। वो कोई सुहाना सपना सच होने जैसा नहीं था। मैं तेज-तेज़ रोई, इतना तेज कि बरामदे में मेरे ससुर और उनके भाइयों ने भी सुना। सब बीच-बीच में

आकर दरवाजा बजा जाते। चन्दन दिल के अच्छे थे। अपने घर में उनका व्यवहार सबसे शान्त था। वो मेरे लिए सन्तरे की टॉफी लाया करते'—कहते-कहते माया हँस दी।

'पहली रात के बाद उन्होंने मुझे फिर दोबारा उस तरह नहीं छुआ, कभी दर्द नहीं दिया। वो बस कमरे में आते और मुझे किस्से सुनाते। गाँव में लोगों की घरों की बातें बताते, और हम जोर-जोर से हँसते।'

जाह्नवी कुर्सी से उठकर माया के पास आ गई। माया की आँखों में कोई आँसू नहीं थे। उसे तो याद भी नहीं था कि वो आखिरी बार रोई कब थी। लगभग दस साल वो रोज, हर पहर, हर पल रोई थी।

'जाह्नवी, शादी के छह महीने हुए थे और एक दिन खेत में एक साँप मेरी किस्मत को डँस गया। जिन्दगी का आखिरी और इकलौता सहारा चन्दन था, रात को खेतों पर पहरा देने गया और सुबह खेत में ही उसकी लाश मिली, पैर पर साँप के काटने के निशान थे। नौ साल की बालिका वधू और दस साल की बाल विधवा। जिन्दगी की यही परिभाषा थी बस।'

माँ, आप वहाँ से लौट आए फिर?'—जाह्नवी ने पूछा।

'जाह्नवी मुझे लेने कभी माँ-बाप आए ही नहीं। मुझे तो गाँव का नाम, रास्ता, और दूरी भी नहीं पता थी।

'चन्दन की मौत के बाद घर में उनके दोनों बड़े भाई, और पिता रह गए। मैं घर का सारा काम करती और घर में दो बोल बोलने वाला कोई नहीं था।' जाह्नवी ने माया का हाथ पकड़ लिया। माया उठकर खिड़की के पास चली गई—'चन्दन भूतों की कहानी सुनाया करता, जब वो था मैं उसका हाथ पकड़ कर सोया करती, अब चन्दन नहीं था तो मैं रात को चन्दन का कुरता लेकर सोती।

'एक रात मैं सोई थी। अचानक आधी रात को मुझे अपने ऊपर हाथ महसूस हुआ, फिर कुछ भारी-भारी मेरे पूरे शरीर पर महसूस हुआ। मेरी चीख निकल पड़ी, तो उसने अपने हाथ से मेरा मुँह बाँध लिया। मुझे गाली दी तो पता लगा वो चन्दन के पिता थे। पूरी रात वो मेरे कमरे में रहे। और मैं रात-भर रोती रही।

'उस दिन जैसे मैं इक रात में बड़ी हो गई। चन्दन इतना याद कभी नहीं आया। वो मसीहा था मेरा। वो था तो कभी कोई परेशानी नजदीक नहीं आई। उसके पिता ने कभी मुझे आवाज भी नहीं दी थी, और आज वो मेरे बिस्तर में चन्दन की आत्मा को तार-तार कर रहा था।'

माया का गला अब भी रुँध नहीं गया। वो जैसे सूख चुकी थी। जैसे वहाँ से बाढ़ का पानी निकल आया था और पीछे बस मिट्टी-ही-मिट्टी। ये सिलसिला कभी नहीं रुका जाह्नवी...। जिन्दगी ने ऐसा कुछ दिखाया कि हर रोज सिरहाने पर घर का नया मर्द होता, कभी चन्दन का बड़ा भाई, कभी उससे बड़ा और कभी बाप।

दस साल में कोई ऐसा दिन नहीं गया जब चन्दन का जाना एक अभिशाप साबित नहीं हुआ, मैं उसके बिना अनाथ हो गई थी। तुम पैदा हुई, तो मुझे पता ही नहीं था कि तुम्हारा पिता उन लोगों में कौन था।

'बस इतना पता था कि मैं तुम्हारी माँ हूँ। जाह्नवी तुम्हारे पैदा होते ही मैं वहाँ से भाग आई...। और चन्दन के बाद जैसे सिर को एक आसरा मिल गया। मैं चन्दन की पत्नी थी और उसके बाद तुम्हारी माँ, इसके सिवा कोई रिश्ता मुझे याद नहीं है।' जाह्नवी अवाक्-सी माया को देखे जा रही थी। उसने किस तरह उसे बड़ा किया होगा, कैसे वो अकेले जी होगी।

जाह्नवी ने फॉर्म माया के हाथों से ले लिया। पिता की जगह उसने आज माया का नाम नहीं लिखा, बल्कि बड़े साफ सुन्दर अक्षरों में वहाँ 'चन्दन' लिख दिया। माया के जीवन को और उसके संघर्ष को जाह्नवी की ये श्रद्धांजलि थी। उसने खुद को पिता का नाम नहीं, माया के पहले और आखिरी प्यार को सम्मान दिया...।

लगा जैसे चन्दन जिन्दा हो गया। आज फिर वो जैसे जिन्दा हो गई...।

दीवाली के दीये

दीवाली की सुबह थी। साँस लेने में नथुनों में बारूद की बू घुस रही थी। चीनू के स्कूल दीवाली के दूसरे दिन खुलने थे। चीनू हमेशा की तरह काम में लग गया। पूरी गली में फुलझड़ियों के तार और फूट चुके अनार के बाद बचे मिट्टी की कटोरियों को इकट्ठा किया।

उसकी छोटी बहन मिन्नी की ड्यूटी बचे हुए मिट्टी के दीए और सफेद कौड़ियाँ इकट्ठा करने की होती थी। शाम को दोनों भाई-बहन दिन-भर की जमा पूँजी इकट्ठा करके हिसाब-किताब करने बैठे।

चीनू के पास सत्रह तार, और ग्यारह अनार की कटोरियाँ और मिन्नी दस दीये और आठ कौड़ियाँ इकट्ठा कर पाई।

पीछे से मम्मी की आवाज आई, 'चीनू अगर तुमने फुलझड़ियों के तार इकट्ठा किए तो मोटा वाला इंजेक्शन लगेगा पेट में।'

चीनू ने जल्दी से फुलझड़ियों के तार अपने पीछे छिपा लिए। दोनों भाई-बहन नल की टोंटी के पास अपना खजाना लेकर पहुँचे और उनको साफ करने लगे। रात को सोने से पहले दादाजी से कसम खिलवाई, कि सुबह उठने के बाद हमारे संग बैठकर तराजू बनवाओगे। अगली सुबह सारे दीये नरम होने के लिए पानी में भिगो दिए गए। स्कूल जाने से पहले चीनू एक तराजू स्कूल ले जाना चाहता था। उठते ही दादाजी को जगाया। लगभग एक बित्ते की 3-4 लकड़ियाँ और सुतली का बंडल, और एक सुआ (मोटी सुई) के साथ मिन्नी और चीनू, धर्मकाँटा बनाने पर लग गए।

उन्होंने चार दीयों में छेद किए और चारों दीयों में धागा निकालकर उन्हें तराजू की तरह बाँध दिया।

पहले एक तराजू बना फिर मिन्नी चिल्लाने लगी तो फिर एक तराजू और बना, तो दोनों भाई-बहनों ने उसमें तौल कर चार-चार कौड़ियाँ ले लीं।

तराजू चुपके से चीनू ने बस्ते में रखा। बस्ते में रखते हुए उसे माँ ने देखा तो वो चिल्लाई, कि तराजू क्यों ले जा रहे हो साथ? पर चीनू जबरदस्ती करने लगा और

उसने दीए रख लिए, उसने साथ में चुपके से फुलझड़ी के तार भी रख लिए, और उसकी आँखें चमक गईं, उसने स्कूल पहुँचकर खूब शेखी बघारी कि तराजू उसने बनाया है, हालाँकि उसके दोस्तों ने उसका यकीन नहीं किया।

सरकारी स्कूल में सारे बच्चे टाट-पट्टी पर बैठते थे। चीनू क्लास का मॉनिटर था। साढ़े तीन बजे छुट्टी होती थी, और छुट्टी से पहले चीनू सारी क्लास का निरीक्षण करता कि कहीं किसी का कोई सामान तो नहीं छूटा। बच्चे छुट्टी होते ही कतार में बाहर निकलते। कहने को तो कतार थी, पर ये कतार बाहर निकलते ही झुंड बन जाती, जिसमें बच्चे एक दूसरे की पीठ पर चढ़ते, उन्हें गिराते, कोई झगड़ा करता, कोई एक दूसरे को धक्का मारता हुआ आगे निकलता, टीचर सब अपनी ही दुनिया में मग्न रहते, न उन्हें बच्चों से कोई मतलब होता न किसी अनुशासन से।

चीनू को एक खुराफात सूझी। वो चुपचाप उठा। पूरी क्लास में सात कतारों में बच्चे बैठते थे। सबसे पीछे जाकर उसने फुलझड़ियों के तार लिए और टाट-पट्टी में फँसा कर तार बच्चों की पैंट में फँसा दिए। छुट्टी जैसे हुई और शोर करते बच्चे उठे, तो उनके साथ उनकी टाट-पट्टी भी फट गई। किसी-किसी की पैंट भी फट गई...।

चीनू और दोस्त सब खूब हँसे, ताली बजाकर...। बच्चे मुँह बनाकर रह गए। अगले दिन इसका परिणाम भी मिला। स्कूल में लड़कों ने शिकायत की, और चीनू की जमकर पिटाई हुई। पिटाई अकेले में हुई तो इज्जत बची रह गई।

पर चीनू अपनी इस कामयाबी पर बहुत खुश था। सही मायने में दीवाली ये थी।

शाम को लौटते वक्त रास्ते में इमली का बगीचा पड़ता था। चीनू का मन इमली खाने का हुआ। पत्थर लिये पेड़ पर चलाया पर कुछ हासिल नहीं हुआ। इमली के पेड़ के पास एक मजार थी। और वहाँ चीनू की उम्र का ही एक बच्चा सिर्फ हाफ पैंट में बड़े मजे से इमली खा रहा था। लौटते वक्त चीनू वैसे ही भूखा था, मनपसन्द चीज देख मुँह में खट्टा-मीठा समुन्दर भर गया। मम्मी की सारी चेतावनियों को भूलकर सीधा हाफ पैंट वाले इस बच्चे के पास खिंचा चला गया चीनू, 'यार, ये थोड़ा मुझे भी दे भाई। मन कर रहा है खाने का।'

लड़का बिदक गया, 'क्यों दूँ, मैंने खोली चढ़कर, मेहनत से। पैंट फटेगी तब पता चलेगा। ये देखो छिल गया'—कहते हुए छोटे बच्चे ने अपनी कोहनी दिखा दी। चीनू ने दादाजी से लेन-देन अच्छा सीखा था। उसने तुरन्त कहा कि अगर तू मुझे अपनी आधी इमली देगा तो मैं तुझे बहुत अच्छी चीज दूँगा। इमली वाले बच्चे ने कहा, 'क्या देगा बता पहले।'

चीनू ने बस्ता नीचे पटका और तराजू निकाला। वो थोड़ा ठिठका पर उसे याद आया कि अभी उसके पास इतने दीये हैं कि चार तराजू बन जाएँगी। तराजू देखते ही बच्चे की आँखों में चमक आ गई। वो सोच में पड़ गया।

'मैं अगर तुझे सारी इमली दे दूँ तो मुझे दो तराजू देगा?'

'दो क्या करेगा?' चीनू ने पूछा।

'मेरी बहन के लिए'—बच्चे ने बताया।

चीनू को सौदा अच्छा लगा, उसकी आँखों में चमक आ गई। उसने उसे घर चलने को कहा। मिन्नी और चीनू ने तराजू में आधी-आधी इमली बाँट कर ले ली, चीनू ने उसे समझा कर उसका तराजू भी बच्चे को दे दिया।

बच्चा तराजू लेकर घर चला गया। अगले दिन फिर उसी शाम को चीनू लौट रहा था। उसकी आँखें उस इमली वाले बच्चे को ढूँढ़ने लगीं। जिज्ञासा में चीनू मजार के पीछे वाले घर की ओर बढ़ा। इस उम्मीद में कि शायद वो यहीं रहता हो।

दरवाजा खुला था। उसने अन्दर झाँका। इमली वाला बच्चा किसी से बात कर रहा था।

चीनू उसकी बहन को देखने के लिए और अन्दर गया, तो वहाँ बस एक तस्वीर थी, छोटी-सी लड़की की। वहाँ कोई नहीं था।

बच्चे ने चीनू की तरफ देखा और तस्वीर अपने पीछे छिपा ली—चीनू की आँखें जार-जार बहने लगीं...।

और वो दौड़ता हुआ घर आया और मिन्नी से लिपट गया।

नजरिया

कहानियों की इस किताब को छपने में अब तक सबसे ज्यादा मशक्कत झेलनी पड़ रही थी। कभी ये लाइन काट दी, कभी वो लाइन जोड़ दी, कभी किसी कहानी में दम नहीं तो कभी कोई कहानी ज्यादा ही गम्भीर और सख्त हो जाती। जितना वक्त लिखने में नहीं लगा, उससे कई गुना ज्यादा वक्त इसे काटने-छाँटने में जा रहा था। घर पर रहकर लिखना मुश्किल लगने लगा था, लेकिन हाल-फिलहाल इसके सिवा कोई दूसरा चारा मेरे पास था भी नहीं।

शनिवार-रविवार भले दुनिया के लिए सुकून और चैन के दिन थे, लेकिन मेरे लिए ये गले के जंजाल से कम नहीं थे। पूरा घर इस दिन घर पर होता और मैं घर के बाहर। लेकिन आज न जाने क्यों अचानक ही छत पर जाने का खयाल आया। मैंने भंवरी को चाय का प्याला और कुर्सी छत पर पहुँचाने की हिदायत दे दी। भंवरी घर में तब से काम कर रही थी, जब मैं ठीक से बोलना भी नहीं जानती थी। इसलिए मेरी पसन्द-नापसन्द का खयाल उसे अच्छे से था।

शोर-शराबे के बीच पूरे घर से गुजरते हुए मैं डायरी पेन हाथ में लिये छत पर पहुँच गई। लिखने में मशगूल थी। छत पर सन्नाटा था, कोई और होता तो उसे ये सुखद लगता लेकिन मुझे जिस शोर की आदत पड़ चुकी थी, उसके बीच इतनी शान्ति में अक्सर मेरे खयाल भटकने लगते। काफी देर से मैं हाथ में पेन लेकर बैठी थी, पर कुछ नहीं सूझा। मैं कुर्सी से उठ गई और छत की मुँडेर तक आ पहुँची। सड़क पर बच्चे दौड़-भाग रहे थे। रविवार के दिन ये आम नजारा होता था। औरतें सब्जी के ठेले को घेरे हुए बढ़ती महँगाई पर चर्चा में मशगूल थीं कि अचानक मेरे जेहन में कुछ साल पहले का एक वाकया दौड़ गया।

इस वाकये ने किस तरह एक वक्त पर मेरे दिलो-दिमाग को कैद कर लिया था, कि उससे उभरने में मुझे मनोवैज्ञानिक तक का सहारा लेना पड़ा। आज फिर वहीं उस दौर में जाने से मैं मन में कहीं डरी तो सही, लेकिन कब पेन डायरी के पन्ने पर चलने लगा, जैसे मेरे वश में ही नहीं था। जैसा हम सोचते हैं वैसा ही हो, जरूरी नहीं। जीवन परिस्थितियों के अनुसार चलता है, परम्पराओं के हिसाब से नहीं।

पाँच साल पहले पड़ोस में एक परिवार रहने आया। बहुत ज्यादा किसी से बात नहीं करता था पर लोग अच्छे थे। सौरभ नाम था उसका। पत्नी के संग कोई मेल नहीं लगता था। सौरभ अपनी पत्नी मालिनी और दो बच्चों के संग पालमपुर के इस सेक्टर में रहने आया। सौरभ कॉलेज में प्रोफेसर था, उसकी पत्नी ने घर पर ही बुटीक खोल रखा था। बच्चे दो—एक छह साल का लड़का और दूसरी चार साल की लड़की।

सौरभ काफी हँसमुख और सौम्य स्वभाव का था। उसकी मुलाकात मुझसे कभी-कभी रविवार के दिन किराने की दूकान पर हो जाती। वो ज्यादा बोलता नहीं था, पर ऐसा लगता जैसे कुछ कहना चाहता है, कुछ बताना है। अक्सर थोड़ी देर होती तो पत्नी पीछे-पीछे चली आती और मुझे साथ देखकर थोड़ा अजीब-सा चेहरा बना लेती।

एक सुबह मैं सोई थी। रविवार का दिन था। सौरभ पिछले दो दिन से नजर नहीं आया। न बच्चे दिखे। मेरी यूँ भी कोई खास जान-पहचान नहीं थी, तो मैंने इसे नजरअन्दाज करना ही मुनासिब समझा।

मैं हाथ-मुँह धोने बाथरूम में गई तो शोर-शराबा सुनाई दिया। मैंने फौरन बाहर झाँक कर देखा तो पड़ोसी सौरभ के घर की तरफ देख रहे थे। मेरी धड़कन रुक-सी गई। ये पहली बार नहीं था। पिछले दो महीने से यही हाल था। पड़ोसियों को घर से बर्तन गिरने की आवाजें आती रहती थीं। बीच-बीच में बच्चे रोते और चुप हो जाते। समझ नहीं आता था, आखिर ये रोज-रोज क्या हंगामा था।

जब भी ऐसा कुछ होता, अगले एक-दो दिन घर के बाहर कोई हलचल नहीं होती थी। उसके बाद भी किसी को कुछ कहाँ मालूम लगता, क्योंकि कभी किसी ने किसी से बातचीत ही नहीं की थी। ना बच्चे किसी से बात करते ना बड़े। आज भी यही हुआ, रविवार का दिन था। सेक्टर के सब लोग सुबह-सुबह बास्केट बॉल मैच खेलने के लिए मैदान में इकट्ठे हुए। अचानक फिर तेज-तेज आवाजें आईं।

लोगों का ध्यान उस ओर गया, और सब फिर घर की तरफ देखने लगे। मामला मारपीट का लग रहा था। बच्चे जोर-जोर से रो रहे थे, और बर्तन गिरने का शोर भी था।

कुछ देर हुई, शोर बन्द हो गया, और सब फिर खेल देखने में लग गए।

मेरा मन बेचैन हो गया था। सौरभ कैसे किसी पर हाथ उठा सकता था। वो इतना शान्त था, प्रोफेसर था। शॉप पर जब वो सामान लेने आता, वो कभी किसी से तुम कहकर भी नहीं बोलता था। लाइन में कोई आगे भी लग जाता तो वो चुपचाप मुस्कुराकर पीछे हो जाता, ऐसा इन्सान किसी औरत पर हाथ उठाना तो दूर तेज भी कैसे बोल सकता था। पर दोगले भी तो इन्सान ही होते हैं। बाहर की दुनिया को सौम्यता का दिखावा और घर के अन्दर बीवी की पिटाई करके अपने पौरुष को

सन्तुष्ट रखना कोई नयी बात नहीं थी। मेरे खयाल अँधेरी दिशा में दौड़े जा रहे थे। बारिश शुरू हो गई... । मैं बालकनी में आकर कॉफी पीने लगी। पीछे से भंवरी कपड़े उठाने बालकनी में आई। मुझे सौरभ-मालिनी के घर की तरफ देखते पाया तो बालकनी की चिक खट से गिरा दी। उसकी ये दखल नई नहीं थी। मेरी माँ की उम्र के बराबर होने के कारण कुछ हक उसे मैंने दे दिए थे और कुछेक उसने खुद ही ले लिए—'ये क्या किया तुमने? इतना अच्छा मौसम है, तो ये घूँघट क्यों उढ़ा दिया?'—मैंने भंवरी से सवाल पूछा।

भंवरी अपने काम में लगी रही, कपड़े उठाते-उठाते उसने एक बार भी मेरी तरफ मुँह नहीं किया। मैं जवाब के इन्तजार में उसके चेहरे पर नजरें रखे खड़ी रही।

जाते जाते भंवरी रुकी—'अपनी औरत को मारता है ये सौरभ। नामर्द कहीं का। मर्दानगी दिखानी है तो मर्दों को मार के दिखाए। बेचारी बच्चों की वजह से सब झेल जाती है।'

भंवरी गुस्से में कमरे में जा घुसी और मैं सौरभ और मालिनी के घर को देखती रह गई।

सौरभ का दरवाजा खुला था। मालिनी अपनी बालकनी में फोन पर बातों में लगी थी। उसके चेहरे को देखकर सुबह की लड़ाई बेमानी लग रही थी। मालिनी से हटकर मेरी नजर रसोई की खिड़की पर गई, तो देखा कि सौरभ कुछ काम कर रहा था। मैं देख कर हैरान रह गई कि उसके हाथ पर कुछ प्लास्टर जैसा लगा था।

यूँ तो रसोई में पुरुष के काम करने से मुझे कोई आपत्ति या हर्ज नहीं था, लेकिन इस तरह हाथ की चोट लिये सौरभ जैसा पत्नी को पीटने वाला पति, रसोईघर में काम करता हुआ कुछ अजीब ही लगा। फिर समझ आ गया कि रात में पत्नी की सुताई करने के बाद अब ये उम्मीद करना कि सुबह की चाय भी पत्नी बना दे—थोड़ा अव्यावहारिक-सा है। सो, प्रोफेसर साहब खुद की सेवा में लग गए होंगे, पत्नी-बच्चे जाएँ भाड़ में।

अच्छा है, पत्नी पर हाथ उठाने वाला शख्स किसी दया का पात्र नहीं। ऐसे इन्सान को इन्सान माना ही नहीं जा सकता।

इसके बाद एक मिनट भी सौरभ को देख पाना मेरे लिए लगभग पाप था। भंवरी की बात रह-रहकर मेरे दिमाग में कौंध जाती—नामर्द कहीं का।

कमरे में घुसते हुए मैंने दरवाजे की घंटी सुनी। माँ खुद दरवाजा खोलने आईं। सामने नारायणी आंटी खड़ी थीं। सौरभ के घर के ठीक बगल में रहने वाली ये भद्र महिला कॉलोनी का पोस्ट ऑफिस थीं। हरेक घर की खबर इनके घर से आती।

'तुम्हें पता है क्या, ये सौरभ बीवी को मारता है'—नारायणी आंटी ने मुँह दबा कर माँ से कहा।

'आपको कैसे पता आपने देखा था क्या?'—माँ ने पूछा।

वो थोड़ा सँभल गईं फिर बोलीं—'देखना क्या है, पता चल ही जाता है, तुमने कल शोर नहीं सुना? कल क्या, हर दूसरे-तीसरे रोज की बात थी।'

माँ ने हामी तो भरी, लेकिन उन्होंने आंटी की बात में बहुत ज्यादा दिलचस्पी नहीं दिखाई, जिसे भाँपकर नारायणी आंटी वापिस चली गईं।

उस पूरे दिन मैं किस उधेड़बुन से गुजर रही थी—पति-पत्नी के सम्बन्धों की प्रासंगिकता को लेकर। अन्दर से बड़ी उलझन होने लगी, साँस ले पाना भी दूभर लगने लगा तो मैं घर के आँगन में आ गई। बरसात का पानी छज्जे से टपक रहा था। दूर हटकर एक कोने पर जाकर खड़ी हुई तो बगल के आँगन से बच्चों का शोर-सा सुनाई दिया।

मैं कान लगाकर सुनने लगी। ये सौरभ के दोनों बच्चे खेल रहे थे। उनकी आवाजें पहचानती थी मैं। इन्दु और प्रहर। एक सौरभ बन रहा था, दूसरा मालिनी। शायद सबसे पुराना खेल था जो हर पीढ़ी के बच्चों के लिए नया रहता।

सौरभ का बेटा सौरभ और बेटी मालिनी बने थे। मैं थोड़ा आगे आकर देखने लगी और देखकर हँसी छूट गई। सौरभ का बेटा रसोई में चाय बना रहा था और उसकी बेटी लेटी हुई थी। उसने आवाज दी—'चाय बनी?'

सौरभ ने न सुनने का भाव दिखाया, मैं दिलचस्पी से सब देख रही थी। इतने में मालिनी बनी सौरभ की बेटी आई और उसने सौरभ के किरदार में उसके बेटे के मुँह पर झूठ-मूठ की चाय का बर्तन उँड़ेल दिया और वो जोर-जोर से चिल्लाकर रोने लगा।

थोड़ी देर में उसने खिलौने वाला बेलन लिया और सौरभ का किरदार निभा रहे प्रहर के हाथ पर दे मारा...।

तुम रोज-रोज एक बार नहीं मार खा लेते, तुम्हें चैन नहीं आता...। बताऊँ तुम्हारे रिश्तेदारों को कि तुम मुझे मारते हो, एक बार में मान जाएँगे...। क्या इज्जत रहेगी सोच लो...।

कहते हुए मालिनी बनी उसकी बेटी हँसने लगी,...।

मेरा दिमाग घूम गया, मिनट-भर में बच्चों के खेल ने सौरभ की जिन्दगी का पूरा सच मेरे सामने खोल कर रख दिया। उसके हाथ की चोट? धारणाओं के खेल में फँसे भारतीय पुरुष की दशा, मेरे होश उड़ गए। ये खेल नहीं था...।

चीका

चैनल पर ब्रेकिंग न्यूज थी। चीका चीका चीका। हर तरफ बस एक ही नाम और एक ही खबर।

'चीका को ढूँढ़ते हुए पुलिस भंसाली के दफ्तर जा पहुँची। चार-पाँच लोगों की एक टीम बनी। खबर थी शायद चीका शहर की सीमा से बाहर फरार हो गया...। एक एक टीम आस-पास के इलाकों में भेजी गई।'—रिपोर्टर ने एक साँस में खबर पढ़ दी और खबर के तुरन्त बाद झंडू बाम का विज्ञापन आ गया।

रमन ने टेबल पर अखबार जोर से मारा, 'क्या यार! चीका का फोटो प्रिंट में पहले ही आ गया, और हम तब उसके पसन्दीदा नाश्ते की कहानी से पेट भर रहे हैं। ये तो एक्सक्लूसिव होना माँगता था। तुम टीआरपी का मतलब नहीं समझते। मरीज की तरह दर्शक की नब्ज पकड़ो। कोई भला क्यूँ तुम्हारे चैनल पर अपनी आँखें खराब करे।'

ऑफिस में माहौल संजीदा-सा हो गया। बात छोटी नहीं थी, और कोई गलती की गुंजाइश नहीं थी। चीका का फोटो प्रिंट में आ गया, और दर्शकों के मुँह का स्वाद बदलते देर नहीं लगती।

शुरुआत तक तो सब ठीक ही था, प्रतिष्ठित और बड़े मान्यताप्राप्त संस्थान के बड़े पद पर रहे भंसाली का खासा नाम था। छात्र संगठन उनके नाम के कसीदे पढ़ते थे। संस्थान में माहौल ऐसा था कि छात्र अपनी माँगों को लेकर धरना देते तो भंसाली सुलह-सफाई और मध्यस्थता के लिए तुरन्त बुलाए जाते। इसी संस्था के भीतर कभी जुनूनी छात्र की भूमिका में रह चुके थे भंसाली। लीना भी उसी क्लास में एक होनहार छात्रा का तमगा लिए दाखिल हुई थी।

भंसाली क्लास में क्रन्तिकारी स्वभाव के लिए मशहूर था। मेस का खाना थाली से मुँह तक आते-आते मन भर देता, एक दिन छात्रों ने कहा, अब बस बहुत हुआ, जुर्म सहना भी जुर्म करने जितना बड़ा ही जुर्म है। भंसाली ने प्रदर्शन की कमान सँभाल ली।

पाँच दिन कैंटीन में खाना बनता और फिंकता रहा, लेकिन किसी ने खाने को छुआ नहीं।

आखिरकार छात्रों की माँगें मानी गईं और खाने की दशा में सुधार लाया गया।

भंसाली को छात्रों ने कन्धे पर बिठा लिया, और लीना ने उसके क्रान्तिकारी स्वभाव को आँखों पर।

धीरे-धीरे नोट्स लेने-देने से शुरू हुआ सिलसिला दिल के लेन-देन तक आ पहुँचा। भंसाली और लीना सबसे ज्यादा सनसनीखेज जोड़ा था। दोनों एक-दूसरे के संग बस ऐसे लगते जैसे अँगूठी में नगीना।

भंसाली बड़े पद पर जा पहुँचा, और लीना बड़ी कम्पनी के एचआर पद पर। शादी में देरी किए बिना भंसाली लीना के घरवालों से मिला और शुभ घड़ी में शहनाई बज गई। शादी के दो साल में ही दोनों को बेटे का सुख मिल गया।

लीना ने थोड़ा ब्रेक लिया और बेटे की देख-रेख में लग गई। जैसे-तैसे काम जारी रखा, लेकिन दो साल बाद फिर खुशखबरी मिली, तो अब बेटे, होने वाले बच्चे और काम की जिम्मेदारी अकेले सँभालना चतुराई नहीं थी...।

मदद के लिए भंसाली ने अपनी माँ की तरफ देखा। बच्चे की देख-रेख के लिए भंसाली ने माँ को घर बुला लिया। दोनों सुबह निकलते और रात को घर आते। सुबह जागने से उसके बाद सोने तक दादी अर्थ की गार्डियन बन गई।

लीना का काम हल्का हुआ, खुश रहने लगी। लेकिन कुछ दिन में ही उसके मिजाज बिल्कुल बदल गए।

हँसती-खेलती तस्वीर अब थोड़ी-थोड़ी-सी बिगड़ने लगी। घर के माहौल में तनाव भाँपा जा सकता था। लीना के माथे पर बल पड़ने लगे, जो भंसाली और माँ साफ-साफ देख पा रहे थे। लीना रात को भंसाली से थोड़ा दूर रहने लगी। भंसाली इस बदलाव को देख पा रहा था लेकिन कारण जान पाना उसके बस की बात नहीं थी...।

एक दिन लीना ने माँ के हाथ से बच्चा छीन लिया तो बात चौड़े में आ गई।

'मसला क्या है? तुम चाहती क्या हो? माँ से इस बर्ताव की वजह?'—भंसाली अचम्भे में लीना की तरफ देखता रहा।

'बच्चे इनके पास नहीं रहेंगे, काम वाली रख दो'—लीना ने कमरे की तरफ बढ़ते हुए कहा।

भंसाली और माँ सन्न से सब सुनते रहे—

'कामवाली? इतने छोटे बच्चों के लिए?'

'हाँ, जब इनके संग रहना नहीं तो बच्चों को इनकी आदत मत डालो।'

भंसाली शर्मिन्दा-सा बुत बना खड़ा रहा। माँ सब सुन रही थी।

'रहना नहीं है मतलब? और कहाँ जाएँगी वो?'

‘जहाँ मर्जी, मुझे परवाह नहीं।’

भंसाली समझ नहीं पा रहा था आखिर मसला क्या है। वो कमरे में जाने को हुआ कि फोन बजा—

‘हेलो—आज रात ही निकलना है’—फोन पर राजन की आवाज थी।

भंसाली मना कर पाने की स्थिति में नहीं था। वो माँ के कमरे में घुसा और मुँह-हाथ धो लिए। बैग में दो जोड़ी कपड़े डाले और वहाँ से निकलने को हुआ तो माँ ने रोक लिया।

‘लीना से मिलकर जाओ अमर, ऐसे मन खराब करना अच्छी बात नहीं’—

‘फिलहाल वो गुस्से में है माँ, अभी बात करने का फायदा नहीं, बल्कि बात बिगड़ ही जाएगी। मैं आकर बात करता हूँ’—कहकर भंसाली ने माँ के पैर छुए और वहाँ से निकल गया।

भंसाली काम में मशगूल होकर सब भूल गया। पहुँचते हुए लीना को एक मैसेज करके खबर कर दी, बदले में लीना का जवाब भी आया। फोन में नेटवर्क सुस्त था तो मेल भेजकर घर पर सबकी खोज-खबर ली।

तुरन्त लीना का जवाब आ गया। ऐसे ही दो-तीन मेल हुए और दोनों बिल्कुल ठीक-ठाक-सा बर्ताव करने लगे। भंसाली को लगा कि शायद थकान की वजह से लीना चिड़चिड़ी हो गई थी, और अब जब वो वापिस जाएगा तो बैठ कर समस्या का हल निकाल लेगा।

भंसाली घर आया तो माँ ने दरवाजा खोला।

भंसाली ने मुस्कुरा कर माँ के पैर छुए—

‘लीना कहाँ है? दिख नहीं रही?’

‘बता कर नहीं गई। कहीं गई है, सामान लेकर, तेरे आने के पहले ही गई है।’

भंसाली को धक्का लगा, कुछ खटका, ‘और अर्थ?’

‘उसको भी ले गई।’

भंसाली का मन अब मुसीबत को भाँप गया। लीना काम से अक्सर बाहर जाती, लेकिन अर्थ के संग नहीं।

उसने फौरन लीना का नम्बर मिलाया। नम्बर बन्द आ रहा था। भंसाली ने सामान रखा और बाहर निकल गया। उसने लीना के दोस्तों के घर उसकी खबर लेने को फोन मिलाए, लेकिन कहीं कोई खबर नहीं थी।

घर आते ही भंसाली का फोन बजा, फोन पर राजन था।

‘भाभी कहाँ पर हैं?’—राजन ने हड़बड़ी में पूछा।

‘पता नहीं,’ भंसाली ने कहा।

‘टीवी चला अपना और खबर देख।’

राजन ने कहा।

भंसाली ने समाचार देखे, लेकिन वो सुखद समाचार नहीं थे—लीना महिला आयोग की अध्यक्ष के संग टीवी पर थी, और जार-जार रोये जा रही थी।

नीचे खबर चल रही थी कि प्रतिष्ठित शिक्षा संस्था के मालिक भंसाली सारथि ने अपनी पत्नी का शारीरिक और मानसिक शोषण किया...

पत्नी ने पुलिस के पास दर्ज कराया मामला।

भंसाली के हाथों से फोन छूट गया। राजन की आवाज आते-आते फिर बन्द हो गई। भंसाली वहीं सोफे पर गिर पड़ा, रात के करीब दो बजे उसकी आँख खुली तो पास में माँ और राजन बैठे हुए थे।

भंसाली ने आँखें फिर बन्द कर लीं। लगा जैसे वो फिर वहीं उसी कॉलेज में जा पहुँचा है, लीना सामने वाले डेस्क पर बैठ कर उसकी तरफ मुस्कुरा रही थी।

पहली बार उसे देखकर एहसास हुआ था कि जीवनसाथी का असल मतलब क्या है। शादी के पहले दिन सारी रात दोनों बातें करते रहे, और कॉलेज की दोस्ती को गाढ़ा करते रहे।

उसके बाप बनने की खबर को उसने पहली बार वहीं उसी क्लास रूम में ले जाकर सुनाया था, और सुनकर भंसाली खुशी से पागल हो गया था।

अभी तो सात दिन पहले जाते हुए वो एक रात पहले कमरे में अपनी जिन्दगी को एकदम सधा हुआ छोड़ कर आया था, लीना ने उसके साथ चार साल बिताए थे, और इन चार सालों में दोनों के बीच अरबों प्यार के ऐसे मौके आए कि जिसमें लगा एक और बार फिर प्यार हो गया, दीवारों पर तस्वीरों की शक्ल में प्रेमी-प्रेमिका की तस्वीरों से लेकर पति-पत्नी बनने के सफर तक होकर माँ-बाप बनने का सफर जिन्दगी की हकीकत कह रहा था, और आज ये सब जो हो रहा था, वो क्या था?

लीना कब दूसरे पाले में जा खड़ी हुई थी! जाने से पहले वो उसे एक बार उसकी होकर मिली होती, ऐसी कौन-सी शिकायत थी, जो प्यार से बड़ी हो गई थी?

इन सवालों से जूझते हुए रात बीत गई। भंसाली बेसुध-सा सोफे पर पड़ा था।

दरवाजे की घंटी बजी और बेहोशी टूटी। सामने पुलिस खड़ी थी...। हाथ में गिरफ्तारी का वारंट था।

भंसाली के सामने प्यार का भ्रम टूटा पड़ा था, बुत की शक्ल में। वो बुत खाकी वर्दी में कानून की दुहाई दे रहा था। भंसाली पुलिस की पूछताछ में कई बार टूट गए, आँखों से नाकाम मोहब्बत की गंगोत्री बह निकली। कलेजा बच्चे के लिए फूट पड़ता। लीना की मोहब्बत अभी भी कुलमुला रही थी।

वकील ने आरोप बताया तो भंसाली के इश्क का ताजमहल ढह गया और मुमताज की मोहब्बत उसी में दफन हो गई। लीना का आरोप था कि भंसाली ने गर्भावस्था में चीका को उसे काटने के लिए ऑर्डर दिया और कटवाया भी...

कई बार मारपीट की, और उसे जान से मारने की कोशिश की। एक-एक लफ्ज जैसे-जैसे मुँह से बाहर आता, भंसाली तिल-तिल मर जाता।

जिस लीना को गुस्से से भी नहीं देख पाया उसे वो चीका से...

छि... कैसे कर गई। जिसे कभी एक दिन भी चाहा था, उसे कैसे इस तरह से जलील कर दिया—भंसाली खुद से पूछता रहा।

भंसाली के ऊपर पूरा महिला आयोग लागू हो गया। इस देश में बस एक यही तो आयोग है जो आरोप नहीं लगाता सीधे सजा देता है...भंसाली की खबर हर अखबार, टीवी की सुर्खी बन गई...। नाम से ज्यादा बदनामी हुई...। हर दूसरे दिन लीना कैमरे पर आती और नया आरोप लगाती, लेकिन भंसाली की माँ के आँसू कैमरा खींच नहीं पाए। शायद कैमरा वाटरप्रूफ हो गए पर टीयर्सप्रूफ नहीं हो पाए इसलिए...।

एक सुबह टीवी चैनल की हेडलाइन बदली, और खबर आग की तरह फैल गई—

'चीका पकड़ा गया', 'चीका पुलिस के हत्थे चढ़ा', 'चीका की गिरफ्तारी'।

चीका को मीडिया चैनलों के कैमरा और माइक ने घेर लिया, लेकिन पुलिस ने किसी को उस तक पहुँचने नहीं दिया, कोर्ट में पेशी हुई, पुलिस वैन से भंसाली उतरे तो उन्हें देखते ही चीका उनसे लिपट गया...।

चीका को फौरन उनसे अलग किया गया कि कहीं भंसाली गवाह सबूत को बरगला ने दे।

कोर्ट रूम खचाखच भरा था। लोग इस मामले में दिलचस्पी ले रहे थे, मीडिया अपनी आदत से लाचार था। जज तनाव में थे, मामला संजीदा था।

तभी जज ने ऑर्डर दिया लीना जी आप सामने आ जाएँ और भंसाली जी आप भी...।

भंसाली ने लीना की तरफ नजर नहीं घुमाई, वो चलकर उसके सामने आ खड़ा हुआ।

जज ने भंसाली को ऑर्डर दिया, 'चीका से कहे, वो लीना पर हमला करे।'

भंसाली झिझक गया...जज ने फिर कहा, 'चीका को कहें कि लीना पर हमला करे।'

भंसाली ने चीका को बुलाया, और उसे लीना को काटने के लिए कहा...।

चीका टस-से-मस नहीं हुआ, उसने भंसाली का ऑर्डर नहीं माना, और वो लीना को देखकर पूँछ हिलाने लगा...

इसी बीच भंसाली के वकील ने भंसाली का लैपटॉप लाकर जज साहब के सामने पेश करने के लिए दिया...।

वकील ने सफाई दी कि सामने खुले मेल से साफ जाहिर होता है कि जिन दिनों में चीका से कटवाने के आरोप लीना ने लगाए हैं उन दिनों में भंसाली जी घर पर थे ही नहीं, शहर में भी नहीं थे, और उन दिनों में चीका की देख-रेख लीना ही कर रही थी...।

मेल में ये बात साफ-साफ लिखी हुई है...।

दूसरी तरफ भंसाली के कितना भी कहने पर चीका ने लीना पर हमला नहीं किया...। वो पूरी तरह से लीना के लिए वफादार है...।

कोर्ट में अचानक शोर मच गया, लोग आपस में कानाफूसी करने लगे, जज ने ऑर्डर-ऑर्डर कहा...।

जज ने फैसला सुनाया, 'पूरी घटना पर चिन्तन के बाद ये अदालत चीका को बाइज्जत बरी करती है।'

फैसला सुनते ही पुलिस वालों ने मुँह लटका लिए और चीका पूँछ हिलाता हुआ भंसाली का पैर चाटने लगा...।

इस बार खबर सबसे पहले लपक ली गई। और चीका को कोर्ट से बाहर आते हुए की तस्वीरें एक्सक्लूसिव दिखाई गईं...।

प्रेम-संवाद

सुधीर दरवाजे की घंटी बजाने को हाथ बढ़ाता और वापिस खींच लेता। उसके कदम ऐसे जड़ हो गए जैसे किसी ने कस कर उन्हें पकड़ लिया हो। जिस मोड़ से वो लौट गया था, आज फिर उसी मोड़ पर उसे आना पड़ा।

'अरे आप? यहाँ?'—सुधीर के कन्धे पर पीछे से किसी ने हाथ रखा तो वो मुड़ा।

'ओह, हेलो, जयन्त, आई एम सॉरी...।'

'सॉरी क्यों भाई, आप कब से यहाँ खड़े हैं? अन्दर चलिए।'

सुधीर और जयन्त एक ही कम्पनी में अच्छे पद पर थे। दोनों ही मिलनसार और ऑफिस में अच्छे सम्बन्ध रखते थे। काम के सिलसिले में अक्सर दोनों व्यस्त रहते तो, मौका देखकर जयन्त ने सुधीर को घर बुला लिया...। इससे पहले भी एक बार वो उसके घर आया था, लेकिन जयन्त वक्त पर नहीं पहुँच सका तो उसे वापिस लौटना पड़ा, लेकिन वो वापिस लौटा कब! उसकी आत्मा वहीं छूट गई थी।

'अरे आप हमारी श्रीमती से तो उसी दिन मिल लिये थे, आइए भीतर चलिए, आपको तो अब तक अन्दर आ जाना चाहिए था'—कहता हुआ जयन्त सुधीर का हाथ पकड़कर उसे अन्दर ले गया।

घर में पहुँचते ही किशोर कुमार के गाने ने सुधीर के दिल में सुई-सी चुभो दी। घर एकदम साफ-सुथरा था। एक चीज अपनी जगह से हटी नहीं थी...। पूजा की अगरबत्ती की खुशबू ने पूरे घर में सुगन्ध फैलाई हुई थी...।

सुधीर जैसे अपने होश में ही नहीं था। 'तुम बैठो, मैं आता हूँ'—जयन्त ने कमरे की तरफ जाते हुए कहा...।

सुधीर सोफे पर बैठ गया...। उसने चेहरा नीचे झुकाए रखा। उसका दिल करता कि वो अभी उठे और भाग जाए—वो चाहकर भी ऊपर नहीं देख पा रहा था। मोगरे के फूलों की सुगन्ध ने कॉलेज के पीछे का वो हिस्सा याद दिलाया, जहाँ दोनों घंटों बैठकर इधर-उधर की तमाम फिजूल बातें किया करते...। मोगरे की वही खुशबू आज भी वैसी है पर अब कुछ वैसा नहीं है...।

यादों में कुछ शब्द तैरने लगे। कैसे कुछ पल की दूरी में विधि तड़प उठती थी। कहीं एक दिन दूर जाने की बात-भर से महीनों लम्बा झगड़ा खिंच जाता था। विधि सुन पाती अगर मन की बात तो बताता कि कभी गलती से भी सपनों में ही नहीं आई। क्या उसने किसी और के लिए खुद को ऐसे समर्पित कर दिया है कि समर्पण सपनों तक में आने से भंग हो जाएगा। विधि ने क्या कभी याद नहीं किया मुझे? कभी दिल नहीं किया होगा कि मैं कैसा हूँ, खोज खबर ले लो, मैं हूँ भी या नहीं। अगर करती कभी तो मैं क्या कहता तुमसे? शायद कहता...।

सपनों का सौदागर,
मेरी गली से कल,
लौट रहा था जब,
चाँद छुपा कर,
झोली में अपनी,
तब मैंने चुपके से,
चाँद की कतरन,
नजरें बचाकर,
तुम्हारे लिए,
हाँ, चुरा ली।
कल जब,
हवा मेरी खिड़की से लौटी,
तो चुपके से, जाना,
खुशबू इक मुट्ठी,
हवा का इक झोंका,
बचाकर तुम्हारे लिए,
मैंने रक्खा है।
हवा का वो झोंका,
जो था बस मुट्ठी-भर,
उसे बंसी में भरकर,
तुम्हारे लिए मैंने,
सुंदर सुरों की इक,
चादर बुनी है,
जिसे ओढ़ लेना,
या रख लेना सिरहाने,
याद मेरी जब जब आए।

रसोई से चूड़ियाँ खनकने की आवाज आ रही थी। आवाज और नजदीक आते-आते, बिल्कुल सुधीर के दिल तक आ पहुँची—

पानी का गिलास थामे जो हाथ आगे बढ़ा, उसे देखकर सुधीर की आँखें शिथिल हो गईं।

'पानी पी लीजिये'—विधि ने कहा और गिलास सुधीर के हाथ में थमा दिया...। विधि थोड़ी दूर जाकर सोफे पर बैठ गई...। सुधीर ने गिलास की ओट से विधि को देखा—उसने सूती साड़ी पहनी थी। बंगाली अन्दाज में और पल्ला कन्धे पर फेंका हुआ था। उसके बाल अभी भी गीले थे, इसलिए हल्का-सा जूड़ा बाँध कर उसने यूँ ही उन्हें ढीला छोड़ रखा था...। माथे पर सुर्ख लाल सिन्दूर चमक रहा था, उसके होंठ अभी भी उतने ही गुलाबी थे, और काजल की नोक ऐसे ही बेपरवाह-सी ऊपर को ओर जा रही थी।

विधि ने पलक झपकाई और अगले पल दोनों की नजरें एक दूसरे पर टिक गईं। उसके बाद एक मूक संवाद स्थापित हुआ, जिसने उन तमाम सवालों के जवाब ढूँढ़ निकाले, जिन्हें पिछले एक अरसे से सुधीर-विधि ढूँढ़ रहे थे। सुधीर के फोन से पहला मैसेज विधि के नम्बर पर पहुँचा, तो वो मानो अन्दर से रो दी हो।

सुधीर : शरीर प्रेम की पराकाष्ठा नहीं : सुधीर, पर विचार इसी शरीर के अन्दर मस्तिष्क में उत्पन्न होते हैं, इसलिए शरीर प्रेम का उद्‌गम हुआ। और इस प्रकार से हमारा सम्बन्ध प्रेम और शरीर दोनों का संगम हुआ। शरीर का मतलब सिर्फ हाड़-मांस की देह नहीं, अनुभूतियों का साधन भी है, मेरे और आपके सन्दर्भ में तो—हम वैसे ही दूर-दूर रहते हैं, शरीर तो माध्यम मात्र है। मैं आपको सशरीर ही देखता हूँ, आपकी मुस्कान देखकर, आपकी क्रिया-प्रतिक्रिया देखकर, रूप-सौन्दर्य देखकर, प्रेम और उद्‌दीप्त होता है। अनुराग बढ़ता है। आजकल बातों-बातों में फिजिकल होने की बात सुनकर लगता है जैसे कोई बलात्कार कर रहा हो, इच्छा के विरुद्ध। ग्लानि पैदा होती है मन में। ये दोष है। सम्बन्धों की शुद्धता पर प्रश्न खड़ा करता है। मेरे लिए शरीर की सीमा कहाँ खत्म हो जाती है प्रेम में, मुझे पता ही नहीं चलता। खैर, इन सबके बावजूद आप क्या महसूस करते हो उससे तय होगा कि हम कैसे जुड़े रहें। मैं समर्पित हूँ, आपके प्रति। आप मेरी नायिका हो, मेरी प्रेमिका हो, हमेशा।

और एक छोटी-सी बात—शरीर की उपस्थिति को स्वीकार करने में हम इतना परहेज क्यों करते हैं, क्यों घबराते हैं? ये सम्यक नहीं है, सिर्फ ये समझा रहा था। शरीर प्रेम का साधन है, घृणा का पात्र नहीं।

नियति कोई खेल खेल रही थी। जिस वक्त पर मिलाना था उस वक्त अलग कर दिया था, और अब जब मिलने से दिलों के घाव बाहर आने का डर था, ऐसे समय पर मिला दिया। विधि ने सुधीर की बात का जवाब मैसेज में ही लिखा।

विधि : आप इतने अच्छे हो कि अगर आप मेरे जीवनसाथी बन पाते तो ये मेरे लिए गर्व की बात होती, लेकिन नियति ने हमें किसी और का साथ दिया है और हमें भी ईमानदारी के साथ उसे निभाना है...ये मत सोचो कि मैं आप पर दोष लगा रही बल्कि मैं खुद पर दोष लगा रही...ऐसा नहीं है कि आज ये विचार मेरे मन में आया है, ये शुरू से ही मुझे सालता आया है बस कभी ये विचार ज्यादा कचोटने लगता है।

सुधीर : आपके अन्दर के द्वन्द्व को दूर करने के लिए ही है मैंने ये सारी बातें कहीं। एक चीज और—ईमानदारी को भी परिभाषित करना बड़ा मुश्किल काम है। अपनी पत्नी के प्रति मैं अपनी सारी सामाजिक जिम्मेदारयाँ पूरी करता हूँ। क्या ये है मेरे और उसके सम्बन्धों की ईमानदारी? पर मेरे मन पर मेरा इतना नियंत्रण नहीं कि मैं आपको देखने से, चाहने से खुद को रोक सकूँ, शायद आपके हिसाब से अगर मैं रोक लूँ तो ये ईमानदारी कही जाएगी।

लेकिन फिर ये मेरे खुद के साथ मेरी बेईमानी मानी जाएगी। नहीं? यहाँ समाधान बन्धन में नहीं है, मुक्ति में है। मन को मत बाँधो, भावों को मत बाँधो। बाँध रुकते भी नहीं। लेकिन सम्बन्धों की सीमाओं और उन सम्बन्धों से उपजे अधिकारों की सीमाओं का ज्ञान और मान हर पल रहे, ये है ईमानदारी।

विधि : मेरे हिसाब से जब भावनाएँ बहकती हैं तो सबकुछ बहक जाता है...मेरे लिए प्रेम का सम्बन्ध भावनाओं से है...मैं किसी भी सूरत में अब उन मर्यादाओं को नहीं लाँघ पाऊँगी जो वक्त ने मेरे चारों तरफ खींच दी हैं...। जयन्त को धोखा देना मतलब खुद से धोखा करना। सच कहती हूँ, मैं इस रिश्ते में अब खुद को खो भी चुकी हूँ और पा भी चुकी हूँ।

सुधीर : क्या फायदा इस शाब्दिक स्पर्श का, जिसके लिए था उसके लिए अस्पृश्य ही रहा जब? कल से लेकर आज तक, ऐसा लग रहा है जैसे किसी सफर में चल तो रहे थे पर कहीं पहुँचे नहीं। कभी-कभी प्रबल भावों के सामने शब्द बौने पड़ जाते हैं। तुम्हें न पाया तो क्या पाया। अब लगता है जीवन यहीं तक था बस। आज तुम्हारे प्रेम से तुम मुक्त कर रही हो, तो जीवन से भी मुक्त हो जाऊँगा।

विधि : मेरी बातों को गलत समझ रहे हो। उदास संवाद ठीक नहीं, आप अब भी हृदय-सम्राट हो। खुश रहो, अगर मेरे कहने पर कुछ कर सकते हो तो।

सुधीर : आपने जो लिखा वही तो मैं समझा रहा हूँ...। उलझन में आप हो, यही मेरी चिन्ता है, मैं तो उन्मुक्त पवन हूँ।

विधि : आपके मोह का धागा और मेरे समर्पण की उँगलियाँ, उलझते-सुलझते रहते हैं। आपका मोह मुझमें और मेरा समर्पण इस गृहस्थी में।

सुधीर : अपना रिश्ता ही ऐसा है, 'उलझने-सुलझने वाला'।

विधि : जयन्त आ गए...। विदा!

सुधीर : सुनो,
जब कुछ नहीं बचेगा,
मेरी उम्र की गुल्लक में,
तब तुम्हारी यादों की जमा-पूँजी से,
मैं खरीदूँगा,
थोड़े से सपने,
थोड़ी ख्वाहिशें,
और...।
तुम तक आने के रास्ते...!
(विधि ने सुधीर का ये आखिरी मेसेज पढ़ लिया, जवाब नहीं दिया।)

जल-समाधि

दयाल बाबू नया घर ढूँढ़ने निकले थे। पुराने घर में सीलन थी। कारण था कि ऊपरवाले घर की छत से पानी टपक रहा था। छत की सीलन का पानी सीधे चूल्हे पर गिर रहा था। दयाल बाबू की रसोई के ऊपर शौचालय की टंकी थी। दयाल बाबू की पत्नी दमवन्ती रसोई में खाना बनाती और बर्तन लगा-लगाकर पानी रोकती। पत्नी को ये भाँपने में जरा देर न लगी, कि कौन से घाट का पानी थाली में परोसा जा रहा है। पहले-पहल तो दो-चार बार बात बड़ी नरमाई से दयाल बाबू तक पहुँचाई गई, लेकिन कई बार कहने पर भी जब कान पर जूँ नहीं रेंगी तो एक दिन जंग छिड़ गई। पत्नी ने सब बर्तन-भांडे उठा-उठा कर बरामदे में फेंके। दयाल बाबू क्या करते, बेचारे को लड़ना नहीं आता था। एक यही काम था जो उनसे नहीं होता था। चुप रहकर पत्नी की झाड़-फटकार सुन लेते।

लेकिन बात ये नहीं कि दयाल बाबू की पत्नी भी भली औरत थीं। घर की सफाई, खाना, दयाल बाबू की देख-रेख में ही सारा वक्त निकल जाता। पति के संग हर सुख-दुःख की सहभागी बन रही थी। फेरे लेते वक्त के वचन इस तरह आत्मसात कर लिए कि मानो यमराज आए तब भी आगे चलने को तैयार हो जाएँगी, पढ़ी-लिखी थीं, पर पतिव्रता इतनी कि अपनी कोई कहन ही नहीं रही। घर से बाहर के काम सब अपने जिम्मे ले रखे थे, लेकिन नया घर ढूँढ़ने के लिए वो घर से अकेले पैर बाहर रखने में डरी बैठी थीं। डीलर और एजेंटों के दफ्तर के चक्कर लगाना उनके अकेली के वश की बात थी नहीं।

रोज खाने के वक्त उबकाई आ जाती। बेचारे परेशान, बीवी से सलाह-मशविरा किया तो दूसरे घर को देखने की सलाह दे डाली। दयाल बाबू एक दिन दफ्तर से निकले तो सोचा आज घर की तलाश कर आते हैं। ऐसे कैसे रोज-रोज गन्दे पानी की गार्निशिंग का खाना हलक से उतारें। सड़क-सड़क मोहल्ला-मोहल्ला खम्बे, दीवारें देखते, अलग-अलग डीलरों के नाम नम्बर देखते और फोन में मिलाते गए। डीलर के बताए घर दयाल बाबू के बजट से बाहर थे। उस

पर दो महीने की पेशगी के बाद आधा महीने का पैसा डीलर को अलग से देना वो अलग। दयाल बाबू ने खुद ही घर ढूँढ़ने का मन बना लिया।

वे दफ्तर के सामने से जाने वाले सीधे रोड परजा पहुँचे, वहाँ किनारे-किनारे चलने लगे तो एक बड़े से घर की दीवार पर 'टु-लेट' लिखा था। मानो भगवान ढूँढ़ने निकले और स्वर्ग का द्वार दिख आया हो।

दयाल बाबू मन-ही-मन सोचने लगे—दफ्तर से नजदीक इलाका है। क्यों न इसे किराए पर ले लें, यहाँ कोई ऊपर भी नहीं रहता तो सीलन का डर भी नहीं रहेगा। दयाल दरवाजे पे पहुँचे, बाहर एक चौकीदार बैठा था। उन्होंने सकुचाते हुए पूछा— 'घर खाली है क्या?' चौकीदार ने हाँ में सिर हिला दिया।

'किराए पर लेना था'—दयाल बाबू ने कहा।

सुनकर चौकीदार ने बड़ी-सी स्माइल फेंक दी, 'अरे साहब यूँ कहो किराए पर लेना है। दरअसल मैं इसलिए चुप था कि रोज यहाँ 'टु-लेट' का साइन देखकर रास्ते चलते लोग पूछते हैं, घर खाली है क्या, थक गया मैं बताते-बताते, मुझे लगा आप भी यूँ ही।' दयाल ने चौकीदार को घर दिखाने को कहा—खेमका घर के अन्दर गया, तो घर शानदार था, तीन बड़े-बड़े कमरे दो हॉल दो बाथरूम तीन बॉलकनी।

दयाल को रसोई नहीं दिखी।

'भैया रसोई कहाँ है?'—उन्होंने चौकीदार से पूछा।

चौकीदार ने एक तरफ इशारा किया—'जी वहाँ पर। उसमें ताला लगा है और उसकी चाबी हम पर नहीं है मालिक के पास है।'

'आप कल आना ताला हटा मिलेगा।' दयाल आश्वस्त हो गए।

'किराए की बात भी हो जाती तो'—उन्होंने चौकीदार से किराया पूछा।

'साहब 10000'—चौकीदार ने कहा।

दयाल को चक्कर आ गए। 'इतने बड़े घर के बस 10000? इसमें कोई भूत-वूत है क्या?'—दयाल बाबू ने अचम्भे से पूछा। 'अरे नहीं साहब। दरससल इस घर में कई दिन से कोई रह नहीं रहा है न इसलिए।'—चौकीदार ने डंडा जमीन में गढ़ाते हुए कहा। दयाल बाबू को थोड़ा चैन मिला। मन में सोचा—शायद ज्यादा सवाल कर रहा हूँ मैं, शशि कितनी खुश होगी, यहाँ इतना कम पैसा इतना बड़ा घर और ऊपर कोई फ्लोर भी नहीं।

सोचते सोचते दयाल ने 5000 रुपए एडवांस दे दिए।

घर पहुँचते ही पूरी बात बताते-बताते उनका गला सूख गया। पत्नी, दयाल की खुशी देखकर फूली नहीं समाँ रही थी। लगा जैसे अब सब दुःख तर गए। दो दिन में घर में शिफ्ट हो गए।

सामान जमाने में पूरा दिन लग गया। घर बड़ा अच्छा लग रहा था। दयाल बाबू को लगा अब अच्छे दिन आ गए समझो। अब जिन्दगी में कोई फिक्र नहीं कोई चिक

चिक नहीं रहेगी। रात होते-होते थकान से चूर खेमका और शशि कमरे में जाकर सो गए। सुबह 6 बजे शशि की आँख खुली, अलार्म जोर से बज रहा था। दयाल बाबू भी संग उठे और बाथरूम में चले गए। जाने से पहले चाय का इशारा कर दिया। शशि ने बाल बाँधे और रसोई में पहुँची। मिनट भर की खामोशी के बाद अचानक शशि की चीख सुनकर दयाल बाबू बाथरूम से दौड़े-दौड़े रसोई में आ गए। ये क्या है?—शशि ने चिल्लाकर पूछा।

रसोई में एक-एक फीट पानी भरा था। पानी गन्दा था, बदबू वाला। खेमका को कुछ समझ नहीं आया। उन्होंने बालकनी में जाकर चौकीदार को आवाज लगाई।

चौकीदार दौड़ा-दौड़ा ऊपर आया—'क्या है साहब? दयाल बाबू निढाल सोफे पर पड़े थे।'

'ये क्या है चौकीदार? ये रसोई में पानी?'—दयाल की पत्नी ने कहा।

'साहब बाथरूम का पाइप कहीं से ब्लॉक है, तो पानी यहाँ से ऊपर आ जाता है। पाइप का ब्लॉकएज खुलवाने में खर्चा आएगा बहुत। किराया बढ़ाना पड़ेगा फिर, आप राजी हों तो बता देना वरना'—कहकर चौकीदार चला गया।

सोफे में धँसे दयाल बाबू एक बार फिर इस जलसमाधि से बचने के रास्तों की तलाश में जुटने को तैयार हो गए।

सच का सामना

माँ सामने बैठी थी। सिर झुकाए। दोनों हाथों की उँगलियाँ एक-दूसरे में जकड़ी हुईं। चेहरा बिल्कुल शान्त। होंठ बार-बार सूख जाते तो वो एक-दूसरे से रगड़ती। उसने माँ को पहली बार देखा था शायद इतना गौर से। उसकी आँखें गहरी थीं। दुर्गा पूजा पर मूर्तिकार जैसी मूर्ति बनाते हैं, बिल्कुल वैसी ही, आँखों के लम्बे कोने खिंचे हुए, नाक ऊपर उठी हुई।

20 साल पहले जब एक दिन वो स्कूल से आया, तो भी माँ इसी तरह बैठी थीं। माँ को घेरे हुए कई लोग खड़े थे। आस-पड़ोस के लोग धीरे-धीरे कान में कुछ कह रहे थे। घर गीला था, जैसे अभी-अभी धुला हो। घर में जो तनाव का माहौल था, वो ऐसा था जैसे किसी को जहरीले धुएँ की चिमनी के भीतर बन्द कर दिया हो। अनन्त घबराया-सा पूरे घर को घूम-घूम कर देखने लगा। सब कमरों का सामान बिखरा हुआ था। कपड़े अलमारी से बाहर पड़े थे। अनन्त की स्टडी टेबल टुकड़े-टुकड़े हुई दरवाजे के पास पड़ी थी। वो दौड़ता हुआ गया और टेबल के टूटे हिस्से उठा-उठाकर रखने लगा। उसकी कहानियों की किताब के पन्ने फटे हुए हॉल तक बिखरे थे।

अनन्त वापिस बाहर आया।

वो माँ के पास आ बैठा—'माँ, माँ आप ऐसे क्यों बैठी हो? माँ घर की ये हालत किसने बनाई? आपको क्या हुआ है? पापा कहाँ हैं? माँ-पापा कहाँ गए? —अनन्त की आवाज बिखरने लगी, और वो रो पड़ा।

माँ टस-से-मस नहीं हुई। वो चुपचाप बुत बनी बैठी रहीं। एक-एक करके घर में से लोग आते और जाते रहे। शाम के सात बज गए, और घर में मातम-सी शान्ति छा गई। खौफनाक-सा अँधेरा अनन्त के मन को कचोटने लगा।

सब जा चुके थे, माँ हॉल में जमीन पर पड़ी थीं, और अनन्त वहीं पास बैठा था। उसकी आँखें भारी हो गईं। रो-रो कर ऐसा लग रहा था जैसे आँखों के ऊपर बहुत भारी पत्थर रखे हों, और वो आँखें खोल न पा रहा हो।

अनन्त पास ही माँ के पास जमीन पर लेट गया, और न जाने कब उसे नींद आ गई। सुबह कुछ आवाज हुई तो अनन्त की नींद खुली, वो उठकर बैठ गया।

पास में माँ नहीं थी, पर आवाज आ रही थी कि माँ फोन पर किसी से बात कर रही थी।

अनन्त पीछे-पीछे कमरे तक पहुँचा और दरवाजे के पास जा खड़ा हुआ। अनन्त ने माँ को कहते सुना—'कि पापा ने नींद की गोली खा कर खुद को खत्म कर लिया, पुलिस उसकी बॉडी को ले गई।'

अनन्त काँपने लगा। उसके शरीर का बोझ पैर उठा नहीं पा रहे थे। ऐसा लग रहा था जैसे पैरों से लकवे की मार ऊपर आती हुई दिमाग तक पहुँच रही है। वो दीवार पर सिर पटकने लगा। हर चोट के संग उसका रोना कम होता गया और सिर मारना बढ़ता गया। उसके पैर लड़खड़ा गए और जमीन पर जा गिरा।

अनन्त की आँखों के सामने पापा का चेहरा कौंधने लगा। उसके दिमाग में पापा का कहा हर लफ्ज तैरने लगा, हर याद इतनी गहरी थी, कि अनन्त डूबता जा रहा था। वो बेसुध कितने दिन रोता रहा, उसे याद नहीं...। माँ आती, उसे खाना खिलाती, पानी पिलाती...। कपड़े बदलती, लेकिन अनन्त को कुछ याद नहीं था। लगता जैसे वो होश में है और कोमा में चला गया। माँ ने सजना-सँवरना छोड़ दिया। अनन्त जब-जब माँ को देखता, उसका कलेजा फटने को होता। माँ की वो सजी-सँवरी-सी काया कितनी आकर्षक थी। माँ को तैयार होता देख पापा कितना खुश होते थे—सोचते-सोचते अनन्त की आँखों से आँसू बह निकलते।

पापा कैसे मर सकते हैं? क्यूँ मरेंगे? हम सब तो कितनी खुशी से जीते थे, कुछ कमी तो नहीं थी। वो जिन्दगी की बहुत इज्जत करते थे—अनन्त दिन-रात खुद से सवाल करता और कोई जवाब नहीं मिलता।

आठ साल की उम्र में लगी चोट बारह साल बाद भी नहीं भरी। अनन्त अभी भी पापा की आत्महत्या की वजह के पीछे दिन-रात सोते-जागते दौड़ता रहता...।

अनन्त के पिता की बरसी थी—सत्रह सितम्बर।

घर में पूजा होनी थी। माँ ने एक दिन पहले सारा सामान लाकर रख दिया। सुबह-सुबह घर की धुलाई हो गई। सब बिस्तर बदले गए, तकियों से कवर हटे। बाथरूम का दरवाजा बजाकर माँ पुजारी को बुलाने मन्दिर चली गई। अनन्त बाथरूम में से नहाकर निकला, तो देखा कि माँ का फोन बज रहा है।

वो फोन उठाने दौड़ा, पर कॉल कट गई थी। वो वापिस मुड़ा तो फोन पर मेसेज था। अनन्त ने माँ को आवाज दी, पर वो लौटी नहीं थी...। उसने फोन उठाया और मैसेज खोला—

> "anant ko uski asli pahchan bata do. Is pahchan ko bachane ke liye tumne bahut badi keemat chukai hai. Bete ke bhavishya ke liye prem ki bali di hai"...

अनन्त जड़ हो गया। बारह साल पहले जो लकवा उसके पैरों से लिपट गया था आज फिर वही जज्बात शरीर में फूटने लगे। पापा उसे छोड़ कर नहीं गए। वो

जा ही नहीं सकते थे। उन्हें उनसे दूर किया था, पर क्यों? ये नहीं हो सकता। इतना बड़ा धोखा नहीं कर सकते उसके संग।

अनन्त की दुनिया दूसरी बार उसकी आँखों के सामने उजड़ गई। दूसरी बार वो अनाथ हो गया।

माँ मन्दिर से आईं, अनन्त ने दरवाजा खोला, और कमरे में चला गया।

अनन्त के पीछे-पीछे माँ कमरे में गईं। बिस्तर पर फोन रखा था, और उसमें बहन का मैसेज खुला था। माँ ने काँपते हाथों से फोन उठाया, और वहीं बिस्तर पर बैठ गई।

अनन्त सामने बैठा था। वो बेसुध जान पड़ता था, लेकिन पूरे होश में था।

उसकी आँखें एकटक माँ की आँखों में जवाब ढूँढ़ रही थीं।

माँ ने फोन रख दिया, उसने दोनों हाथों की उँगलियों को आपस में फँसा लिया—

'उन्होंने शादी नहीं की थी मुझसे, तुम हमारे प्यार की निशानी थे। पता नहीं कैसे वो छह साल ये सब दिखावा करते रहे। एक दिन खबर आई कि उनके पिता का देहान्त हो गया। वो हमें साथ ले जाए बिना जाने को तैयार हो गए। मैं उनके फैसले में उनके साथ थी, हमेशा से साथ थी। वो चले गए एक दिन में लौट आने का वादा करके। कई दिन नहीं लौटे। बहुत इन्तजार किया, फोन किए, लेकिन कोई जवाब नहीं। एक दिन लौटे, लेकिन वापिस हमेशा के लिए लौट जाने के लिए। वो जाना चाहते थे तुम्हें मुझे छोड़कर। वो इस तरह जाते तो तुम्हारा पूरा जीवन बर्बाद हो जाता। समाज तुम्हें निगल जाता अनन्त। जाना तो उन्होंने तय कर लिया था, बस रास्ता मैंने चुना। मेरे पास कोई चारा नहीं था। इस राज को राज रखा, ताकि सही वक्त पर तुम्हारे सामने इसे खोल सकूँ। तुम बड़े हो गए हो, समझदार हो, मैं तुम्हारे सामने खड़ी हूँ, लेकिन हरेक भार से मुक्त।'

टेढ़े-मेढ़े रास्ते

मिट्टी और गारे से बने चार घर और उन चार घरों से अलग होकर निकले दो घरों, के बीच से जाती कच्ची सड़क, जिस पर चप्पल और पैर पटकते, धूल उड़ाते हुए बच्चे, बैल, और भेड़। घरों की दीवारों में छोटी-छोटी अलमारियाँ और उनमें रखी काँच की शीशी के भीतर भीगी बत्ती से निकलती लौ, कच्चे घर की छत में अटके काले डंक उठाए, तो कभी खाट के पायों के बगल से सरपट दौड़ते बिच्छू। कच्ची सड़क के दोनों तरफ सरसों से पटे खेत-खलिहान और दूर सड़क के अन्त में पानी से लबालब पानी का कुआँ। चार कोस तक के ढोर मानुस सब इस कुएँ से आकर अपनी प्यास बुझाते, पानी के बड़े-बड़े मोटे पाइप खेतों की सिंचाई के लिए निकलते। गाँव-भर की औरतें बारी-बारी से घड़े भर-भरकर घर ले जातीं और इंजन के दैत्य आकार वाले पाइप के नीचे बच्चे खूब नहाते।

दिन-भर मोर की मोहक आवाजें और प्रकृति की आँख-मिचौली के बाद रात होते-होते सियार की डरावनी आवाजें। बच्चे खाट के न दाएँ तरफ सोते न बाएँ तरफ...। घरों के गोल गुबन्दों पर रखी मिट्टी की मटकियाँ अँधेरी रात में भूत की खोपड़ी से कम नहीं लगती थीं। काले बिच्छुओं के डंक और खेतों में सियार के आतंक के बीच एक ही चीज होती जिसके सुकून से पलकों को ठंडक मिलती...। आसमान की तरफ देखते ही लाखों करोड़ों तारे टिमटिमाते हुए बस खाट पर उतर आते। तारे इतने टूटते, कि माँगते-माँगते इच्छाएँ कम पड़ जातीं और फिर नींद का जोर का एक झोंका आता और इच्छाओं और तारों के इस खेल का अन्त हो जाता।

गाँव में सबसे ज्यादा मान्यता थी भौरुलाल के घर की। कारण था भौरुलाल की माँ उड़नी का मिलनसार व्यवहार। उड़नी काकी पूरे गाँव की काकी थीं। रास्ते से आता-जाता कोई भी इन्सान अगर उड़नी काकी के घर के सामने से गुजर जाता तो चाय-पानी पिए बिना आगे नहीं बढ़ता था। उड़नी काकी के दो बेटे हुए। नाम रखे भौरुलाल और रामसाय। भौरुलाल बड़े भाई थे और रामसाय छोटे। उड़नी काकी का परिचय बस इतना ही था कि ब्रह्मपुरी में छान-छप्पर से ढँका घर उन्हीं का था। धर्म के शुक्ल ब्राह्मण और कर्म के किसान। बीसियों बीघा खेत और खेतों में लगे आम

के पेड़। पति के देहान्त के बाद सबकुछ बेटों ने ही सँभाला। उड़नी काकी के बिगड़ते स्वास्थ्य के बीच भौरुलाल का ब्याह हो गया। नई-नई शादी हुई, गाँव-भर में धूम मची। नई बहू का नाम कलाबाई जिसे देख-देख कर उड़नी काकी दिन-रात मन में भगवान को धन्यवाद करतीं। आमतौर पर चलन था कि नई-नई शादी के समय गाँव में कोई बीवी से कभी ऊँची आवाज में बात नहीं करता था, लेकिन भौरुलाल पूरे पत्नीव्रता निकले। लड़ना-झगड़ना तो दूर कभी पत्नी की तरफ गुस्से से देखा तक नहीं। गाँव में इस बात की सबको खबर बनी रही। जलन-कुढ़न में जब कुछ न बनता तो भौरुलाल के हमउम्र उन पर हँसते और जोरु का पिट्ठू कहते। भौरुलाल अनसुनी करते रहे। उड़नी काकी भौरुलाल की तरफ से तो निश्चिन्त हो गईं, लेकिन छोटे बेटे रामसाय की शादी नहीं हुई। एक बार को बड़ी मुश्किलों से सगाई हुई, लेकिन गाँव के ही किसी आदमी ने ससुराल वालों के खूब कान भरे और रिश्ता टूट गया। उसके बाद कभी मौका ही नहीं आया कि रामसाय का ब्याह हो पाता। उड़नी काकी इस दु:ख को झेल नहीं पाईं, और धीरे-धीरे चिन्ता ने चिता का रूप ले लिया। लड़के वाले जाकर कैसे लड़की माँगें, इसी मूँछ के ताव ने रामसाय को आजीवन कुँवारा रख छोड़ा।

सुबह सवेरे तड़के पाँच बजे के आस-पास रामसाय हाथ में डंडा लिए भैंसों के झुंड को हाँकते हुए खेत की तरफ ले जाते। 'ढोरण वाले बाबा' का नाम पिछले बीस-बाईस साल से बच्चे-बच्चे की जुबान पर रंग की तरह चढ़ा था। रामसाय ने अपने भाई के ढोर, और खुद के ढोरों में कभी कोई भेद नहीं किया, सबको एक ही लाठी से हाँकते खेतों की तरफ ले जाते और वापिस लाते। भौरुलाल के दो बेटे हुए। बड़े का नाम रखा द्वारका और छोटा नारायण। द्वारका की शादी हो गई, लेकिन पीढ़ी की परम्परा निभते-निभते नारायण कुँवारा रह गया। खूब जोर लगाया पर जैसे कोई श्राप लगा हो एक बेटे के बिन ब्याहे रहने का। भौरुलाल कोशिश करके थक गए तो हाथ पर हाथ रख लिया।

द्वारका की पत्नी फागुन ने आते ही घर सँभाल लिया, लेकिन स्वभाव तेज-तर्रार था जो ज्यादा दिन सबसे छिपा न रहा। आए दिन लट्ठ बजते और सर फूटते। एक दिन द्वारका के घर में बर्तन फूटने की आवाज आई, तो घरों से लोग सड़क पर आ गए। द्वारका हाथ में डंडा लेकर दूसरे हाथ में फागुन के बाल पकड़ घसीटता लाया, और लाकर बीच बाखड़ में पटक दिया। चार डंडे सूँते, तो सबने घेरा बना लिया। बत्तीसी भींचकर आधी औरतें पल्ले के भीतर हँसी दबा गईं। माथा फूटते ही खून की धार बह निकली, और बाल चीठ गए। अबकी बार हाथ में बाल नहीं आए सो द्वारका ने कब्जा पकड़ कर खींच दिया और देवर-जेठ भाग खड़े हुए।

फागुन सबके पैर में बारी-बारी गिरी, पर कोई मदद करने आगे न बढ़े। द्वारका ने धमकाया—दादा भाइयों बहू है तुम्हारी, छुओगे तो नरक में सड़ोगे।

सुनते ही सब पीछे खिसकते गए।

एक डंडा हवा में घुमाकर ज्यों ही द्वारका फागुन के सिर पर लाने को हुआ, नारायण लपक कर बीच में आ गए।

'मति मारी गई है तेरी ढेढ़, औरत को मारता है। मर्दानगी दिखाएगा। इसी डंडे से तेरी हड्डियों का चूरा कर दूँगा।'

नारायण ने डंडा लेकर एक बगल पटक दिया और फागुन को पकड़ कर भीतर ले गया। द्वारका गुस्से से कई घंटे भन्नाता रहा। गाँव वाले घरों में चले गए लेकिन ये बात अब रोज की बात थी। द्वारका का स्वभाव धीरे-धीरे तीखा हो गया था। बड़े-छोटे का लिहाज तो दूर की बात थी, मुँह से कुछ निकालने से पहले सोच लेने का भी ढंग न रहा। कारण था फागुन से ब्याह।

द्वारका की शादी के लिए दूर के जीजा और चाचा रिश्ता पक्का कर आए। सबसे बताया था कि चाँद का चकोर देखा है, लेकिन जैसे ही फागुन ड्योढ़ी पर दुल्हन बनकर आई, कलाबाई बेहोश होकर गिर पड़ीं।

भगदड़-सी मच गई, क्या हुआ कलाबाई को? क्या हुआ? अरे भूख से चक्कर आए होंगे, शादी की थकान है शायद, भौर आ गई, कुछ खिला दो, थोड़ा पानी पिला दो—नाते-रिश्तेदारों ने घेर लिया। लेकिन कलाबाई ने आँखें नहीं खोलीं, मन ही नहीं किया।

कमरे में भौरुलाल पहुँचे, तो कलाबाई चादर में मुँह दबाए रोए जा रही थी।

भौरुलाल ने हाथ पकड़ का पूछा—'कलाबाई, क्या हुआ है? क्यों रोए जा रही है? किसी ने कुछ कह दिया गया?'—कलाबाई हाथ झटककर दूर हो गई—'द्वारका का रूप सात गाँव में जाना जाता है। सब कहते द्वारका निरा राजकुमार है, कोई राजकुमारी मिलेगी। तुम गए थे लड़की पसन्द करने, हमारे तो भाग फोड़ दिए। मेरा बेटा कैसे चलेगा इसके संग। एक दिन है दूजा रात।'

भौरुलाल मुँह लटकाए खड़े रहे, बाद में हिम्मत करके बोले—'रूप सब कुछ नहीं होता कलाबाई। इन्सान के गुण भी देखे जाते हैं। आने वाला समय बताएगा कि कौन दिन है कौन रात। लड़की जात है, कहीं तो ब्याहती ही। जहाँ के नसीब थे, वहाँ आ गई। अब मुँह आँख पोंछ और बाहर चल, पहले दिन ही बैर ना बँध जाए दोनों में।'

शादी का दिन जैसे-तैसे निकला, लेकिन द्वारका ने फागुन की तरफ से मुँह मोड़े रखा। दोनों कहीं भी जाते तो बीच में एक खेत जितना फासला रहता। द्वारका आगे-आगे जाता और फागुन पीछे-पीछे। गाँव-भर देख-देख कर चटकारे लेता, लेकिन धीरे-धीरे फागुन का गहरा रंग भी द्वारका पर चढ़ने लगा। शुरू-शुरू में लगा जैसे साल-भर मुश्किल से साथ बीतेंगे, लेकिन छह महीने के भीतर पूरब पश्चिम का सा फेर हो गया। फागुन तीखे स्वभाव की थी, पर द्वारका के हाथ लगते

ही गीली मिट्टी की तरह उसी की बाँहों के साँचे में ढल गई। अब तो जो द्वारका कहे वो फागुन के लिए आखिरी बात और जो फागुन कहे वो द्वारका के लिए आखिरी बात। शुरुआत की मारपीट के लिए द्वारका रोज माफी माँगता और फागुन अब रूठने का नाटक करती।

कलाबाई को भी दो वक्त का आराम मिला और मन का मैल धुलने लगा। गृहस्थी जमती देखकर भौरुलाल और कलाबाई तीर्थ पर निकलने को तैयार हो गए। महीनों-भर का सामान बैलगाड़ी पर चढ़ाकर द्वारका और नारायण ने माँ-बाप के पैर पकड़ लिए।

भौरुलाल ने द्वारका को सीने से लगा कर आशीर्वाद दिया और बोले—

'नारायण को तुझे सौंपे जा रहे हैं, ध्यान रखना। छोटा है। सख्त होना पर रूखा नहीं।'

नारायण माँ के पैर छू कर रो पड़ा—'माँ इतने दिन कैसे रहेंगे? जो जाना इतना जरूरी था, तो मुझे भी लिए चलते।'

द्वारका दौड़ कर आया और नारायण को गले लगाकर बोला—'दादा और माँ जा रहे हैं, पर भाई तो है, क्यों फिक्र करता है।'

रात ने दिन पर असर दिखाना शुरू कर दिया। द्वारका धीरे-धीरे पिघलता गया और फागुन सख्त हो गई। नारायण को लेकर द्वारका का स्वभाव नर्म हो गया। भौरुलाल की गैरमौजूदगी में द्वारका पिता सरीखा हो गया। नारायण खेत पर कब गया कब आया, क्या खाया कब खाया सब खोज खबर रखने लगा। फागुन और नारायण शादी के दिन से ही एक-दूसरे से किलसे रहते। मुश्किल से ही दोनों का कभी बोलना-चालना हुआ हो, लेकिन जब कभी द्वारका ने फागुन पर लाठी तानी, नारायण साक्षात भगवान बनकर सामने आ खड़ा हुआ। फागुन ने कभी एहसान नहीं माना, बल्कि नारायण उसकी आँखों में हमेशा किरकिरी बना रहा। लेकिन जब से सास-ससुर तीर्थ गए, फागुन का बर्ताव नारायण की तरफ ऐसे बदला मानो मुँह में चाशनी घुली हो। फागुन खेत पर खाना भेजती, ठंडा पानी करके रात को सिराहने रख देती, उठने से पहले चाय आगे रख देती।

द्वारका और नारायण ने खेत जाने का वक्त अलग-अलग कर दिया। दोनों आगे पीछे खेत जाते, जिससे फागुन को काम में सहारा लग जाए। कलाबाई के जाने से सब भार अकेली फागुन पर आ गया था।

आज जब नारायण सोकर उठा तो द्वारका खेतों पर जा चुका था। खाट के सिराहने चाय रखी थी, नारायण ने एक घूँट में गटक ली। वो आँगन में आया और हैंड पम्प चलाकर मुँह हाथ धोए—तो फागुन तौलिया लिए तैयार मिली। नारायण ने सामने फागुन को देखा तो हैरान रह गया—

'भाभी तू? मेरे लिए तौलिया लाई है?'

फागुन ने तौलिया नारायण के नजदीक बढ़ाया, पर उसके सवाल का जवाब नहीं दिया। वो पलट कर जाने लगी तो हाथ का सिरा नारायण के कन्धे से रगड़ गया, फागुन ने मुड़कर नहीं देखा, लेकिन नारायण काँप कर रह गया।

'आज खेत पर नहीं जा रहे?'—फागुन नारायण के कमरे में आई।

'नहीं, मन नहीं, हरारत-सी लग रही है। भाई से कहलवा दिया है कि आऊँगा नहीं'—नारायण ने चादर चेहरे तक ओढ़ ली।

दोपहर-भर फागुन काम में लगी रही, भैंसों को सानी की, पानी पिलाया, राबड़ी बनने चूल्हे पर चढ़ा दी, और खुद नहाने गई—पत्थर की पट्टियों की आड़ में छोटा-सा गुसलखाना बना था, जो घर के एकदम पीछे था। कोई दरवाजा नहीं, बस कपड़े का पर्दा ओट के लिए लगाया हुआ। फागुन ने कपड़े पट्टी पर रखे और एक-एक करके सब कपड़े उतारकर घाघरे को सीने के ऊपर तक बाँध लिया। पक्के रंग से उसके शरीर का रूप भले कम पड़ता हो, पर शरीर की बनावट और गढ़ावत ऐसी थी कि जैसे कोई रेगिस्तानी परी हो। खुश्क और सख्त काया, पर शरीर ऐसा गदराया हुआ मानो अभी जैसे रेगिस्तानी मिट्टी से गढ़ा गया हो।

फागुन ने पानी का लोटा भरकर ऊपर डाला, और पानी से पूरा घाघरा सीने और पेट से ऐसे चिपक गया कि पूरा शरीर कपड़े में से काँच की तरह चमक उठा।

इतने में द्वारका की आवाज सुनाई दी और फागुन ने झट-पट गीला घाघरा उतार दिया, इस बीच उसका रूप उस मरुभूमि को और तपा कर रह गया, सूखे कपड़े पहनने तक द्वारका की आवाजें दो-चार बार आईं और फिर वह खुद ही आ गया।

फागुन आँचल ठीक कर रही थी कि द्वारका आ पहुँचा, फागुन को देखकर उसके होंठों पर इतराती हुई मुस्कान आ गई।

उसने इधर-उधर देखा और गुसलखाने में घुस गया, फागुन को कसकर कभी गर्दन तो कभी होंठ कहाँ-कहाँ उसने निशान छोड़े, फागुन की सिसकी निकलने को हुई तो उसने उसे दूर धकेला और हँसते हुए बाहर दौड़ आई...। पीछे-पीछे द्वारका दौड़ा, तो आँगन में नारायण को देखकर दोनों अलग-अलग हो गए।

'तू आज खेत पर नहीं आया? बुखार था क्या?'—द्वारका ने पूछा।

फागुन लोटे में पानी भर कर ले आई, और द्वारका की तरफ बढ़ाया, द्वारका ने लोटा लेते वक्त जीभ होंठों पर फेरते हुए फागुन की तरफ देखा तो वो आँचल को ठीक करने लगी, नारायण ने द्वारका की नजरों की सीध में देखा, तो उसकी नजर फागुन के सीने पर जा टिकी, मानो कोई नंगा तार उसे छू गया हो, वो ऐसे बाहर की तरफ भागा।

कलाबाई और भौरुलाल तीर्थ से अभी वापिस नहीं आए, कि द्वारका को करौली जाने का सन्देश आ गया।

करौली की जमीन पर आस-पास की जातियाँ कब्जा करने की ताक में बैठी थीं, खेतों के हाड़ी ने सुबह ही कहलवा कर भेजा था। फागुन जल्दी-जल्दी सब सामान रखने लगी और द्वारका जाने को तैयार होता रहा...।

'नारायण कहाँ है? खेत से नहीं आया?'—द्वारका ने मोजड़ी पैरों में फँसाते हुए पूछा।

फागुन ना में सिर हिलाकर चौके में चली गई। द्वारका ने बैग उठाया और बाहर के दरवाजे तक पहुँचा, पर उसके पैर रुक गए और वापिस चौके की तरफ मुड़ गए। फागुन चौके में से हाथ हिलाकर विदा दे रही थी। द्वारका ने फागुन को दोनों हाथों से भींच लिया और होंठों को जोर से चूमते हुए, कस लिया...। फागुन कसमसा कर हँसते हुए दूर हट गई, तो सामने नारायण आता दिखा...। नारायण ने द्वारका-फागुन का ये रास देखकर भी ऐसे जताया जैसे उसने कुछ न देखा हो, और घर में आने की बजाय बाड़े की तरफ चला गया।

द्वारका की नजर नारायण पर नहीं पड़ी। बैलगाड़ी दरवाजे पर आकर रुकी, द्वारका ने कपड़ों का बैग गाड़ी में रखा और खुद भी बैठ गया...। घर को पार करते ही गाड़ी आगे पहुँची वैसे ही द्वारका ने मुड़ कर घर की तरफ देखा, तो चौखट खाली थी, दरवाजे पर कोई नहीं था। फागुन बाहर तक नहीं आई। शायद चूल्हे पर कुछ सामान रखा होगा, सोचते-सोचते घर, घर का पीपल, सड़क, वो गली और फिर गाँव आँखों से ओझल हो गया...।

रास्ते भर धूल-धक्कड़ उड़ते-उड़ते उसकी आँखों में पड़ रहा था। पास से गुजरती हुई बैलगाड़ियाँ मरी-सी धुन में चल रही थीं। बैलों के नथुने ऐसे झुके थे जैसे रेगिस्तान की आग ने तलवों को सुलगा दिया हो और चलने की इच्छा न बची हो। द्वारका का गला सूख रहा था। मन किया गला थोड़ा गीला कर ले ताकि रास्ता कट जाए नहीं तो कुछ देर में बैलों की तरह उसकी दशा भी होने वाली थी।

बैग में पानी की बोतल फागुन हमेशा रखती थी। द्वारका को ये सब ध्यान न रहता, पर सफर के लिए कपड़े और बाकी जरूरी सामान रखने का भार फागुन पर था।

द्वारका को शादी के सप्ताह-भर बाद की बात याद आ गई, जब वो फागुन के पक्के रंग से गुस्साया उसकी तरफ देखता भी नहीं था, फिर भी जब जयपुर जाना हुआ था तो द्वारका के बैग में चने, पानी की बोतल, मूँगफली रख दी थी। रास्ते में खाने को दूर-दूर तक कोई साधन नहीं मिला था फिर भी भूख ने द्वारका को नहीं सताया। फागुन की तरफ झुकाव उसी दिन से हो गया था, जाहिर करने में देर लगी थी बस।

पानी पीने को बैग खोला, तो बोतल नदारद थी। द्वारका का मुँह उतर गया, सोच कर जी को चैन दिया कि अचानक आना हुआ जिसके कारण बोतल रखना भूल गई होगी, नहीं तो ऐसा पहले कभी हुआ नहीं था।

मई का महीना और आसमान से बरसती आग और मरू धरती से निकलते अंगारे। करौली पहुँचने तक द्वारका को अपने सिर का ऊपरी हिस्सा मानो पिघला-सा मालूम हुआ।

अँधेरा घिरने को हुआ, नारायण सुबह का बाड़े की तरफ गया, अब तक नहीं लौटा था। किसी से गुस्सा जान पड़ता था, पर किससे ये मालूम नहीं।

ये जानने के लिए उस तरफ जाने को फागुन उठी और सरपट बाड़े की तरफ भागी।

नारायण खाट पर लेटा था। उसकी आँखें बन्द थीं। फागुन धीरे-धीरे से दबे पाँव खाट के नजदीक पहुँची तो देखा कि आँखों को कस कर लेटा हुआ नारायण सीने पर हाथ में कुछ पकड़े बैठा है।

फागुन ने चुपचाप कागज का टुकड़ा उठाया तो नारायण की आँख खुल गई।

सकपकाते हुए बगल जा खड़ा हुआ—'तू भाभी, यहाँ कब आई?'

फागुन ने नारायण की घबराहट को देखा तो अचम्भे में पड़ गई, 'यहाँ क्यों लेटे हुए हो? कब से ? भैया गए तब भी नहीं आए?'

नारायण को भैया का नाम सुनते ही जैसे किसी जहरीले बिच्छू ने काट लिया हो—'भैया! क्या करता भैया के आगे आकर...। तुमसे चिपटने से उनको फुर्सत है। क्या कर रहे थे कल बाड़े में तुम?'

नारायण की बात सुनकर फागुन का मुँह खुला रह गया—उसने आकर नारायण का मुँह बन्द कर दिया, और खींच कर बाड़े में ओबरी के भीतर ले आई—'शर्म बाकी है तुममें कि नहीं? तुम चुपके से हमें देख रहे थे?'

नारायण सुनकर और भड़क गया—'क्यों न देखूँ? भैया तुम्हें छूता है तो लगता है उसके हाथ काट कर अलग कर दूँ। पहले तो तुमसे दो शब्द नहीं बोलता था, और अब जब देखो भूखे भेड़िए-सा झपट पड़ता है।'

फागुन की समझ के बाहर था नारायण का ये व्यवहार। ऐसे पहले कभी नहीं किया था उसने। शादी के बाद से ही जब द्वारका रूखेपन से रहता तो नारायण ने फागुन से सौम्य बर्ताव किया। द्वारका के रूखेपन से चिढ़ी हुई फागुन ही कभी नारायण से ठीक से नहीं बोली। पर सास-ससुर के तीर्थ जाने के बाद से ही फागुन का व्यवहार एकदम से बदल गया। द्वारका से पहले नारायण की थाली लगाती, उसके खेत जाने से पहले नाश्ता तैयार करके देती और खेत से आने पर ठंडी छाछ।

अभी नारायण जो व्यवहार कर रहा था वो फागुन की समझ से परे था।

'क्या बोल रहे हो कँवर सा? जो मुँह में आता है बके जाते हो। पति है मेरा द्वारका, सुबह से रात तक मुझे रखे तब भी अधिकार है उसका'—इस बात को फागुन जितनी रुखाई से कह गई थी, उतनी ही रुखाई से नारायण को चुभी थी।

नारायण तिलमिला गया—'अच्छा, तो अभी और आज से मेरे पास फटकने की भी जरूरत नहीं है। दूर हट यहाँ से'—नारायण ने फागुन को बगल धकेला और घर से बाहर निकल गया।

नारायण जितने गुस्से में गया, फागुन का दिल बैठ गया। इतना नाराज और उखड़ा हुआ उसने कभी नहीं देखा था उसे। द्वारका घर पर नहीं था कि वो मना लाता उसे, और उसे तो वो दूर रहने की कह कर गया, अगर पीछे गई तो न जाने इतना भड़क जाए कि सबके बीच में बात बिगाड़ दे।

फागुन चौके में जा घुसी। द्वारका तो नहीं था पर अपना और नारायण का खाना तो बनाना ही था। यूँ तो कुछ खाने का मन नहीं था, पर भूखे पेट सोने का दिल करता भी नहीं था, तो सोचा राबड़ी ही बना ले। खुद भले भूखी सो जाए पर नारायण को कैसे सोने देती।

चूल्हे के आगे आग सरक रही थी। पसीने की बूँदें माथे से टपकतीं, और नाक की बगल से होती हुई, जमीन पर आ गिरतीं। गर्दन पर से पसीना टपकता छाती को भिगोता हुआ पेट से नाभि तक जाता रहा। ऐसी गर्मी मानो अभी दम निकाल देगी। मन्दिर में से शाम की आरती की आवाज आई, नारायण को देखने फागुन चौके से निकली तो सिर पर चौखट की पट्टी आ लगी। दर्द की टीस सिर से पैर तक दौड़ गई।

आँगन की सीढ़ियाँ उतरकर ज्यूँ ही कच्ची सड़क पर उतरने को हुई, नारायण दरवाजा खोल कर अन्दर आने को हुआ।

फागुन को सामने खड़ी देखकर बिना बोले ही दरवाजा बन्द कर लिया और हैंड पम्प चलाकर लोटा भर लिया। पसीने में तर हो पानी के लोटे को सिर पर उँडेल लिया। कुपेज पड़ना तय है मानो, फागुन मन-ही-मन सोचने लगी, पर रोकेगी तो लोटा और पानी दोनों आँगन में पड़े मिलेंगे।

'खाना खा लो—लगा रही हूँ आ जाओ।'

'भूख नहीं है। सरपंच के घर से खा आया हूँ'—नारायण बोला।

'बता नहीं सकते थे। तुम नहीं खाते तो बनाती ही नहीं, मुझे वैसे भी भूख नहीं थी'—फागुन को गुस्सा आ गया।

'क्यों पति के बिछोह में भूख मर गई?'—कहते-कहते नारायण का चेहरा खिंच-सा गया।

फागुन को ये तंज तेजी से चुभा, पर नारायण से मुँहजोरी करने का फायदा नहीं था—'सरपंच से क्यों मिलने गए थे? और खाना भी खा लिया'—फागुन ने खाट खींची और बैठ गई।

'सरपंच का बहुत पुराना मामला सुलटा आया हूँ। अगली बार उम्मीदवारी के लिए गाँव-भर के वोट उसी के हैं। मेरा कर्जदार हो गया है सरपंच। जो मनवा लूँ आज मान जाए'—नारायण ने मूँछों को ताव दिया।

‘तो क्या मनवा रहे हो ? अपनी लड़की से ब्याह करा देगा क्या ?’—फागुन ने मसखरी की।

नारायण को मजाक पसन्द नहीं आया, उसने आँखें तरेर कर फागुन को घूरा और फिर बाड़े में जाने को हुआ—‘सोने जा रहा हूँ, तेरी बकैती सुनने के लिए समय नहीं है।’

फागुन का चेहरा उतर-सा गया। आज द्वारका भी नहीं था घर में। और घर सड़क के किनारे ही पड़ता है तो चोर-डकैत कब आ घुसें क्या भरोसा। महीने-भर पहले कोई पड़ोस में किसी की खाट के बगल में आ सोया था, जब तक भोर नहीं हुई पता भी नहीं चला कि चोर था। सोचते ही फागुन का मन काँप गया। नींद में क्या ध्यान रहे कि द्वारका यहाँ है या नहीं। नारायण का मुँह फूला हुआ है, सोचा मना ले तो यहीं आँगन में खाट डाल लेगा, घर में मर्द किवाड़ और ताले से ज्यादा सुरक्षित होते हैं।

फागुन को तरकीब सूझी। चौके में झटपट गई और कड़छी में से दूध का गिलास भर लिया। दरवाजे पर ताला लगा दिया। सात बज गए थे, और अब इस वक्त किसी के आने की कोई गुंजाइश ही नहीं थी। सब तरफ की चिमनी बुझा दी और दूध में चमचा भर मलाई उँडेल कर बाड़े की तरफ निकल गई।

घुप्प अँधेरे ने बाड़े को घेर रखा था। चाँदनी रात के बाद की काली रात आज द्वारका के जाने के बाद ही पड़नी थी। घर में नारायण था तो लेकिन आज ही उसे भी इस तरह बाड़े में आकर सोने की न जाने क्या सूझी। ओबरी में चिमनी की रोशनी नहीं थी, नारायण ने दीया बुझा ही दिया था शायद, अब तो डर और सताने लगा। बाड़े से ओबरी तक का रास्ता पार करने में फागुन को मुश्किल से आधा मिनट लगा। ओबरी में घुसते ही फागुन खाट पर जा पड़ी। खाट पर आधी जगह नारायण था और बाकी आधी में फागुन पोटली-सी सिकुड़कर सो गई।

भोर सवेरे किवाड़ पर भैंस ने सींग मारने शुरू किए तो नारायण की नींद खुली। सिर भारी हो रहा था, जैसे रात भर जागकर कटी हो। नारायण ने हिम्मत करके आँखें खोलीं तो फागुन अब भी बगल में सोई थी। कपड़ों के साथ-साथ रिश्ते और मर्यादा भी तार-तार हो गए थे। नारायण ने फागुन को और कसके भींच लिया। फागुन खुद को छुड़ाने का असफल प्रयास करने लगी।

‘ऐसी की तैसी द्वारका की, साला कल बाड़े में जब तुझे छुआ उसने तो मन किया वहीं गाड़ दूँ, पहले तो देखता भी नहीं था और अब घर में घुसा बैठा रहता है’—कहते-कहते नारायण का चेहरा तमतमा उठा।

फागुन खिलखिलाकर हँस पड़ीं—‘मुझ काली पर इतनी जान छिड़क रहा है। भाभी हूँ, बीवी के आते ही भूल जाएगा’—फागुन झूठ-मूठ खुद को छुड़ाने लगी।

‘अब छोड़ेगी तू द्वारका को, द्वारका का हिस्सा खत्म, समझी। अब द्वारका तेरा जेठ और तू मेरी बीवी’—कहकर नारायण ने सीना ठोका।

छह दिन साथ और छह रातें संग गुजरीं। न नारायण किवाड़ खोल बाहर निकला और न फागुन। दोनों संग जागते संग सोते। सातवें दिन तक द्वारका ने फागुन पर से सब हक खो दिए और नारायण उसका कर्ता-धर्ता बन गया।

सातवें दिन सुबह सवेरे सरपंच जी से मिलने बैठा नारायण और बैठते ही सौदा करने लगा—'चुनाव में आप ही जीतोगे। चुनाव का दारोमदार मुझ पर समझो।'

सरपंच ने मूँछों को ताव दिया, 'तेरे जैसा लड़का तो पूरे सात गाँव में नहीं है। गाँव के लड़कों का सरदार है तू, ये चुनाव हम जीत जाएँ तो बस तेरे दिन फिर जाएँगे'—सरपंच ने बीड़ी जलाई और नारायण की तरफ बढ़ा दी।

नारायण ने बीड़ी को मुँह से लगाया—'जरूरत तो कल ही पड़ेगी सरपंच जी, बस फैसला हक में करना।'

सरपंच ने मूँछों को ताव दिया और आँखों से बात पर हामी की मोहर लगा दी।

सूरज ढलने को हुआ, फागुन रसोई से खाना बनाकर निकली।

फागुन सीढ़ियाँ उतरी और बाड़े की तरफ गई, पर इतने में किवाड़ बजा, तो पैर फेरकर वापिस आ गई। साँकड़ खिसकाई तो सामने द्वारका आ खड़ा हुआ—चेहरा पतला और रंग थोड़ा गहरा हो गया था। रेगिस्तान की गर्मी ने चमड़ी को जला दिया, आँखें धूल पड़कर लाल हो गई थीं।

फागुन को सामने खड़ा देखकर द्वारका मुस्कुराया, और फागुन को छूने को हुआ। फागुन बगल हट गई—'अन्दर आ जाओ।'

द्वारका चौंक-सा गया। फागुन दरवाजे से दूर हटी और बाड़े की तरफ चल दी। द्वारका ने थैला चौक में रख दिया और जूती ठकोरता हुआ खाट पर बैठ गया। बाड़े की तरफ नजरें करीं तो गली खाली थी। नारायण शायद खेत से लौटा नहीं, और फागुन भैंस को चारा देने गई होगी—द्वारका ने मन-ही-मन बात की और हैंडपम्प के पास जाकर हाथ-मुँह धो लिए।

द्वारका फिर खाट पर जा बैठा और बैग से तौलिया निकालकर मुँह-हाथ पोंछ लिए।

घंटा-भर होने को हुआ, फागुन पानी का गिलास भी नहीं लाई, न पास आकर बैठी, नारायण खेत से नहीं आया। द्वारका को घर का सन्नाटा कचोटने लगा। द्वारका ने जूतियाँ पहनी और बाड़े की तरफ चल दिया।

सौ कदमों की दूरी में द्वारका सोचने लगा—सात दिन अकेले रहकर फागुन का मन दुखी और उदास है। वो चाहती ही नहीं थी मैं जाऊँ, पर ये नारायण का क्या तरीका है। मैं कहकर गया था उसे कि वो वक्त पर आ जाया करे घर, अँधेरे में फागुन को डर लगता है, एक बार बाहर निकला तो फिर घड़ी कब देखता है।

बाड़े के नजदीक जाकर फागुन की चूड़ियों की आवाज आने लगी। द्वारका को ये आवाज किसी मधुर संगीत से कम महसूस नहीं हुई। घर में अभी कोई नहीं था,

फागुन को मनाने में चुटकी-भर मेहनत लगनी थी—वो दबे पाँव ओबरी के दरवाजे पर पहुँचा, और भीतर घुसा।

काले नाग का फन फैलाए फागुन बिखरे बालों से नारायण से लिपटी पड़ी थी। नारायण का मुँह फागुन के सीने में गड़ा था और दोनों सुध-बुध भूले बस एक-दूसरे में ऐसे गुत्थम-गुत्था हो रखे थे, कि द्वारका की मौजूदगी का आभास तक नहीं हुआ। द्वारका मारे दु:ख और पीड़ा के अधमरा-सा हो गया। ऐसे लगा जैसे उसके पूरे शरीर को लकवा मार गया हो। द्वारका के प्राण निकलने को हो रहे थे। वो बोलना चाहे पर आवाज न निकले, आगे बढ़ना चाहे पर आगे न बढ़ पाए, पीछे हटना चाहे पर पैरों ने जैसे जड़ पकड़ ली हो।

ओबरी के भीतर की हवा जहरीली हो गई थी। फागुन एक नागिन थी जिसने नारायण और उसका रिश्ता डँस लिया था और नारायण ऐसा काला बिच्छू जो द्वारका के पूरे बदन में डंक मार रहा था।

द्वारका ओबरी से बाहर निकल गया...। और बाहर निकलते ही नारायण और फागुन ने एक-दूसरे की तरफ देखा, और जोर से हँसने लगे।

दोनों एक-दूसरे से अलग हुए, और बाहर चौक की तरफ गए। द्वारका खाट पर बैठा था। सिर पकड़े दोनों हाथों से। नारायण और फागुन चौक में आए। फागुन रसोई की तरफ बढ़ने के लिए हुई, तो द्वारका ने झपट कर उसका हाथ पकड़ लिया, द्वारका जोर-जोर से हाँफ रहा था। उसकी आँखें बह रही थीं, पर मुँह से शब्द निकल नहीं पाए। फागुन की हाथों से पकड़ कमजोर हुई, नारायण डंडा लेकर द्वारका पर पीछे से टूट पड़ा, फागुन ने पास पड़ी मूसल उठा ली, एक बार फागुन की मार, एक बार नारायण, द्वारका एक से छूटे तो दूसरे के हत्थे चढ़ जाए। द्वारका औरतों की तरह चिल्लाया, पर नारायण ने टांग तोड़ कर दम लिया। किवाड़ बजा, सरपंच ने फुसफुसाकर कहा—'धीरे कर, रस्ते का घर है, ज्यादा चीख-पुकार मत कर। बाकी मैं सँभाल लूँगा।'

नारायण ने डंडा पटक दिया—'बहू है तेरी आज से छोटी, तिरछी छाया भी पड़ गई न तो गर्दन काट दूँगा', द्वारका के पैर पर ठोकर देकर कहा—'मेरे बैठ गई ये, अब मेरी हो गई।'

तपोभूमि

आँखों के नीचे पड़े काले घेरे अब आधे मुँह तक आ गए थे। झाइयाँ बढ़ती उम्र की निशानी कम और गहरी निराशा की निशानदेही अधिक कर रही थीं। साल के आखिर तक आते-आते ऐसा लगने लगा था, जैसे हर बात की अब अति हो चली थी। तारीखें खत्म होने पर थीं, लेकिन मन पर पड़ा बोझ बढ़ता ही जा रहा था।

थर्मामीटर मुँह में लगाए मीरा ने घड़ी की तरफ देखा और एक मिनट का इन्तजार किया। एक मिनट में उसने 30 बार सुईं के काँटों से नजर हटाई और 30 बार नजर टिकाई। एक बार फिर पारा सामान्य के पास ही जा रुका। आम परिस्थितियों में तो ये सन्तोषजनक परिणाम होता, लेकिन मीरा के लिए विपरीत था। सन्देह पर सन्देह, लेकिन कारण एक भी समझ नहीं आ रहा। स्वास्थ्य में लगातार गिरावट, व्यवहार में बदलाव, चेहरे पर बढ़ती चिन्ता, व्यक्तिगत तनाव, चिड़चिड़ाहट, गुस्सा, बिना हथियार किसी पर टूट पड़ने का मन—ऐसे कितने लक्षण वो किताबों में ढूँढें, लेकिन किसी एक बीमारी में ये सब मिल जाएँ, ये सम्भव नहीं था। गूगल पर एक सवाल के सौ जवाब और लगभग सब एक-दूसरे के विपरीत। पलंग पर थर्मामीटर एक ओर पटक कर वो फिर रजाई मुँह तक खींच कर सोने लगी। इतना उबाऊपन किसी गम्भीर बीमारी की ओर इशारा कर रहा था, पर कैसे पता लगाए? कोई जाँच करा ले, पर किस बीमारी की? डॉक्टर तो आजकल बिना रोग के लक्षण पूछे ही दवाई दे देते थे। मीरा किस गम्भीर दौर से गुजर रही थी, ये वो जानती थी लेकिन फिर भी जब कभी डॉक्टर के सामने समस्या लेकर जाती, कहते-कहते रुआँसी हो जाती। कई बार तो अस्पताल के दरवाजे से लौट आई थी। सोने के घंटे 8, 7, 6 से होते-होते 3 पर आ गए जिससे सीने की जलन में और इजाफा हुआ। बुखार, खाँसी, जुकाम, हाथ पैर सिर दर्द में तो सब कह देते हैं कि डॉक्टर को दिखाओ और कभी-कभार खुद ले भी जाते हैं लेकिन ये मन के दर्द में सब रायचन्द बस खुश होने की सलाह तक ही रुक जाते हैं। कोई नहीं कहता ये बीमारी खतरनाक है, किसी को लग जाएगी, दूसरे को भी इन्फेक्शन हो जाएगा, वगैरह...।

ये सोच की पौध कुकुरमुत्ते की तरह बढ़ रही थी। एक के बाद एक...। एक के बाद एक...। नया ख्याल। उसके बाद दूसरा, तीसरा, चौथा और सौंवा। कहीं जाकर कुछ रुकने का नाम ही नहीं ले रहा था।

मीरा शुरू से तो ऐसी नहीं थी। सब ठीक ही था। हँसती-मुस्कुराती वो जिस किसी से भी मिलती, अपना प्रभाव छोड़ ही देती थी। आज संकल्प उसके जीवन में एक ताजी हवा का झोंका बन कर आया था। संकल्प से मीरा यूँ ही मिली थी, अचानक। मीरा बच्चों के एक समाजसेवी संगठन से जुड़ी थी। इस संस्था से जुड़ने के पीछे एक कहानी थी और इस कहानी में किरदार संकल्प था।

एक दिन रात को एक बजे के करीब दरवाजे पर आहट हुई और मीरा चौंक कर जाग गई। घड़ी में वक्त देखकर मीरा इतना तो समझ गई कि कुछ असामान्य हुआ है, लेकिन क्या इसका जवाब दरवाजे के उस पार था।

मीरा अपने पलंग के नीचे एक हॉकी रखती थी। दिल्ली में जो सब कुछ आजकल हो रहा था, उसे देखते हुए आत्मरक्षा एक गम्भीर मुद्दा था। खाकी सफेद की सुरक्षा में थी। मीरा ने पलंग के नीचे से हाथ में हॉकी उठा ली। कमरे की लाइट जलाकर उसने दरवाजे के पास लगी खिड़की से देखा, तो अँधेरे में अचानक दो आँखें खिड़की के दूसरी तरफ से उसके चेहरे पर आ टिकीं। मीरा खौफ से झटका खाकर पीछे की ओर गिरी, लेकिन तभी उसे एक बच्ची के रोने की आवाज आई, जिन्हें नजरअन्दाज करना मुश्किल था। उसने फौरन हॉकी एक बगल रखकर दरवाजे की कुंडी खोली, तो होश उड़ गए। सामने एक बच्ची लहूलुहान खड़ी थी। उसके कपड़ों पर खून के छींटे थे और आँखों में आँसू। चेहरे पर डर का मंजर देखकर मीरा के रोंगटे खड़े हो गए, ऐसा लगता था मानो वो मौत के मुँह से बचकर आई है। मीरा कुछ भी समझ पाने की मनस्थिति में नहीं थी, इसलिए उसने चारों तरफ देखकर चुपके से बच्ची को अपने घर में ले लिया। बच्ची इतनी डरी-सहमी हुई थी, कि लगभग आधा घंटे तक उसके मुँह से एक आवाज भी नहीं निकली। मीरा ने उसे पानी पिलाया तो वो खाने के लिए पेट की तरफ इशारा करने लगी। रात को दो बजे घर में कुछ खाने को नहीं था, इसलिए मीरा एक गिलास में दूध भर लाई। एक घूँट में दूध का पूरा गिलास खाली हो गया। मीरा ने बच्ची को गले से लगाया और प्यार से सब मामला पूछा, तो जो सामने आया उसने मीरा को अन्दर तक हिला कर रख दिया।

उसका नाम कुमुद था। गाँव से नौकरी का झाँसा देकर शहर लाया गया था, जहाँ उससे न सिर्फ अमानवीय व्यवहार हुआ था, बल्कि मालिक ने उसे जान से मारने की कोशिश भी की थी। जान से मारने की कोशिश के पीछे मकसद उसके साथ हुए यौन अपराध को छिपाना था...। लड़की की रोने की आवाजें कई दिनों से आस-पास के सब पड़ोसी सुन रहे थे, लेकिन सब मुसीबत में पड़ने से डरते। मीरा

दिन-भर बाहर रहती इसलिए इस मामले के बारे में वो बिल्कुल अनजान थी। लेकिन फिर भी पूरे मोहल्ले को छोड़कर ये समस्या उसी के दरवाजे पर समाधान के लिए आई थी। उसने फौरन दरवाजा बन्द कर लिया। बच्ची को अन्दर वाले कमरे में ले गई और सभी खिड़कियाँ और लाइट बन्द कर दीं।

उसने दो साल पहले कॉलेज के सेमिनार से एक समाजसेवी संस्था का नाम और पता लिया था, जो बच्चों के कल्याण और उत्थान के लिए काम कर रही थी। वो नाम उसके फोन में नहीं था, लेकिन दिमाग पर जोर डालने पर याद आया कि एक किताब के गत्ते पर वो उसे नोट करके ले आई थी। उसने बुकशेल्फ में नजर डाली, तो वो नम्बर रौशनी की तरह खुद-ब-खुद आँखों के सामने आ गया। मीरा देर नहीं करना चाहती थी। थोड़ी-सी भी लापरवाही बच्ची की जान पर मुसीबत बन सकती थी। उसने बिना देर किए वो नम्बर मिला दिया।

मीरा ने पूरी स्थिति का ब्यौरा दिया और उन्होंने तुरन्त रात ही को आकर बच्ची को अपने आश्रय में ले लिया। लड़की को प्रताड़ित करने वाले घर पर ताला लगा था और सभी लोग फरार थे। मीरा ने पुलिस के सामने भी बयान दिया। ये मामला थका देने वाला था, लेकिन एक तो मासूम बच्ची के भविष्य के लिए उसका वर्तमान सही हाथों में सौंपना जरूरी था और दूसरा मीरा जो खुद के लिए नहीं कर पाई, वो इस बच्ची के जरिए करना चाहती थी।

पूरे प्रकरण के दौरान एक पच्चीस-तीस साल का लड़का मीरा से कभी फोन पर तो कभी आमने-सामने सम्पर्क में रहा। वह था संकल्प शुक्ला। संकल्प शुक्ला पटना से चार साल पहले दिल्ली रहने आया। जेएनयू से समाजसेवा में मास्टर की डिग्री लेकर अब वह इस समाजसेवी संगठन से जुड़ गया था, लेकिन मीरा उस बच्ची को कैद से छुड़ाकर खुद संकल्प के ख्यालों की कैद में आ फँसी थी। कभी थाने के चक्कर तो कभी समाजसेवी संगठन के, उस बच्ची के परिवार से मिलने तक की प्रक्रिया में मीरा और संकल्प एक-दूसरे से लगभग रोज ही मिलने लगे। लेकिन अब आगे क्या?

अब ये आदत बन गई थी। ऐसी आदत जो बढ़ रही थी। कभी चेहरा देखना तो कभी आवाज सुनना, दोनों में से एक काम रोज होता। जिस दिन ये न होता मीरा की जिन्दगी में बाकी कुछ नहीं होता।

वह बन्द दरवाजे की वो चाबी था, जिसे मीरा रखकर भूल गई थी। अब दरवाजा सामने था और उस दरवाजे के उस तरफ एक कैद से संकल्प उसे बाहर ले जाने के लिए हाथ बढ़ाए खड़ा था और इस तरफ मीरा थी। लेकिन दोनों के बीच में बीते बीस सालों का वो लम्बा, गहरा और अँधेरे से भरा बीता कल था, जिसने मीरा को अब तक अपनी कैद में बाँधे हुआ था।

मीरा एक दिन काँप कर जाग गई। ये वो रात थी जब कली को अपने माता-पिता के पास भेजकर मीरा संकल्प के साथ शहर से बाहर गई थी। शहर था जयपुर। जयपुर के कॉलेज में दाखिले की प्रवेश प्रक्रिया में मीरा पास हो गई थी। ये किसी सपने के सच होने जैसा था। खुले आसमान की तरफ बढ़ते मीरा के पैर मानो पर बन गए थे। बिना किसी लड़ाई-झगड़े, किसी बहसबाजी किसी भी बगावत के एक बहाना उसके सामने था, जो ईंट पत्थर की दीवारों जैसे रिश्तों से उसे बाहर ले जाने के लिए खड़ा था।

कॉलेज में जाने से पहले एक रात कहीं रुकने की बात आई, तो होटल में कमरा लेकर रहने के सिवा कोई भी चारा नहीं था। मीरा इस मामले में बिन्दास थी। एकदम आजाद ख्याल। उसे कोई फर्क नहीं पड़ता था कि कमरा एक है या बिस्तर दो हैं। न उसके लिए लड़के-लड़की का सम्बन्ध कोई हौवा था और न ही संकल्प कोई ऐरा-गैरा। कमरे की दीवारें और दरवाजे, अपनी सीमाओं से मजबूत नहीं होते। मीरा अभी-अभी जहाँ से आई थी, वहाँ मौजूद असुरक्षा से कई गुना सुरक्षित वो इस कमरे में संकल्प के साथ महसूस कर रही थी। ये कोई घटिया दर्जे की हिन्दी फिल्म नहीं थी, जहाँ पर कमरे में बिस्तर देखते ही सभी सम्बन्धों की मर्यादाएँ तार-तार हो जाएँ। ये हकीकत थी।

संकल्प मीरा दोनों कोनों पर सो गए। सोने से पहले खूब सारी बातें हुईं। बत्ती बुझाकर आधी रात तक एक कहता और दूसरा सुनता, कभी दूसरा कहता और पहला सुनता। मीरा को सुबह ही कॉलेज के हॉस्टल में शिफ्ट हो जाना था। इस हॉस्टल में अन्दर का कैम्पस ही लगभग दो किलोमीटर तक फैला था। आसपास कोई बाजार नहीं, कोई शहर नहीं, जंगल के बीचोबीच बनी कॉलेज की इमारत। जयपुर में दाखिला लेने का मकसद सच में कुछ कर जाना था या फिर सिर्फ कैद से आजादी, ये तो मीरा ही जानती थी लेकिन ये आजादी पाना आसान नहीं था। इतनी सी उम्र में अकेले ऐसे बीहड़ में रहना और पिछली जिन्दगी से अछूते रह पाना मीरा के लिए बड़ी चुनौती थी।

बातें करते-करते कब नींद आ गई, कौन पहले चुप हुआ और कौन कब तक कहता रहा, कुछ याद नहीं था जब तक कि सिरे पर पहुँची रात के बीच अचानक मीरा नींद में चीख कर जाग नहीं गई।

संकल्प ने फौरन लाइट जला दी। वो मीरा की तरफ आया और उसके कुछ कहने का इन्तजार करता रहा। लेकिन साँस वापिस आने का नाम नहीं ले रही थी। मीरा हाँफ रही थी। संकल्प ने पानी का गिलास जग में से भरा और मीरा के हाथ में थमा दिया। मीरा एक घूँट ही ले सकी। पसीने से उसके बाल भीग गए थे। संकल्प थोड़ा पीछे खिसक कर बैठ गया। वो मीरा के कुछ कहने का इन्तजार कर रहा था। वो अभी कुछ कहने-सुनने की स्थिति में नहीं थी। पलंग से उठकर बाथरूम में जाते जाते मीरा अचानक रुकी—

‘सो मत जाना, मैं अब सो नहीं पाऊँगी’—मीरा ने कहा और वो बाथरूम में चली गई।

बहुत देर तक संकल्प जस-का-तस बैठा रहा। वाशबेसिन का पानी लगातार बह रहा था। मीरा की बीच-बीच में नाक साफ करने की आवाज आती। संकल्प सो नहीं सकता था। मीरा न कहती तब भी नहीं।

दरवाजे की कुंडी खुलने की आवाज आई। संकल्प ध्यान न देने का नाटक करने लगा। मीरा वापिस आकर पलंग पर बैठ गई। संकल्प चुप था, ताकि मीरा बोल सके। वो दोनों आधी रात को इस तरह आधी नींद से जागे हुए बैठे थे, कोई तो कारण था। संकल्प मीरा को लगभग एक साल से जानता था। इस बीच दोनों एक-दूसरे के सबसे अच्छे दोस्त थे। हर जगह साथ जाना, आना, अच्छा बुरा वक्त बिताना। पर फिर भी मीरा क्यों घर से दूर आ जाना चाहती थी, क्यूँ उसके घर से कोई फोन आने पर वो एकदम से पसीना-पसीना हो जाती, क्यों उसे माँ शब्द से कोई भी भावनाएँ जुड़ी नहीं लगतीं, क्यों पिता के नाम को वो अपने नाम में लेकर चल रही थी जिन्दगी में नहीं। बहुत से सवाल थे, जो संकल्प और मीरा के बीच थे। इन सवालों का जवाब मीरा के पास था, जिन्हें संकल्प उससे उगलवाना नहीं बल्कि सुनना चाहता था।

‘तुम पूछोगे नहीं मैं क्यों नींद में डर कर जाग गई?’

‘उहूँ!’

‘क्यों?’

‘तुम बताना चाहोगी, तो खुद बताओगी। किसी दबाव में आकर नहीं।’

‘तुम मुँह फेरकर बैठ जाओ। मैं किसी की आँखों के सामने कमजोर नहीं पड़ना चाहती। खासतौर से तुम्हारी। मैं नहीं चाहती तुम तरस खाओ मुझ पर। मैं चाहती हूँ तुम बस मेरा साथ दो।’

संकल्प ने बिना कुछ कहे-सुने चेहरा घुमा लिया।

मीरा ने पानी का एक घूँट और लिया, लेकिन वो गले में ही अटक गया।

‘मैं पाँच साल की थी जब भाई पैदा हुआ। मेरे लिए वो टेडी बियर था मेरा। जो मेरे मम्मी-पापा मेरे लिए लाए थे। मेरा सबसे प्यारा तोहफा। मैं उसे गोद में नहीं ले पाती थी, लेकिन फिर भी मैं उसे चौबीस घंटे अपने पास रखना चाहती थी। जैसे बच्चे अपनी गुड़िया को साथ सुलाते हैं, सजाते हैं, मैं उसे सुलाना और सजाना चाहती थी। उसकी छोटी-छोटी उँगलियों को पकड़कर मैं अपने हाथों में रख लेती थी, ऐसे ही मैं उसका हाथ हमेशा जिन्दगी में आगे भी पकड़ कर रखना चाहती थी। लेकिन एक दिन उसका वही हाथ तमाचा बनकर मेरे गाल पर पड़ा, तो बचपन का सबसे प्यारा खिलौना टूट कर मानो जमीन पर चूर-चूर हो गया। जिसे सबकी डाँट से बचाने के लिए मैं खुद मार खा लेती थी, स्कूल में घंटों दरवाजे के बाहर खड़ी रहती ताकि

वो मुझे देखकर वहाँ रहना सीख जाए और बिल्कुल न रोए। उस छोटे से मासूम से बच्चे ने बड़े होते-होते कहाँ से ऐसी नफरत और चिढ़ का बीज अपने अन्दर बढ़ा लिया था, जो तमाचे के रूप में मेरे गाल पर पड़ा?

संकल्प, मुझे वो दिन याद नहीं आता जब किसी दिन घर में किसी ने कहा हो कि वो मुझे प्यार करते हैं। वो एक बात याद नहीं आती, जब मम्मी-पापा ने मुझे हँसकर कुछ कहा हो, मुझे वो वक्त याद नहीं आता जब मैं घर में खिलखिलाकर हँस दी हूँ, मुझे वो एक शख्स याद नहीं आता, जिसने मुझे प्यार किया हो, गले लगाया हो, दुलारा हो, पुचकारा हो।

समझ नहीं आता मैं अनचाही हो गई थी या कुछ और चाहा था उन्होंने।

एक दिन बीमार थी मैं, कॉलेज जाना था। बारिश बहुत थी। पापा से कहा कि गाड़ी से छोड़ दें, लेकिन उन्होंने साफ मना कर दिया। घर में एक एक्टिवा थी, जो मैं इस्तेमाल में लाती थी। कॉलेज के अलावा कोई काम होता तो मैं उसी से जाती। लेकिन पता नहीं क्यों उस दिन उन्हें ऐसी जिद चढ़ी कि एक्टिवा नहीं ले जानी। न खुद छोड़ेंगे, ना एक्टिवा ले जाने देंगे, पैदल जाओ जहाँ जाना है।

मैं मानी नहीं, अपने साथ एक्टिवा ले गई। बरसात थी, रास्ते भर कीचड़ और पानी। घर से निकलते वक्त जो कुछ भी हुआ, वो दिमाग में भूचाल बनकर दौड़ा और एक्टिवा का बैलेंस बिगड़ गया। मैं रोड के कोने पर जाकर गिरी। एक्टिवा में काफी टूट-फूट हुई।

'घरवाले परेशान हुए?'—संकल्प ने बड़ा सोचकर सवाल किया।

मीरा कुछ अजीब-सी हँसी हँस दी—'परेशान? हाँ माँ ने जोर से झन्नाटेदार एक तमाचा जड़ते हुए कहा था कि पैदा ही क्यों हुई? या फिर हुई तो मर क्यों नहीं गई', कहा—'चली जाऊँ कहीं ताकि उन्हें छुटकारा मिले।'

'पापा भी, मेरा मतलब—हाथ?'

—कहते-कहते संकल्प रुक गया।

'पापा! आह। एक दिन मैं सोई हुई थी। कॉलेज से पैदल चलकर आई थी। पापा ने आकर जगाया कि चल बाजार जाना है। मैं नींद में थी, बहुत पूछा क्यों? क्या काम है, कहाँ जाना है?

'उन्होंने कुछ नहीं कहा—मुझे लगा ऐसे ही बाजार कुछ सामान लेने जा रहे हैं। मैं जिस हाल में थी, साथ चली गई। लेकिन हम एक फोटो स्टूडियो में थे। पापा मम्मी को भाई की एक फोटो खिंचवाने आना था। लेकिन मुझे आते हुए क्यों नहीं बताया मैं नहीं समझ पाई। मुझे इतना गुस्सा आया कि मन किया सब तोड़-फोड़ दूँ और घर भाग जाऊँ।

'भाई का फोटो खिंचवाने के बाद पापा मेरे पास आए। अपने हुलिए की वजह से मैं बाहर ही रुक गई।

'अब तू फोटो खिंचवा ले—पापा की आवाज में मशविरा नहीं बल्कि वो धौंस थी, जिसके नीचे वो पिछले बीस साल से माँ को दबाते आए थे और अब मुझे दबाने की भरसक कोशिश में थे।

'मैंने साफ इनकार कर दिया। मुझे उस छोटी-सी बात में अपनी जिद नहीं, बल्कि हिम्मत दिखानी थी। मैं अन्दर नहीं गई। पापा सबके सामने कुछ बोलने में असहाय महसूस कर रहे थे। वो अन्दर गए और मम्मी के कान में कुछ कहा। थोड़ी देर में मम्मी आई—पापा बहुत गुस्से में हैं, अन्दर चलो।'

'ये माँ के बोये हुए बीज थे। माँ की कायरता, माँ का दब्बूपन, माँ की हाँ में हाँ मिलाने की आदत, उनकी कमजोरी और अच्छी आज्ञाकारी बीवी का तमगा पाने की इच्छा ने पापा को एक निरंकुश सत्ता सौंप दी थी। हम कीड़े-मकौड़े थे, जो उनके रहमो-करम पर पल रहे थे। उनकी मर्जी से जिन्दा थे और शायद तभी तक जब तक वो हमे मार न दें।

'रस्ते-भर मैं खुद को तैयार करती रही। घर का दरवाजा खोलते ही पापा ने अपनी बेल्ट भी खोल ली। मुझे बाल पकड़ कर जमीन पर धक्का दिया और बेल्ट पर बेल्ट...। एक, दो, तीन, दस या बीस, मैंने नहीं गिने।'

उस चोट की कसक मीरा के रोम-रोम से उठ रही थी। संकल्प तो ऐसे मानो जैसे काटो तो खून नहीं। वो चाहता था कि अभी मीरा को कसके गले लगा ले और एक-एक जख्म को दूर कर दे। लेकिन एक दायरा था, जिसमें दोनों बँधे थे और उस दायरे से बाहर जाना किसी के बूते नहीं था। वो सिर्फ मीरा का हाथ ही पकड़ सका। लेकिन उस हाथ पकड़ने में उसने सब कुछ उँड़ेल दिया। जिस बच्ची ने उन्हें मिलाया था, उस बच्ची को बचाते हुए मीरा ने अपने बचपन को बचाया था, जिसे वो तब नहीं बचा सकी।

कलश से क्लेश तक

भाईसाब विदेश जाना चाहते थे। पिछले कई सालों से जूता घिसाई करते-करते यह सुनहरा अवसर सामने आया था। जब पहली बार पिताजी से इस बात का जिक्र किया तो उन्होंने हाथ खड़े कर दिए थे। ऐसे ही हाथ वो पहले एक बार और खड़े कर चुके थे। भाईसाब को विज्ञान के क्षेत्र में घुसना था, लेकिन पिताजी ने कहा हमारी हैसियत के बाहर की बात है, थोड़ा कम में सन्तोष कर लो। डॉक्टर बनने का सपना सामने स्ट्रेचर पर दम तोड़ गया, भाईसाब मन मसोस कर रह गए। माताजी बहुत व्यथित हुईं। भाईसाब से विशेष प्रेम के कारण स्ट्रेचर पर पड़ी विज्ञान विषय की बॉडी देखकर मन-ही-मन वो फूट-फूट कर रो रही थी, पर पिताजी करते भी क्या। दादाजी के मरे पर मिली नौकरी से बच्चे पल पाए थे और जमीन बेचकर पढ़ पाए थे।

पिताजी ने जो कहा था कि सन्तोष कर लो, वो बात भाईसाब को सन्तोष तो न दे सकी, लेकिन फिर भी कंप्यूटर की विधा में घुसना तय हुआ और कहीं की गाड़ी कहीं मुड़ गई।

आज भाईसाब फिर बोले, कि पिताजी एक बात कहनी है। सुनकर पिताजी के हाथ फिर हवा में थे, लेकिन इस बार माताजी ने मोर्चा सँभाल लिया।

मिनट-भर की देरी किए बिना माताजी ने हाथों से चार कंगन उतारकर भाईसाब की हथेली पर सरसों से जमा दिए और कहा 'इस बार तुम्हारा सपना टूटने नहीं देंगे, जाओ हो आओ बिदेस।' भाईसाब के लिए तो ये अति भावुक कर देने वाला क्षण था। गले में जो आँसुओं का घूँट अटका वो अटका रह गया। भाईसाब ने माताजी के पैर छुए और आशीर्वाद लिया। उसके बाद पिताजी के पैर छुए तब कहीं जाकर हवा में झूलते उनके हाथ नीचे आए। भाईसाब भागे-भागे विदेश जाने की तैयारी में जुट गए। टिकट वगैरह का इन्तजाम करते-करते भाईसाब अपनी भावी योजनाएँ बताते और हम दोनों बहनें मुग्ध होकर उनका मुँह तकती रहती। राखी आने में दो महीने थे और हम बहनों ने जैसे-तैसे खुद के आँसू रोकने का प्रयास किया। भाईसाब भी भावुक हो गए और राखी एडवांस में बाँधने का तय किया। सब बहुत जोश में थे, उत्साहित थे। ये

पहली बार हो रहा था कि हमारे गाँव से लेकर यहाँ दिल्ली तक कोई पहली बार हवाई जहाज में बैठने वाला था। हवाई जहाज तो फिर भी सह जाएँ, लेकिन विदेश जाने की बात पर तो कोई भरोसा ही नहीं करता। गाँव में जब ये बात पहुँची तो सबने सिर पर हाथ रखवा-रखवाकर सौगन्ध दिलाई। सबके मन में कई सन्देह पैदा हुए, कहीं लड़का भाग तो नहीं रहा, आत्महत्या तो नहीं कर रहा, जेल तो नहीं जा रहा, ऐसा कोई काम तो नहीं कर रहा जिसके लिए साल-दो-साल भूमिगत होना पड़ेगा।

भाईसाब सब सन्देहों से परे अपने सपने को पूरा करने के सामान जुटाने में व्यस्त थे, कि कहीं से पिताजी के पास एक फोन आ गया। फिर भाईसाब के सपने के पैरलल एक और सपना पिताजी ने देख डाला। दोनों में एक ही समानता थी, दूसरे सपने का भार भी भाईसाब के कन्धे पर आ पड़ा।

फोन पर बात करते-करते पिताजी के हाथ हवा में झूलते रहे। माँ उनका चेहरा और हाव-भाव देखकर ही फोन के उस पार की बातों का अन्दाजा लगाने का प्रयास करतीं। लेकिन जो खिचड़ी उनके चेहरे पर पक रही थी, उससे किसी भी नतीजे पर पहुँच पाना लगभग नामुमकिन था।

भाईसाब अभी भी बलि चढ़ाए जाने वाले मेमने-से कभी पिताजी का चेहरा देखते तो कभी माताजी का। पिताजी की बातचीत लम्बी खिंचती देख भाईसाब वहाँ से उठ खड़े हुए और कमरे से बाहर निकल गए।

आज माँ के हाथ सूने जरूर हुए, लेकिन भाईसाब के सपनों में रंग भरना शुरू हो चुका था। रंग था नए जीवन की शुरुआत का, विदेश की धरती पर देसी इमारत खड़ी करने का, छोटे-से शहर के पोत पर चढ़कर बड़े विस्तृत सागर में गोते लगाने का। भाईसाब के लिए नए जीवन के रास्ते खुल गए। लेकिन माताजी अभी भी पिताजी के फोन रखने का इन्तजार कर रही थीं।

मुँह से राम-राम बाहर आया और फोन का रिसीवर नीचे।

'क्या बात है? किसका फोन था?'—माताजी कौतूहलवश पूछने लगीं।

पिताजी की मुस्कराहट रुकने का नाम नहीं ले रही थी।

'शिकारपुर से फोन था। रतन जीयाजी का'—पिताजी ने झूठ-मूठ की डकार ली और तम्बाकू की थैली उठा ली।

'रतन नन्दोई जी का फोन? किस काम से? कोई विशेष कारण?'

'राम के लिए रिश्ता बताया है। तीन लाख रुपए में।'

'राम विदेश जा रहा है, शादी कैसे करेंगे?'—माताजी

'अभी गया तो नहीं है ना?'—पिताजी ने हथेली पर तम्बाकू रगड़ते हुए कहा।

'माताजी पहले भी कई बार पिताजी के सामने सवाल पूछकर सवाल सुनकर खामोश हो चुकी थीं। ये खामोशी पिताजी का हथियार था और जीवन बूटी भी। इसी खामोशी के पिताजी इतने आदी हो चुके थे, कि अब किसी की आवाज या तो घर

में निकलती ही नहीं थी और गाहे-बगाहे निकलती तो पिताजी के कानों तक पहुँच नहीं पाती थी।

भाईसाब बचपन के दोस्त रमेश के पास पहुँच चुके थे, सुनार के पास जाने के लिए कोई साथ हो, सुरक्षा के लिहाज से ऐसा कहते हुए अगले दिन सवेरे का समय तय हुआ।

रमेश को छोड़कर भी जाना कम मुश्किल और चुनौती से भरपूर काम नहीं था। भाईसाब और रमेश तब से साथ थे, जब से मैं भी भाईसाब के साथ न थी। मेरे जन्म से पहले की ये दोस्ती इतनी गाढ़ी हो चुकी थी, कि मोहल्ले-भर में दोनों का नाम अब जोड़े से लिया जाता।

भाईसाब के लिए बचपन की यादें ताजा करने का मतलब ही रमेश भाई थे। और आज जब दोस्त के बिछोह की तस्वीर बन रही थी, तो धुँधले रंगों को फिर चटक करने का मन हुआ।

'क्रिकेट खेलते हैं। तू बल्ला ला मैं बॉल लाता हूँ'—भाईसाब ने कहा।

रमेश भाई फौरन राजी हो गए। कम ही मौकों पर दोनों के बीच एक बात पर रजामन्दी होती थी।

ब्लॉक में नीचे वाले माले पर एक ठाकुर परिवार था। दो बेटी और तीन बेटे। पति-पत्नी खासे खुन्नैस किस्म के लोग थे। हर वक्त माथे पर त्यौरियाँ चढ़ी रहतीं। न खुद के बालक हँसते और न किसी और के बालक हँसते देखे जाते।

भाईसाब को बैट-बॉल से खासा स्नेह था। और उस दिन फिर रमेश भाई और मेरे भाईसाब बैट-बॉल खेल रहे थे। हर बार की तरह बॉल फिर ठाकुर सज्जन सिंह के आँगन में जा गिरी। अब बॉल को ठाकुर साब की खुन्नस समझाई नहीं जा सकती थी। फिर भी कई प्रयास किए, कि बॉल को बीच में रोक लिया जाए लेकिन होनी को कौन टाल सका है।

बॉल आँगन में खाट के पास गिरी देखकर भाईसाब दौड़े-दौड़े सीढ़ियाँ उतरते पहुँचे। बॉल गायब। भाईसाब के आश्चर्य का ठिकाना न था। ऊपर से जब देखा तो बॉल थी, लेकिन नीचे आते-आते गायब। न बॉल न बॉल की जात।

भाईसाब ने रमेश भाई को आवाज दी, वो भी दौड़े नीचे चले आए।

'देख बे गंजे बॉल यहीं थी ना?'—रमेश भाई के घने बालों के बावजूद भाईसाब उन्हें गंजा कहते।

'हाँ, अभी तो थी। पर अब नहीं है'—रमेश भाई हैरान रह गए।

'अरे वाह बड़ी बात बताई तूने। मुझे भी दिखता है बॉल अब नहीं। तू ऊपर से देख रहा था ना, कौन ले गया बॉल?'

रमेश भाई हैरान से देखते रहे पर क्या जवाब दें कि बीच में घर में भाग गए एक मिनट को। इतनी देर में कौन बॉल को निगल गया।

इत्ते मे सज्जन सिंह की पत्नी बाहर आई। आँखों में आग के गोले बरसाती और मुँह से आग उगलती। भाईसाब ने उनके हाथ में बॉल देख ली थी, लेकिन सज्जन सिंह की पत्नी से बॉल माँगना शेर के मुँह में हाथ डालकर शिकार छुड़ाने जैसा था। भाईसाब रमेश भाई को कुहनी मारें और रमेश बड़े भाईसाब को लेकिन दोनों मुँह से कुछ न बोल सकें।

सज्जन सिंह की पत्नी की आँखों से चिंगारियाँ निकल रही थीं। उनका एक हाथ गोबर में सना था। कॉलोनी में सबके मना करने के बावजूद भी हेकड़ी चलाकर रेलवे की जमीन पर बड़ा-सा तबेला बना कर दो-दो भैंस बाँधने की जुर्रत सज्जन सिंह ने अपनी पत्नी के बिना सींग और हथियार सामने वाले को घायल कर देने के विशेष गुण के बलात स्वरूप ही ली थी। मच्छरों का लबादा तबेले से उड़ता हुआ रमेश और हमारे घर में बिना हमारी रजामन्दी के घुसा चला आता। लेकिन बच्चों की बॉल, शोर, यहाँ तक हवा भी सज्जन सिंह की पत्नी की मर्जी बिना घर में न फटकती।

भाईसाब ने हिम्मत बाँध ली। यूँ तो बॉल मिलने से रही, लेकिन नई बॉल बिना कोशिश के छोड़ देते तो मलाल बना रहता और फिर माँ की चूड़ियाँ अभी भी जेब में कम और दिल पर ज्यादा बड़ा बोझ बनाए हुई थीं। अब तो पाई-पाई की कीमत थी। ये कीमत माँ के गहने थे, उसका स्नेह था।

भाईसाब ने पूरी हिम्मत जुटाई, एक बार को रमेश भाईसाब की आँखों में देखा और सज्जन सिंह की पत्नी के सामने अपना हाथ फैला दिया—'हमारी बॉल यहाँ आई क्या ताईजी?'

सवाल खासा मासूम और सामान्य था, लेकिन सज्जन सिंह जी की पत्नी को नागवार गुजरा। बिना कुछ कहे, सुने, पूछे, बताए वो रमेश भाईसाब के हाथ के बल्ले पर झपट पड़ी और उसे छीन लिया।

'हत्काय, अभी हमारा सर फूट जता, हत्काय अभी मेरे पंकज का सर फूट जाता, हत्काय अभी क्या होता अगर हमारी भैंस के बॉल पड़ जाती, बॉल खाट के पास गिरी, हत्काय क्या होता अगर बॉल गिरते वक्त खाट पर कोई बैठा होता, हत्काय मेरे शीशपाल के पैर में बॉल पड़ जाती और छोरे का सर फूट जाता'—बिना एक साँस तोड़े सज्जन सिंह जी की पत्नी वे सभी सम्भावनाएँ जता गईं, जो इस दुनिया को इसके अन्त तक ले जा सकती थीं।

भाईसाब की खुशियों का स्वाद कैसेला करता ये सब हड़कम्प, रमेश भाई को अन्दर तक जला रहा था। उनके सिर के बीचोबीच जहाँ खोपड़ी नरम-सी होती है, पसीने की बूँदें तैरने लगीं। मूँछों वाली जगह पर रोमछिद्रों से भी मानो आग निकलने लगी। सज्जन सिंह जी की पत्नी से यूँ तो सिर मारना खुद को घायल करने जैसा था, लेकिन एक बार की कोशिश में हर्ज भी क्या था।

'ताईजी सिर फूटा तो नहीं है, जो हुआ ही नहीं उसके लिए क्यों तमाशा मचा रही हो? बॉल इधर दो हमारी।' रमेश भाई हाथों से बॉल छीनने को हुए कि ताईजी ने बल्ला हवा में घुमाकर रमेश भाई पर ला पटका लेकिन बीच में ही उनकी माताजी न जाने कहाँ से देवीस्वरूपा बन अवतरित हो गईं। रमेश भाई बाल-बाल बच गए, लेकिन ताईजी अब शान्ति चाची रमेश भाई जी की माँ के हाथों बच नहीं सकती थी।

भाईसाब और रमेश भाई जी पीछे खिसक गए। शान्ति चाची और सज्जन सिंह जी की पत्नी के बीच मल्लयुद्ध छिड़ गया। वाक् युद्ध से शुरू हुई ये लड़ाई कब हाथापाई पर जा पहुँची, समझ नहीं आया। कोई बीच-बचाव करे तो पिस कर खत्म हो जाए। भाईसाब भागते-भागते ब्लॉक की बाकी औरतों को बुलाने गए। तब तक शान्ति चाची के बाल सज्जन सिंह जी की पत्नी की मुट्ठी में भर चुके थे और सज्जन सिंह की पत्नी की साड़ी जमीन पर धूल में लिपटी हुई थी...। गुत्थम-गुत्था हो चुकी दोनों पहलवानों को इस कुश्ती के बीच में अलग करना टेढ़ी खीर था, लेकिन ब्लाक की औरतें आधी-आधी बँट कर दोनों को खींचने लगीं।

माँ, बहन, बेटी, बेटा, सुहाग, बच्चों की जो गालियाँ उस दिन सबने सुनी, तो बच्चों को दूर भगा दिया। इस युद्ध को शायद भाईसाब और रमेश भाई जी जिन्दगी भर भूल न पाएँ। लेकिन विदेश जाने से पहले बचपन की यादें ताजा करने के सपने पर सज्जन सिंह जी की पत्नी ने जो बल्ला फेरा, उसके बाद दोनों छत पर जा बैठे।

भाईसाब दीवार पर बैठ गए। बगल में ही रमेश भाईसाब आ बैठे। दोनों बिल्कुल चुप। अभी-अभी जो सब हुआ था नीचे, उससे निकलकर सामान्य हो पाना मुश्किल था, लेकिन फिर जब रमेश भाई जी ने सिगरेट सुलगाई तो पारा भी धुँआ हो गया।

सिगरेट पीने की आदत भाईसाब को कब और कैसे लगी मालूम नहीं, लेकिन दूसरी छत पर बैठे श्रीभरत चाचा ने जब ये बात पिताजी को बताई थी, तो पिताजी का हाथ हवा में आज ही जैसे गया पर साथ में उनका सख्त चमड़े का जूता भी था। वो इतने बड़े लड़के को मार तो न सके, लेकिन उस दिन पिताजी ने भाईसाब को पिछली सात पुश्तों के संस्कार याद दिलवा दिए।

जूतमपैजार से कोई एब छूटते तो आधी-पौनी दुनिया धार्मिक हो जाती। भाईसाब छत के कोने में रमेश भाईसाब के साथ कभी-कभार कश लेते रहे, बस श्रीभरत चाचा की नजरों में आने से बचने के लिए अब जगह बदल गई थी।

रात-भर सिगरेट और बातों का दौर चलता रहा। हल्का-सा उजाला होते ही भाईसाब छत से उतरकर नीचे आ गए। पिताजी के डर से अपने घर में न आकर रमेश भाईसाब के घर में ही सोने चले गए। रात-भर बड़े शौक में जागने वाले भाईसाब सुबह होते ही न सोने की आत्मग्लानि से लबलबा जाते। रमेश भाई जी और

भाईसाब कमरों से दबे पाँव चलते हुए बालकनी में सोने पहुँच गए और दस बजे शान्ति चाची की आवाज ने दोनों को उठाया।

शान्ति चाची के हाथों में चाय के प्याले थे, जिन्हें देखते ही भाईसाब फौरन उठे और रमेश भाई जी का चद्दर पकड़ कर खींच दिया।

'उठा जा गंजे, चाची कब से खड़ी हैं'—भाईसाब ने कहा।

चाची रमेश भाई जी को एक लुक देकर भीतर चली गई और भाईसाब भी उठकर घर को आ गए। पिताजी दफ्तर जा चुके थे और माताजी रसोई में काम में लगी थीं। भाईसाब ने कपड़े बदले और दो मिनट में घर से निकल गए। वो अक्सर बिना कंघी ही उँगलियों से बालों को सजा-सँवार लेते थे। उनकी चाल आम तौर पर बहुत धीमी थी, लेकिन आज वो मानो एक छलाँग में ही अपने घर से सुनार की दूकान पर पहुँच गए।

घर के दरवाजे के बन्द होने की आवाज सुनकर माताजी भागती हुई बाहर आईं, भाईसाब दूर सड़क पर जाते दिखे। कल शाम से उन्हें देखा नहीं था और उस पर सज्जन सिंह जी की पत्नी के साथ हुआ युद्ध शान्ति चाची विस्तार से बता चुकी थीं। लेकिन भाईसाब सड़क के कोने पर जा पहुँचे थे, जहाँ आवाज पहुँचना लगभग असम्भव था और माताजी दौड़तीं तो मोहल्ला सोचता कोई अनहोनी हो गई है या भाईसाब घर छोड़ कर जा रहे हैं। ऐसे अनुमान लगाना प्रायः हमारे मोहल्ले की योग्यता थी। माताजी घर के भीतर आ गईं।

दोपहर-भर शान्ति चाची और माताजी भाईसाब और रमेश भाई जी की राह देखती रहीं। साथ-साथ में गेहूँ की धुलाई चल रही थी। आज हमारे घर के गेहूँ धुलने का नम्बर था। फिर एक दिन माताजी शान्ति चाची के घर के गेहूँ धोती थीं। ऐसे मिल-बाँट के दोनों का बोझ कम हो जाता और काम भी निपट जाता।

शाम के सवा चार बजे पिताजी घर आए। पिताजी के लौटने पर माताजी पीछे-पीछे अन्दर आईं। पिताजी को आते ही चाय बनाकर देना एक नियम था जो उनकी शादी के अगले दिन से रिवाज की तरह चला आ रहा था।

पिताजी मन-ही-मन मुस्कुरा रहे थे। वो घर में इधर-उधर घूम रहे थे, लेकिन माताजी की बजाय खुद से ही बातों में लगे रहे। कपड़े बदलते-बदलते उन्होंने खुद से बड़ा गम्भीर प्रश्न किया, जो उनकी मुखमुद्रा से प्रकट हुआ, लेकिन जब वो उसका जवाब देने में सक्षम हुए तो चेहरे पर एक सन्तोष का भाव तैर गया। अलमारी में कपड़ों को गुड़मुड़ करने के बाद वो मुड़े तो सामने माताजी को पाया।

'क्या हुआ?'—माताजी ने चाय का प्याला बढ़ा दिया।

'रतन भाई साब आ रहे हैं सोमवार को। वो संग में ला रहे हैं, लाला के लिए जो बात चलाई थी उन्हें'—पिताजी ने चाय को सुड़क लिया।

माता जी चुप रहीं, उन्होंने कलाइयाँ टटोलीं—लाला विदेश जा रहा था।

'तीन लाख! सुने हैं कभी तीन लाख? सुने तो होंगे देखे नहीं?'

'कमा लेगा लाला...। उसके हाथ में मेहनत का बहुत लिखा है।'

'हाँ तो मेहनत का वो रख लेगा और ये तीन लाख हम रख लेंगे।'

माताजी अब पिताजी का मुँह देखकर आगे बोल न सकीं। चुप हो गईं। लेकिन उन्हें सड़क के मोड़ पर दौड़ते-भागते भाईसाब की तस्वीर दिखाई दे रही थी। जब से माताजी ने कंगन हाथ से उतारे, भाईसाब ने अपने सपने को जीना भी शुरू कर दिया था। जिस सपने में साँस पड़ गई थी, उसे कैसे मरने देंगे। माताजी की चुप्पी पिताजी के लिए बूटी थी। बच्चों ने माताजी की चुप्पी से ही चुप रहना सीख लिया था। पिताजी ने इसे अपनी सत्ता की स्वीकृति मान लिया था। अब कोई विरोध का स्वर उन्हें पसन्द नहीं था। जो सोचा वो हो जाना चाहिए और जो होना चाहिए वो होकर रहता था। पिताजी भाईसाब की बोली लगा चुके थे, अब भाईसाब रो-धोकर बिकें या हँसते-मुस्कुराते—ये उनके ऊपर था।

भाईसाब के हाथों से माताजी की चूड़ी बिक जाना लिखा था। चूड़ियों के पैसे किसी काम न आए। भाईसाब अब पहले जैसे न रहे। रतन फूफाजी मिश्रा जी के साथ पहुँचे लेकिन भाईसाब घर पर न थे। सब इन्तजार करने लगे। जिद्दी स्वभाव से दूर-दूर तक कोई सरोकार न रखने वाले भाईसाब फौजी कट कराके घर पहुँचे। मिश्रा जी के सामने खुन्नस से भरे बैठे और सीधे आँखों में घूरते रहे। बलि चढ़ने से पहले ये भाईसाब की आखिरी फड़फड़ाहट थी। वो अन्दर से कितने डरे-सहमे थे, ये माताजी जानती थीं।

भाईसाब का ये प्रयास नाकाम ही रहा, वो कोई लड़की नहीं थे जिसकी चोटी की लम्बाई उसका चरित्र तय करती...। भाईसाब की कमाई का दाना पिताजी मिश्रा जी के सामने पहले ही फेंक चुके थे। भाईसाब की बोली पर लगभग एक महीने बहस चली। तीन लाख—मिश्रा जी कहते, चार लाख—पिताजी कहते।

कभी-कभी पिताजी माताजी को आगे करते और मोल-भाव करने को मनाते। माताजी पिताजी के वशीभूत क्या कुछ कर रही थीं।

आखिर में न मिश्रा जी की न पिताजी की...। बात साढ़े तीन लाख पर तय हुई। नई-नई बहू का शौक छोटे बहन-भाई को ऐसा लगा, कि मानो पूरे घर की शादी हो रही है। सब बारी-बारी नई बहू से बतियाते। शुरू-शुरू में भाईसाब बहुत रोए। माताजी के आगे बच्चे से बिलखते, हाथ जोड़ते, पिताजी को मनाने को कहते, लेकिन माताजी कमजोर पत्नी थीं। पति की आज्ञा को शिरोधार्य मानने वाली आज्ञाकारी पत्नी। ऐसी पत्नी जो पति के हाथों में सत्ता सौंप कर सबको गुलामी करने की छूट दे देती है। भाईसाब अन्दर-अन्दर घुटते गए और आखिरकार उन्होंने सब स्वीकार कर लिया। उनका मन कब इसे स्वीकार कर पाया इसका अन्दाजा माताजी या हमें नहीं था। पिताजी को इससे कोई फर्क नहीं पड़ता था।

शादी में पिताजी पूरे पंडाल में हँसोड़ बने घूमे। भाईसाब भी खुश थे। अब जो भी था यही था, भले वो सपनों के मलबे पर बना किला था। लेकिन इस किले में आज भाईसाब का कद सबसे ऊपर था। पिताजी ने भाईसाब की विदेश जा सकने वाली योग्यता को खूब भुनाया और साथ में उन्हें रोक देने की अपनी समर्थता को भी जताना नहीं भूले।

भाई साब पत्नी के साथ चौखट पर खड़े थे। चावल का भरा कलश ड्योढ़ी पर रखा था और माताजी सामने खड़ी थीं। बूढ़ी औरतें बधाई गा रही थीं और छोटे अपने उपहारों के प्रदर्शन में व्यस्त थे। पिताजी पैसों का बैग छाती से चिपकाए ठहाके लगा रहे थे। भाईसाब की पत्नी ने दादी का इशारा पाते ही कलश पर पैर छुआया कि ताकत जरा जोर से लग गई। माताजी चित हो गई थीं। कलश उछल कर उनके माथे को फोड़ता अन्दर गया। कलश का कलेश जीवन-भर माताजी के माथे पर नाचता रहेगा।

❂❂❂